雪漠 著

中国大百科全书出版社

第十八章　空行甘露教授

上师啊，请你讲讲那些神奇的空行之旅好吗？

1. 你难道忘了你的真心？

司卡史德对我说：有文字的教法固然殊胜，但更殊胜的，是空行母心滴般的心传，因为真正的觉悟是很难用文字来表述的。那些没有文字的伟大教授，至今仍在空行母的觉悟心性中，等待着有缘的人来领受。儿呀，我觉得，你的缘分到了。你跟我去拜会那些觉悟的伟大女性吧。但愿你能成为那些空行教法传承链上的重要一环。

我们就骑着大象，一同去那著名的空行圣地。关于这空行圣地的究竟所在，说法颇多。

司卡史德说，儿呀，虽然你也能从我这儿得到清净无垢的教法，不需要走这么远的路，但你要知道，有时候，我更愿意你面见那些伟大的证悟女性。虽然在了义上说，我跟她们是无二无别的，但从缘起上看，你跟她们的相见，无疑是一种胜缘。以此缘故，你的法脉中的所有传承弟子，都会得到空行母的直接加持。千年之后，那些空行母也会以世间女子的形象，来护持你的法脉传承，让它燎原成充满法界的智慧之火。

我看到的空行圣地是个荒无人迹的山洼，因为我还没有究竟证悟，所以我游历空行圣地是以光明梦境的形式完成的。我看到那泛着红色的山冈，那红仿佛是铁锈。我明白，我看到的仅仅是显境，而司卡史德带我来朝拜的是秘境。于是，我按司卡史德的要求进入了光明梦境，马上，我看到了一个非常庄严的坛城，它像洇出宣纸的墨色那样在晴朗的天空中显现了出来。我先是看到坛城的外层，由无数的头骨连接而成，表诸法无我诸行无常；然后我看到了第二层，那是由莲花串成的护轮，表清净无染；然后是由金刚杵织成的火帐——我认为那诸多的火帐也同时存在于我的心性中。我还看到无穷无尽的庄严，我同样认为，那诸多的庄严也存在于我的心性之中。

我感受到坛城的巨大加持了，我的心顿时变得非常清凉，非常柔软，没有热恼。我看到了群鸟一样在空中飞行的空行母们，她们有金刚部空行母、有莲花部空行母、有佛部空行母、有宝生部空行母、有事业部空行母。她们都是出世间空行母。每个出世间空行母的周围，都有无数的世间空行母环绕着。那些世间空行母虽然没有究竟证悟，但她们都发了菩提心，立誓要护持正法，成办如法行者的种种事业。

在坛城门口，我首先遇到的，便是这类世间空行母。她们像夜叉一样可怖，张着大口，仿佛对我这个想进入圣城的须眉浊物有无量的仇恨。既然她们的责任是护持圣城，那她们绝对不允许一些未证空性者来扰乱圣地的清净。于是，她们张着山洞似的大口，喷出一股股黑风般的气流，气流之中，是蝎子、蜘蛛、蜈蚣等诸多毒虫。时不时地，还夹带了巨雷。那巨雷声惊天动地，散发出硫黄一样刺鼻的气味。接着是暴雨，那不是寻常的暴雨，而是裹挟着血雨腥风，仿佛随雨倾泻而下的，是无数的脓血。脓血中，还有蠕动着的癞蛤蟆、蜥蜴等各类瘆人的毒物。那些毒物也发出刺耳的叫声，像钝锯条一样，在我的神经里拉来扯去，叫我寻死觅活。后来，那些巨雷竟然滚动成了球状闪电，像个巨大的车轮向我滚来。

我不由得尖声大叫。

这时，耳旁响起了司卡史德的声音：你难道忘了你的真心?

我于是记起了司卡史德的开示，马上进入悟境。怪的是，当我一入悟境，诸多凶险瞬息间便化成了清凉。那滚雷成了散花的天女，那诸多的毒物也成了遍地的莲花。

那些世间空行母越加发怒了。她们张着獠牙，怒视着司卡史德。司卡史德笑道，具誓的空行母呀，别枉费心机了，你们的所有努力，在我眼中，都是小孩子的游戏。瞧，我连一根毫毛也不曾颤动的。说着，司卡史德以高度的专注凝视她们。她的“身”凝若山岳无动无摇，她的“语”静若深渊无波无纹，她的“心”犹如金刚无畏无惧。她周身发出一种真理独有的圣洁之光，那光明马上便磁化了那些世间空行母。她们涕泪交加，跪倒在地说：伟大的母亲呀，请原谅我们的鲁莽。你的光芒像太阳，我们只是扑火的灯蛾，请收摄我们吧。我们愿献出我们的命根心咒，生生世世听你的调遣。

司卡史德笑道，筷子是探不到大海之底的，我理解你们的行为。善自修持吧。你们可别小看我这儿子，他像大鹏的幼仔一样，虽然翅膀尚嫩，不能高翔于九天之上，但再大的麻雀也是麻雀，再小的大鹏也是大鹏。只要假以时日，他的智慧之火定然能燎原的。

说着，司卡史德带我继续前行。

2. 不期而至的客人

前行不远，我便发现了一条河流。河水清澈，汩汩有声。我们正要渡河，却见一点火星，如流星迸射而来，入水之后，河水便燃起了火焰。火焰初时不大，但渐渐洇渗开来，后来，整个河面都燃烧了。那汩汩水声，也化成了噼里啪啦的声响。仿佛那燃烧的，不是液体，而是无量无边的干柴。

火光冲天了，半空中的云也燃烧了。河流早成了一条狰狞扭动的火龙。火星四溅，渐渐地，火星竟变成了纷飞的空行母。她们在光焰中舞蹈着，歌唱着。听那歌词，倒也清晰：

法界之相皆由心造呀，

不期而至的客人；
法界之火便是智慧呀，
不期而至的客人；
那燃烧的热恼源自你的心呀，
不期而至的客人；
了知一切皆是梦幻呀，
不期而至的客人。

司卡史德笑道，你听清了吗？儿子。

我说，听清了。

司卡史德笑道，那你就知道该如何做了。

我说，是的。我已了知，那诸多的大火其实并无自性，皆由心造，应该无忧无惧。但怪的是，我虽然理上明白那火是幻相，但还是觉得热浪扑面而来，甚至还燎焦了我的毛发。我退缩了一步。却听得司卡史德叫道，儿呀，那热的，其实不是火，而是你的分别心呀。你别忘了我的开示。你将那诸相融入自性呀。

我暗叫惭愧，想，我咋又丢了悟境，遂提起正念，蹚入河中。却发现自己进入的，是真的河流，诸般清凉，扑面而来。水声汩汩，泛起无数浪花，水中尚有鱼儿在自由地游动着。抬起头，见不知何时，司卡史德已到了河的对面，正朝我盈盈而笑呢。

明白了吧？凡所有相，皆是虚妄。她笑道。

再前行，遇到的是一个巨大的深谷。它横亘天际，深不可测。谷中升腾起巨大的蘑菇云。初看时，蘑菇云尚小，约有头颅大小，但它的膨胀速度很是惊人，瞬息间，就大逾天际了。仿佛那是个蘑菇般的巨大的嘴，正在吞食天空呢。而蓝天真的化成了液体，正流入那巨口之中。

我看到有一群小鸟飞了来，被那蘑菇云一掠，掸落到地上，化成了一地的焦黑。我想，那究竟是啥云呢？我抬头望司卡史德，她却笑而不答。

我想，我明白了，那是毒气云。以前，我就听说过，前往空行圣地的途中很是艰难，有时，会遭遇到毒气的。而有些空行圣地，就在毒龙岛上。正因为有毒气，才人迹罕至，利于修行。

我见那毒气蘑菇已膨胀至天大，正向自己移来，按它吞天的速度，自己是禁不起它一掠的。我不知道自己被掠入毒气之中会有怎样的觉受，想来比进入烟囱更难受吧。要是那毒气有很强的腐蚀性的话，自己的形体肯定就没了。佛说一失人身，万劫不复，自己已经求到了那么多的法，犯不着为了得到什么开示冒这号险吧？

我很想对司卡史德说回去吧。扭过头，却见司卡史德一脸冷笑。

我想，上师这样不高兴，定然是我刚才的想法不对。我想，那我就进入毒气中吧，为法忘躯，虽死犹生，再说这是上师叫我这样做的。我已将身口意供养了她，她叫我做啥，我当然不能退缩的。

我又试探性地望一眼司卡史德，见她仍在冷笑。

我想，我不管她是不是高兴，就当将这身子供养了她吧。

但才一迈步，我便觉得那气体真是呛人，似乎有种硫黄味儿，但比硫黄呛人百倍。我想，只要有个火星儿，这气体便会爆炸的。这一想，却见那气体中出现了一个小人儿，穿着红衣，扎着发髻，很是顽皮。他拿个打火石，正一下下敲击呢。我想，这么浓的硫黄味，只要那小儿敲击出火星，这儿便会炸成一片火海。

正担心呢，见那小儿手中的火石已溅出了几点火星，我于是听到一声惊天的轰响，几个大火球在眼前炸开了。而且，随了那几声炸响，四面竟都炸响了。完了。我想。我闭了眼，觉得身前身后有巨大的炸浪在激荡不已。那硫黄味也越加呛人了。

我努力睁开眼，见四周烟雾弥漫，看不到任何人，连司卡史德也不知到哪儿去了。隐约中，还能看到浓烟中有火光在闪，眼见是那爆炸仍在进行着。我想，算了，不管它是不是爆炸，还是前行吧，哪怕是死了，也是为法而死的。

我高声喊：上师——上师——

隐隐地，从远处的浓烟中传来一个微弱的声音：我在这儿。但那声音的来处，正闪着巨大的火光。我虽知道那儿正在爆炸，但还是向那儿挪了去。

前行一阵，我似乎看到司卡史德了。她穿了一件水红色的衣服，在烟雾中很是扎眼。我安心了，想，只要上师安全就好。哪知，再往前行，竟看到司卡史德悬在悬崖上空，正抓个嫩枝，大呼救命呢。

我觉得血涌上头部了。我想，可不能叫上师堕入崖下。我也不再管那儿究竟是实地还是悬崖，便扑了过去。我觉得自己踏空了，身子像石头那样落了下去。我发现，在我落下的时候，上师也落了下去，那点水红一直就在我眼前晃着。我想，不要紧。就是死了，也和上师在一起呢。

我觉得自己下堕的速度很快，不久就赶上了上师。我一把抓住她的手，那手非常柔软非常温暖。我长长地吁了一口气。

觉得自己落到了实处，我才看见上师盈盈的笑。渐渐地，上师身边的烟雾也散了，四下里一片清明，我发现身边根本没有悬崖，天空里也没有蘑菇云般的毒气。我想，原来，又是那些空行母们的幻化呀。我又认假为真执幻为实了。我想，上师肯定要骂我了。

司卡史德却只是盈盈笑着。她说，你别自责了。虽然你这次又犯了错，但你对上师的那份真心却抵消了你的过失。所以，我很满意的。

3. 只要有脚，就会有路

我们继续前行。奇怪的是，我刚才看到的坛城消失了。我怀疑那是自己的幻觉。因为我进了坛城之门后，再也没有看到过啥庄严，竟越来越显得人迹罕至了，连世间空行母也很少见了。

我问司卡史德，上师呀，不会走错路吧？

司卡史德说，不知道。因为我分不清啥错啥对，有时候，错的就是对的，对的也是错的。

我们于是继续走。这地方，虽显出陌生的模样，我却有种来过的感觉。因为那陌生里，总是渗出一种熟悉来。

忽然，我发现脚下没路了。一道巨大的豁口般的悬崖出现在面前。我叫，上师呀，没路了。司卡史德笑道，咋能没路呢？只要有脚，就会有路。能放脚的地方就是路呀。

我指指那深不见底的悬崖，问：你的意思是叫我下去？

司卡史德说，我没那意思。你要有你自己的意思。你自己瞧，你是该下，还是不该下？

我说，只要是必须要走的路，那我就下吧。

司卡史德不置可否。

我于是下了那悬崖。那悬崖猛看起很是陡峭，但走时却也有着脚之处。我说，我打定主意了，我还是下吧。

司卡史德笑而不语。

我也不去管她，自管下行。我渐渐下去老远了。我想，这路，其实也不难走呀。抬头望上面，却发现自己竟走了很长一段的距离，已看不到司卡史德的影子了。怪的是，那来时的着脚之处，竟都不见了，那崖头，竟似刀削般地齐整，像用利刃切过的豆腐一样。我感到心惊胆战，但好在向下看去，仍有可以着脚之处，于是我手脚并用，慢慢下行。

再下行一阵，发现那着脚之处越来越浅了，后来，竟连一点儿洼处也没了。我发现不知何时，自己已到了悬崖中部。无论向上向下，都很像刀切豆腐一样齐整了。而那悬崖的底部，仍是深不可测。我感到心惊肉跳。我想，完了，这下完了。要是摔下去，非成肉泥不可。

抬起头，看到的也是刀切般的悬崖。我想，这样子，是很难上去的。这样下不得上不得，真要命。我想，上师为啥不见了呢？莫非，这悬崖也是她化现的？但也只是怀疑，因为我发现崖壁上有小鸟在筑巢。

风从幽谷里吹来，吹到汗津津的身上，很是凉爽，也很是阴森。似乎还有方才闻到过的那种脓血臭味。我想，不管咋说，总得走呀。路虽然难走，但再难走的路也是路。我就试探着下行。我发现自己虽然被一种很浓的梦幻感包围，手下的崖石却很实在，一点也不像虚幻的化境。我的手指也有种被磨压的疼。

继续下行，渐渐没有着脚着手之处了，身子越来越重。风也越加凌厉，起劲地鼓荡着，似要将我掀下崖去。我想，自己摔死倒也没啥，人活百岁，终有一死，但真是可惜了那些求到的密法。要是藏地的众生能得到那些密法多好。

我感到风的鼓荡越来越强劲，仿佛有个人在扯我的衣襟，想要将我扯下山崖。这时别说再往下了，只是固定身子不叫风刮落，便让我花费了全身的力气。我挣得一身汗水，鞋子里也流进了许多汗水，滑滑的，很难受。我努力地往下望，仍是看不到底，虽然没有一点儿雾，也没有障碍物，但我还是看不到底，可见这悬崖真的很深。

这时，一个声音隐隐传来：跳呀跳呀。

仿佛是司卡史德的声音。

我向那声音的来处望望，却看不到任何人影。

指头很疼了，指肚上已磨出血水了，周身疼得厉害。但我想，莫不是幻觉吧？

听得那声音再次传来，跳呀跳呀。

我听出了，那声音，分明是司卡史德的。

却又想，我要是看不到你的身影，我是死也不会跳的。我想，要是那声音是我的幻觉的话，我不白白摔死了？

我于是发现那谷底似乎近了，说不清是我下了一截，还是那谷底上了一截，反正我能看到谷底的东西了。我发现谷底有一洼浅水，水中爬着许多鳄鱼。那些鳄鱼都张着大口，贪婪地望着我。我看到司卡史德正站在那洼浅水中的一块石头上，四面环绕着许多鳄鱼。我觉得奇怪，想，方才她不是还在上面吗，咋又到下面了？虽觉得奇怪，但还是焦急。我想，看那样子，危险万分呢。

这时，又听到司卡史德大叫，跳呀跳呀，再不跳，可来不及了。

我听出了，这声音真的是司卡史德发出的。我甚至还看到她焦急的神色呢。我发现几条鳄鱼已经爬上了石头，嘴已经够到司卡史德的脚了。

我很想说，等等，我马上跳。我想，要是真的跳下去，肯定会摔成肉泥的，但无论成不成肉泥，都是鳄鱼嘴里的吃食。我倒是不怕摔死的，只是觉得从这么高的悬崖上跳，这事实本身就很可怕。

我很想再听到司卡史德的叫声。我想，只要你再叫一次，我就跳下去。可是司卡史德再也没有叫。我甚至看到她嘴角又挑起了冷笑。

我想，要是我再犹豫，肯定会失去上师了。

我想，死也罢，活也罢，跳吧。就松开手，跳了下去。

我觉得那距离也很奇怪，要说远吧，我竟能看到司卡史德脸上的表情，比如她方才嘴角浮上的冷笑。要说近吧，那下堕的时间显得很长。我觉得自己正堕向一个巨大的黑洞，耳旁风在呼呼着，身子也有失重的感觉。后来，我每次回忆起那次经历，都感叹不已。在我的印象里，那不是一次寻常的下堕，而是一次漫长的生命旅行。

我仍在堕着。我睁开眼，看到的不是上蹿的崖壁，而是万种光芒。那情形，很像头上挨了一榔头后迸溅的金星。万千火星般的光在我的脑中炸开，一波一波，消失到远方了。

我想，快到底了吧？

我想，无论摔成啥样，只要上师叫我跳，总有叫我跳的理由。

就这样，我一直堕了很长时间。我不能确定我究竟下堕了多长时间，也许一个时辰，也许几个瞬间。我只记得，自己真的没有了分别心，那觉受，就跟我在大象背上被抛上抛下时一样。

4. 进入空行母的坛城

我觉得自己彩云般落了下去，因为下堕到后来，我就由堕变成了飘，我轻盈地飘呀飘呀。睁开眼，发现自己早到了地面，身边围着许多女子。有几个女子仍是愤怒地望我，但我已经不害怕她们了。我连那么高的悬崖都不怕，会怕几个小女子吗？我于是用下堕时的那种觉受望着她们，在那种觉受里，我是无忧无惧的。于是，那几个女子笑了。一个说，瞧他，脸皮多厚。

司卡史德笑道：你们不可小瞧他，别看他眼下只是灯烛之光，只要善加滋养，并加以功德之柴，灯烛之光终究会有太阳之明。他已经得到了许多妙法，原本是用不着到这儿来的，但为了缘起上的周全和殊胜，才来到此地请求开示。

我用无分别心望着一个仍在怒视我的女子，直望得她害羞地低下了头。司卡史德笑道，好了好了。你已经受了诸多的考验，到了真正的空行圣地。

话音没落，天空中出现了许多彩虹，无量无数的智慧空行母显现了出来。梵音心咒同时充盈了虚空，我听出，她们持诵的，是金刚亥母的心咒。

司卡史德笑问：儿呀，你听到了啥？

我说，是金刚亥母的心咒呀。

司卡史德笑道，非也非也，你千万不要陷于那名相的泥沼。我告诉你，我听到了啥：儿呀，我听到了哑巴在吟唱，他们发出难以言表的声音；我听到了聋子在聆听，他们听到了无法言说的妙味；我听到了瞎子在观形色，他们看到了无法畅言的妙味。儿呀，你可明白我所说的话？

我感受到一种说不出的欢喜，说道：我的上师，如是如是。你尝到了说不出的妙味法乐，你听到了无音符的大妙之声，你看到了无形的大象之形。儿子我虽然愚笨，也品出了一点儿法味。

啥法味呢？司卡史德笑问。

我说：我无眼目之欲，不知道我要看什么；我无声色之求，不知道我要听什么；我无倾诉之欲，不知道我该说什么。

我说，上师呀，我更无舌尝之能，那妙味更是了不可得呀。你叫我说啥呢？

我的上师，那朗然的天空是妙色之门，那无波的大海是诸耳之声，那宝镜般朗照万物的心里虽有诸味而实无所尝呀。

司卡史德笑道，儿呀，你已在理上明白了，虽然你事上的觉悟尚需假以时日，但方向是不会错了。儿呀，来吧，进入空行母的坛城。

5. 清净的身教授

司卡史德问：儿呀，到这空行圣地，你想得到什么样的教诲？

我说，我想得到身语意三者最清净的教授，以成就无量的庄严功德。

司卡史德赞道，好呀，真不愧是我的儿子。她转向空行母主母，笑而求曰：我证悟了无上智慧的姐妹呀，请给我的儿子种上好的缘起。

于是，第一位空行母端来一盆清水。时辰已到傍晚，天空悬挂着一轮满月，那轮圆月映在清水之中。

司卡史德笑道：儿呀，这便是清净之身呀，虽有种种现分，而无自性。那生起种种妙相的同时，却又如水月般虚朦，儿呀，这便是最殊胜的身教授。

我说，母亲呀，这真是无上的清净教授，虽然简单，寓意却十分深远，我会永远记住这殊胜的妙法，不再执著这空幻无实的水月之身。

空行母唱道——

不期而至的客人琼波巴，你不要执著那虚幻之身。
此身假合，了无自性，像水中的月影一样虚朦。

无论是你的肉身还是本尊之身，皆如幻影并无实质。
虽然可能绚丽无比，但跟彩虹一样如光如影。

世人都执著于假合的肉身，却不知那只是四大的和合。
因为认假为真执幻为实，所以生起了种种的贪执。

由于百般恩爱遂生烦恼，烦恼掩蔽了本有的光明。
光明的起处正是那本觉，本觉当观照幻化之身。

身执是人生最大的无明，它直接导致了诸多纷争。
那战争屠杀罪恶等诸业，多是由身执生出的毒菌。

由眼贪美色生起掠夺之心，夺美人夺宫殿掠人之美。
耳听美声同样消解了智慧，无论娇声颤语还是天籁之音。

那诸多的诱惑皆从六门而入，像六个贼寇来劫掠主人。
光明的镜子因此蒙灰，再也无法照彻晴空。

身执是众生最大的烦恼，贪恋享受而放逸耗神。
修道者当以苦行为业，便是想破除身执而超升。

其实那欲破者同样执幻为实，此身本来虚幻如水中之影。
源自四大后散归于四大，地水火风消散便了无踪影。

这本来是一个浅显的道理，人们理上明白却事上妄行。
我们百般贪爱这境中影像，因烦恼显出了六道幻影。

胜义的身教授不仅于此，连那本尊身也如虹如影。
你一定要明白这个道理，这才算明了究竟的幻身。

你要将山河大地都视为幻化，它们也都是本尊的化现。
凡所化现无不是镜花水月，于无执中洞悉那假中之真。

你的家园和房屋无不如此，你的城市和乡村皆如幻影。
你的种姓和民族皆归于法身，那心与外物无不是幻化的梦影。

那本尊身同样不可执实，一旦执实便魔障顿生。
无数的执实者修成了厉鬼，沉沦于万劫不复难以超升。

那了义的法身皆是幻化，那所有的幻化皆不离真心。
那真心便是你的本尊呀，我这不期而至的客人。

当知世上诸物皆是本尊化现，这本尊又不离于你的真心。
那真亦幻幻亦真一味无别，那如梦如幻还要当下觉醒。

你明白此理还远远不够，像幻化的刀锋伤不了敌人。
你必须还要在事上对治，于行住坐卧中坚固遂生。

当你安住那幻化的法身，当你洞悉那虚幻的镜影，
当你不执著那诸多假象，你便得到了圆满的佛身。

6. 最究竟的圆满语

第二位空行母捧过来一面镶嵌着咒字的大锣。司卡史德接过，抡槌一敲，大锣发出大声，声波阵阵，荡向远方，渐渐归于无声。

司卡史德说，儿呀，记住，世上所有的声音，都如这锣声，虽偶有巨响，并无实质，它发出的同时，就归于空性了，不可执著。最圆满最清净的“语”是远离世上所有的无益之语论，恒常地持诵本尊的心咒。那无益的谈论苦耗生命，徒惹是非，毫无益处。所以，用那清净的心咒充满你语的时空，这便是最圆满的语教授。

我说，母亲呀，我明白了。这世上，最无益的是语言，它从出口之时，便归于无际。但最值得珍惜的也是语言，因为上师和诸佛之心髓就是以语言为载体的。没有语言，便不会有传承的法宝。我会远离无益的巧舌之能，而用语言来传递真理的光明。只有将语言化为智慧的宝石时，才是最究竟的圆满语。

空行母唱道——

那大锣发出巨响声震天地，表面看来确实石破天惊。
但你静观那声响之处，却找不到一点儿不坏的本体。

那惊世的高名如同这锣声，看似有形却如空谷回声。
它们轻烟般渐渐远去，终于消散于遥远的碧空。

那辱骂虽叫人难以接受，其实质等同于幻化的锣声。
骂声方起便消于无迹，智者不会将它牵挂于心。

所有毁誉如同空中的鸟鸣，如大风吹过呼哨时的余音。
你何必在乎它打扰清净，澄然不动视若镜中幻影。

闲谈同样无益你应远离，你高谈阔论何益于修行？
捣弄是非亦无丝毫效用，徒增烦恼更是空耗生命。

清净的语教授远离俗意，只将本尊心咒挂在心头。
你身如空竹心无纤尘，用咒声填满生命的时空。

你眼中的诸声无非是空性，空性也便是本尊的清音。
无论情器世界的哪种声音，你都视为心咒仔细来品。

你看那天空又掠过了雁鸣，声声哀唤又声声凄清。
我听来却是那亘古的梵歌，一晕晕来自那本尊的坛城。

那风声鹤唳虽另有含意，我眼中它们也无别于本尊。
世上诸声都当如是观修，这样才是清净的修声。

你耳闻那声音眼观那形色，你鼻嗅那咒意舌品那声晕，
你身触那声波心想那咒意，你督摄六根才接近那本真。

要观世上万物无非是咒声，情器世界皆化为声音。
宇宙间空空荡荡无一丝实质，无一莫不是咒声的品性。

你也将自己融入那空意，那空空中却承载诸佛的功能。
诸声虽然无常却能载物，正是它延续着智慧的传承。

将所有声音都视如佛的密意，将所有声音都观为圣谛的变形。
它们现无自性湛然空寂，你清明中体会声音的妙能。

7. 最圆满的心教授

第三位空行母捧过来一枚水晶。在月光下，水晶折射出万千光芒。司卡史德说，儿呀，这便是最圆满的心教授。那觉悟的心跟水晶一样毫无杂质，玲珑至极，但却总是能生起妙用。那觉悟的心不是死寂的大海，而是如水晶般朗然璀璨。儿呀，你是否明白了其中的寓意？

我说，是的母亲。觉悟的心虽然空寂，但却是光明历历。它远离死寂，远离顽空，在寂静中放射出无量的光明。

空行母唱道——

觉悟的心并不是干涸的河谷，虽有那空洼却无水声。
觉悟的心并不是漆黑的空屋，虽有那空壳并无主人。

觉悟的心是那朗然的水晶，虽无杂质却折射出无量光明。
它灿若晶体映照世上万物，本体却无变无易如如不动。

你也许见过那无波的水面，浪止波息便可映照虚空。
要是将风吹水动视为妄心显现，镜水便是妄心息后的真心。

真心如水晶朗照诸相，真心如水晶无波无纹，
真心如水晶毫无杂质，真心如水晶无分别之心。

水晶的诸面隐喻心之诸相，虽有种种现分本体却清明。
那诸多现分应对红尘诸相，诸光折射出无量的幻境。

诸多幻相源自灿然的水晶，光明四射本体并无摇动。
真心的本质亦当如是，无纹无波却朗然光明。

有人将无光的虚空视为证境，其实是顽空无记愚痴的别名。
冷水泡石头永无意义呀，冷寂如枯木难以超升。

还有那云翳般的沉没，也总在障蔽成就光明。
犹如明镜罩上了尘灰，很难映射出法界诸境。

真正的光明照天照地，如如不动却朗如水晶。
玲珑剔透却空无一物，这便是清净心的教授。

你将这水晶心生起妙用，那尘世诸相也化为水晶。
它们如影如虹了无实质，晶莹透亮却犹如幻影。

即使偶有云翳掠过天空，那云彩染不了天空清明。
即使那大海也偶现波浪，波息时那水面仍如明镜。

究竟的心中毫无挂碍，如明净的天空不著纤尘。
那万里长空无一丝云翳，那万顷大海无一线波纹。

不期而至的琼波巴呀，这便是空行意的教授。
你铭记在心勿生懈怠，欢喜净信并受守奉行。

8. 金刚乘三门甘露

第四位空行母捧出一粒钻石。司卡史德说，儿呀，这粒钻石象征了佛的功德，它不生不灭，不断不常。只要你能清净身语意，你就会拥有诸佛的无上功德。那清水之中的明月，象征佛的化身，现而无自性；那咒字象征佛的报身，那水晶象征佛的法身；这钻石，则象征佛的自性身。

儿呀，你虽然没有得到文字相的经续，但你得到的，却是金刚乘身口意三门甘露。你从此拥有了真正的空行母的清净传承。儿呀，记住这些教诲，你便得到了无上的如意宝。

明白那化身的教授你便明白了空性，明白那报身的教授你便拥有了三昧耶誓约，明白那法身的教授你便洞悉了心性的本质，它会在你的大手印无修瑜伽中发生效用。儿呀，那三种教授，其实是进入真理之门的三把钥匙。

那身之教授在于建立你的见地，你日后的所有观修都不要忘记那水中之月。没有它的指导，你会执幻为实认假成真。你要用那见地观照所有的禅修体验，你会明白，真正的了悟不是来自心外，而是来自内心。你要用那正见观照你所有的人生，要是没有这种见地，你很难进入真正的禅定之门。

那报身的修法，靠的是根本上师不曾中断的清净传承。没有上师，就没有成就。儿呀，你虽然有许多上师，如灌顶上师、传法上师、授戒上师、传承上师、经论上师……但在所有上师中，最重要的是你的根本上师，也即为你开示心性的那位上师。严格说来，人的一生中，只有一位根本上师。因为你真正的明心见性只有一次。谁能让你明心见性，谁便是你的根本上师。无论我有没有上师的名相，无论我在外相上是乞丐还是嫖客，无论我采用哪种方式，只要我能让你明心见性，我便是你的根本上师。你可以有无数的灌顶上师和经论上师，也可以有无数的窍诀上师和传法上师，但为你开示心性令你明心见性的上师只有一位。他，便是你的根本上师。

在密教的传统中，开示心性也称为大光明灌顶，是所有灌顶中最殊胜的灌顶，也称之为句义力灌顶或语辞灌顶，或者叫大手印灌顶。在上师为你开示心性的那时，在你心光焕发的那时，你就跟上师构成了三昧耶誓约。这是你日后源源不断地得到法界诸佛菩萨光明加持的保证。有了它，你的智慧之烛才能燎原成智慧大火；没有它，你对心性的理解便仅仅停留在“理”的层面。因为，所有法界之力的加持，只能以你对根本上师的信心为通道。没有相应，便没有加持。要是你得不到法界之力的滋养，你单纯的理悟便容易流于狂慧。所以，你一定要破除所有的名相，准确地认知谁是你的根本上师，明白你究竟跟谁构成了三昧耶誓约。你千万不要受知识和概念的左右而错认了定盘星。

要知道，那为你开示心性的根本上师代表的是报身佛。

你要准确地去实践根本上师的教诲，要像守护眼眸一样去守候你的三昧耶誓约。你一定要俱足清净的心地、强烈的信心和无缘的慈悲。慈悲和信心应该贯穿于你的一切行为之中。当你如法地实践从根本上师那儿得到的心性教授，忆持和守护从根本上师那儿传递下来的光明时，慈悲和智慧才可能生起。

记住，传承的清净和对根本上师的信心是真言乘的成就密钥。离开它们，根本不可能有成就。

让那清净而恒定的信心贯穿你生命的每一个时空，它是一切成就的源泉和保障，要是没有它，你根本无法进入解脱之门。

那水晶般朗然的，是你的另一个宝藏，那是你的根本自性。那是开启心灵的钥匙，我称之为本觉，那是般若智慧的精微之相。

要是你不知开显本觉的了悟，你就无法穿透外现的幻相，你就无法了解教法的真正含义，你真实的如意宝——自性的宝库就无法开启。

要知道，正确的修行之道是首先要有智慧正见的指导，就是说，你首先要点亮心头的那盏灯，只有在智慧之烛的照耀下，你才能觉悟，你才能了知万法的本来面目——也就是实相。

我们的修行常常被称为修道。道，就是前人走过的路，就是规律，就是觉悟时必须遵循的一种行为准则。当你沿着“道”前行时，你的觉性才会慢慢显发出来，你才会认清你所有行为的密义，你内在的智慧本觉才会被挖掘出来，你才会了解到许多内在的体验是本有智慧的光明，它们本来如此，不假外求。当你认知到本觉之光时，我们就称之为开悟，它会使你的智慧本觉显现于你的生命中，变得十分清晰，像黑夜中的灯塔那样了了分明。你会发现，那灯塔，其实同样是你的自性光明。它们不是你修来的，而是你发现的。它们是你的自性中本来俱足的光明。

所以，在你的证悟过程中，那三种教授有着决定性的作用。你必须在正见的指导下，选择适宜你的修行法门，培养你心灵的慈悲，认知你本有的智慧，以达到真实的了悟。

当你真正觉醒之后，你的智慧之烛就有了三种庄严，我们称之为三身。三身，其实是证悟的三种表现方式。

那化身，是智慧之烛外现的光明，它以种种外现的物质形式表现出来，它可能是一些预言性的指导，或是一些承载智慧的人和事，以指导需要帮助的行者进入深层的体验。儿呀，那诸多的空行母，鼓动如簧的巧舌，在为你开示心性。她们点亮了你的本觉之烛，驱散了亘古的黑暗，以使你的自性光明自生自显。儿呀，解脱的秘密是本有的秘密，它同样本自俱足，但只有心灵觉醒的人才能了悟它把握它。当你的本觉焕发出光明时，它自然会驱走无明。要知道，本觉是超越分别心的，在本觉的光明中，没有二元对立。它本来清明，闪烁智气，它是直觉的智慧，不假思维分别，而洞悉万象。

那报身便是智慧灯烛本身，成就之源来自报身，报身给予的教导往往伴随着成就而传递。它庄严深广，象征着三昧耶如意宝的钥匙。我将那些真言和教诲等以声音的形式传递的真理称之为报身的妙用。它没有任何的造作，没有任何的虚饰和狡诈，它本身便是自我解脱的报身。心性非由造作，不假因缘，无须解脱，无须改变。心性的本性是自我解脱。所以，解脱的自然光辉与表征，只会发生在了悟本来心性的人身上。

儿呀，一定要像守护眼眸那样，守护你与根本上师的三昧耶誓约，守护你完整无垢的觉性。要像培育种子那样，在教法的光明中让它不断成长，久而久之，它的光明就会真正地显发出来，进而滋生出殊胜的功德。要知道，那觉性本身，就是最高层次的三昧耶戒。觉性的特质是本来解脱，本来自在。这就是说，我们并不是叫那觉性导向解脱的，而是那觉性本来是解脱的。要入真如之境，只能透过真如本身。所以，了悟真如的法身觉性就是一切誓约中最高的誓约。它不是手段，不是达到某个目的地的途径，它本身就是目的，本身就是解脱。

那法身是光明的智慧本体的另一种表述，它源自微妙的本性。它跟心灵有关，体现出无上的觉悟和深妙的觉性。它是真实本性的密钥。儿呀，不要造作地对治心灵的对境，不要造作地对治你心中的忆念，心性的本质便是法身，一切事物的本质便是法身。这便是无分别的法身之见，这也是心性的本来面目。当你在觉性之境中进入无修禅观时，你便不会再去杜撰那些概念化的活动，你更无须对治那些心的对境。

儿呀，虽然心性的特质是解脱，但你还是别忘了精进。你欲证得完美的佛身，一定要去努力地观修本尊形貌。因为本尊身是最完美的身躯，它象征了本尊的诸多功德，象征了本尊的独特成就。它达到了物质所能显现的最高圆满，你要恒常地去观修，直到你与本尊无二无别。

儿呀，你要想证得究竟的语成就，一定要精进地祈请上师或持诵本尊的真言；因为那祈请和真言承载了最圆满的加持力，它代表了语的最高形式，它能直达报身的究竟本质。

儿呀，你要想得到究竟的觉悟，一定要勤修大手印。那心性无有变异，最极圣妙。它便是本觉的法身，它无形无相，离于概念，离于勤勇。它能生万法，能自然成办身口意事业。为了达到心的究竟清明，你一定不要离开大手印悟境。

儿呀，你一定要记住，那三种密钥，综合地结合了物质、声音及心灵三种修法，三者都很重要，不可偏废。

儿呀，你虽然来到了空行净土，领受了以上的教法，但你要知道，从了义上讲，空行净土其实遍布法界。同样，那空行母也不是来自心外，而是自己觉心的另一面。她们是遍时空界、遍一切处的证悟的诸多显现之一。明白了这些，你便能真正地契入无修之境，进入心性完全清净的法身境界，就会从一切虚幻短暂的不净中得到究竟解脱。

儿呀，要记住心性本净，不可改变，恒常清净。当你的诸种由分别心引生的污垢祛除之后，你就会见到不易的本净心性，就会子母光明会——母光明和子光明就会彼此相识，融为一体。当你真正超越了主体和客体，你就不再有主客体之别，因为你那主客体的分别，就会融入真正的自性俱生俱显之境。

儿呀，因为你当初拒绝过我，我们这次的相聚就到此为止了。你可以回到那烂陀寺取回你的经书之类，去藏地吧。我们更进一步的相聚是下一次的事。

你不要难受，我们的缘分极深，而且不是一般的缘分。这次，你已经得到了很多。你还会来的，我等着你。记住，无论你何时向我祈祷，我都会马上回到你的身边。你也告诉你所有的弟子和所有对我有信心的众生，只要他们向我祈祷，我就会像母亲听到生病儿子的呼唤一样，马上来到他们的身边。当然，因为业障所蔽，他们不一定能看到我的色身，但佛说过，若以色见我，以音声求我，是人行邪道，不能见如来。只要他们信心俱足，就能得到我的加持。

至于拙火、梦观、幻身、光明、往生、中有等诸多瑜伽的教授，等奶格玛为你灌顶之后，我会为你善加解说的。

去吧，你这棵树已经开始茁壮了。

我很高兴。

9. 傻子的油脂

尊敬的夫君：

刚才我买了一些火供用品。我想供供梵天和那些护法神，让他们帮帮你，让你少些违缘，能早日找到奶格玛。

库玛丽又带来了那边的信息。那些咒士们又开始做一种更邪恶的咒术。他们想让你变成白痴——一想这个词，我的心就哆嗦了。

那个在街上行乞的傻子死了——就是你见过的老拣食肮脏食物的那个，咒士们弄来了他的尸体，用他的脑浆写了你的名字，放在火坛上烧。火坛的供物，便是那傻子的油脂。他们一边持咒，一边用腾起的烟熏那张写了你名字的纸。

你想，这是多么恶心的事。库玛丽一说，我就呕吐了。

还是谈谈我们的事吧。你也许真的劳累了。瞧你，前些天写的那封信，写了啥内容。我一直不敢再看那封信。只是好笑，原来，吃醋的琼波巴，也会犯糊涂的。

我是你气不跑也气不死的女人，无愧于你，无憾于心。你来了，我当你不会走。你走了，我当你没有来。

不过，我坚信，我们能走一生的。

因为，在这世上，我最爱你。

灯又快没油了。等你回来时，莎尔娃蒂会好好赔罪，捂得你热乎乎的……想我吗?

你的莎尔娃蒂

10. 希望他们的诅咒灵验

我思念的莎尔娃蒂：

我倒是真的希望那些人的诅咒灵验，让我变得愚痴一些。老祖宗说，傻人有傻福。所以，在世人眼中不傻的我，只能过这种奔波的生活。

每次，一写完给你的信后，我就能坦然入睡。我头一挨枕，就呼声如雷，酣畅之极。可见我是个无心的人，每次，我做了该做之事后，总是会坦然入睡。别的，其实是命运的权力范围。我不想夺命运的权力。更明白，任何执著，都仅仅是在折磨自己的心。

我当然明白你的心，你真的很矛盾：离开我，你的生命失却了一段精彩。不离开，你又忍受不了那种思念之苦。也许，在某个瞬间，你真的很想放弃。那个瞬间，我也心疼你，却想：也好，随缘吧。

我明白，许多时候，一个人的所有设计，都会因为心的变化而成为泡影。要是我们有期待，就必然有失落，进而失去心灵的宁静。对这个世界，许多时候，我真的是无所求的。我只能随缘。能回到你那儿，我很高兴。要是你放弃了，我也很高兴。

冷静地想一想，一生里，我真的没产生过如此强烈的情感。也许是压抑过久，也许是你真的值得我爱，更也许是我将你当成了我生命中一直寻觅的那份真爱。没有它，就没有我的修行。我的灵魂，一直被诗意和宗教撕扯着。当那份强烈的诗意占了上风时，我就想当寻觅的诗人和行者。当宗教信仰占上风时，我就去闭关修炼。我曾想，世上不缺修行人，也不缺瑜伽士，但缺好诗人——你也许想不到，我甚至想当诗人呢。

遇见你后，我真的很惊喜。那份熟悉、善良、温柔和真诚，很令我陶醉。还有你那女神经历熏染出的灵秀和圣洁，每每令我惊喜不已。我被一种东西裹挟而去。虽然我的智慧时时提醒我，但我还是愿意浸淫其中，不愿自拔。我明白，它可能成为我一生里最重要的激情。在那些日子，宗教意义上的寻觅，总是被你的爱吹淡。

但昨夜，我真的想放弃了。我觉得我太残忍。你实在太累了。一想到放弃，我感到失落的同时，也感到一种轻松。我失落于可能要失去我深爱的你，却又轻松于你可以不再有相思之苦。我真的心疼你。为了叫你过得好一些，我能尊重你对我的放弃。

但我明明知道你心中的块垒所在：你怕你旧的温馨世界被打碎之后，再也无法建起新的美好世界；你更怕别的女神的命运在你身上重演。

也许你是对的。但你并不知道我的智慧。我是太明白生命的无常，才会无原则地珍惜它。仅仅如此。

谢谢你给了我那份诗意和精彩。我发现，你也真的投入了全部的真诚。我们真的该珍惜它的。生命里没有这份情感时，人就成动物了。不久之后，你所有的一切终将离你而去，你只有一次的生命终将消失，还有啥比年轻健康时的相爱更值得珍惜呢？我想，只要我们稍稍冷静一些，或是待得时间消磨了那份恼人的相思后，我们或许会走出很远的路。我们的生命，也许会因了这一相携，绽放出异常绚丽的火花。

多年之前，在我“明白”或“觉悟”前的许多个夜里，我时时在深夜流浪在本波庙后面的山洼里，疯子般吼叫。我解除不了孤独。我时时想自杀，时时想拿把刀插向自己心口。但我终于活了过来，当然是修炼救了我。在那个时候，任何人拯救不了我。能拯救我的，只有心的明白，或那份我所寻觅的真爱。

幸好，苦修之后，我终于明白了一些。我很想将我的那份明白传递给跟我同样痛苦的人。

我的智慧还告诉我：世间法的所有追求，最终是无意义的。多年之后，随着宇宙的坏灭，一切都会随之化为灰烬的。我想寻求更有意义的能够永恒的东西。寻觅便成了我所选择的永恒。它时时将我从宁静的雪域高原拽出，拽向神圣的印度。

我想，燃烧了这么久，在全心全意地爱了你之后，我该定定心，干我生命里该干的事了。

我决定受戒。

爱你的琼波巴

11. 精神的真实

琼波浪觉回到藏地，筹到了许多金子，再次来到印度，又求了许多密法。

前后算来，他已拜了一百四十多位上师，也几乎求到了当时流行于印度的所有密法。同时，还随缘供养了寻觅途中遇到的上师，并求了一些以前没求到的密法。但他们都不知道奶格玛的讯息，有人说曾在空行母聚会时见过奶格玛，但不知道她现在在哪儿。有人甚至说，你不可能找到奶格玛，她仅仅是个传说。还有人说，奶格玛早圆寂了，但琼波浪觉想，就算她真的圆寂了，法身也是不灭的。他听说，玛尔巴就见到过已经圆寂的那诺巴。玛尔巴照样从那诺巴那儿求到了“那诺六法”和其他法门。何况，听说奶格玛已证得了无死虹身。

寻觅之路是那么的漫长，同行的弟子不适应印度的气候，纷纷病倒了。琼波浪觉安排他们休养，自己则背了黄金，四处寻访奶格玛。

性急的读者也许会怨我的节奏过于缓慢，本书早已过半，琼波浪觉却仍在寻找。当然，节奏慢是我小说的特点之一。问题在于，许多时候，寻找的过程其实也是目的。正如每个人生命的目的地是死亡，但最精彩的，还是那走向死亡的过程。琼波浪觉正是在寻找的过程中升华了他自己。

我曾想将琼波浪觉在尼泊尔和印度的求法之旅诸一记录下来，但我发现那样容易流于琐屑。更因为求法的过程大同小异，多为艰辛的寻觅而已。当一种笔法用多了之后，就会出现阅读疲劳。再说，有眼力的读者，也会发现本书的写作跟一般的传记小说不同。它更多倾向于心灵的真实，而不是追求描头画脚的那种所谓真实。

同样，对于琼波浪觉的求法经历，我也不想用一般的纪实笔法，而更愿意用一种象征笔法。这种写法，我曾在小说《西夏咒》和《西夏的苍狼》中大量运用。我说过，《西夏咒》中“琼”的原型，其实就是我心中的琼波浪觉。我写他时，同样是强调精神的真实，而非现象的真实。

之所以使用大量的象征，原因是我真正秉承了琼波浪觉那个时代的许多智慧。使用象征是佛教的特色之一。无论是唐卡还是仪轨，无不使用象征。《西夏咒》就用了大量的象征来写一个空行母和一位成就者的证悟过程，不过因为毕竟它是个小说，许多朋友不一定会重视它。

可以说，琼波浪觉的任何一次求法，都不是坦途，都充满了艰辛和危险。而再现那种艰辛又几乎是不可能的，因为我不能像老婆婆唠叨儿媳那样诸一描述那些过程。即使我真的描述了那些过程，效果也未必比我使用的象征更好。

琼波浪觉的寻觅经历，跟玛尔巴寻找古古如巴的过程一样，虽有魔幻色彩，却是更高意义上的真实。它像《西游记》那样，有了超越文字和故事层面的意义，涵盖了几乎所有的智慧求索的诸多可能。

因为文字所限，我不能将琼波浪觉的求法经历一一罗列出来，因为那样容易变成流水账。但我也不能无视琼波浪觉遭遇的诸多艰辛，因为那些艰辛是客观存在。而且，人类在追求永恒的过程中，必然要面临许多艰辛和困境。琼波浪觉的智慧求索也不例外。

所以，虽然你也许不一定认可我的写法，但它肯定给你带来了一种别样的阅读感受和审美体验。这便是我写这本书时，选择象征笔法的优胜之处。明眼人一眼便可以看出它精神意义上的真实。精神的真实才是真正的真实。因为任何现象的真实，都会随着现象的变化而失去真实性，只有精神的真实才是本质的真实。所以，你总是能从我的“光明大手印”系列作品中，读出那种能令你豁然有悟的智慧。要是你能真正悟入，你甚至能感受到一颗颗仍在怦然跳动的光明心传递过来的清凉。

而对于真正有信仰的人来说，他读到的，就不仅仅是文字了。虽然有人会认为我从空行文字得到的有关讯息仅仅是象征，但事实上，我并不认为那些文字只存在于我的想象中。我当然认为，空行文字，其实也是一种客观存在，它同样类似于暗物质和暗能量，是一种超越了人类的眼睛、但定然是宇宙间的某种存在。历史上有许多成就者，就从空行文字中得到了有益于人类的诸多智慧。我们熟知的《密勒日巴道歌集》，就是一位后藏的成就者，从空行文字中转译过来的。只是到了后来，一些粗心的出版家忽略了那位伟大的成就者而已。

12. 附体之说与无二无别

对于空行文字的转译之说，一些学者用了另一种说法——“附体”。这一说法，也承认了有一种比人类更伟大的存在。它有时会附着于人类身上，传播一种真理。

我的小说《西夏咒》出版后，北京大学中文系教授、著名评论家陈晓明先生写过一篇文章，叫《文本如何自由：从文化到宗教——从雪漠的〈西夏咒〉谈起》（《人文杂志》2011年04期），文中有附体之说，他这样写道：

> 《西夏咒》几乎可以说是一个全新的东西。……内里有一种不断涌动的宗教情怀在暗地使劲，表现在文本叙述上，就是如同神灵

附体，使得小说叙述可以如此无所顾忌地切近存在的极限。……雪漠也是在玩着界限与僭越的游戏，他要僭越那个界限，他是有些胆大妄为，他要在没有标准的状态下找到自己的标准——他像是被什么神灵附体，否则，哪有这样的胆量，哪有这样的手笔，哪有这样的气度?

……

雪漠可以说是当代中国作家中极少数有宗教追求的作家，他有二十多年的修行经历，研究过世界上的多个宗教，尤为致力于研究大手印。雪漠写的《大手印实修心髓》是一本颇有影响的书，尽管他表示不会成为教徒，但他确实有相当深厚的宗教情怀。

……

雪漠的《西夏咒》是不可多得的极富有挑战性的作品。当代文学再要创造陌生化的经验，已经极其困难，而宗教情怀有可能使作家开辟出个人独特的道路。雪漠以他对宗教的虔诚，以他靠近生命极限处的体验，去僭越、越界、抵达极限。借用宗教情绪，雪漠的写作如同神灵附体，而只有附体的写作，可以让他摆脱现有的羁绊，飞翔、穿越、逃离，为当代小说呈现了一个独异的文本。

北京大学现当代文学硕士、人民文学出版社编审陈彦瑾女士曾参与过北京大学的一次讨论，她此后写道：

2011年5月6日，在北京大学二教316教室里，陈晓明教授又上了一堂别开生面的课——师生共同研读《西夏咒》。本科生胡行舟说，《西夏咒》实在是一部神作。博士生丛治辰称，这部作品他简直没有资格去谈它，因为它已经超出了小说的范围，有一种他所不能理解的东西。小说的文本更像是一个通灵师在讲话，用任何小说标准的手术刀去切割它都像是一种亵渎。这本书糅合了经书、赋、史传、传说、神话、小说，打通了历史、政治和宗教。在他看来，雪漠作为一个作者已不单单是一个小说家，更是一个信仰者，而其信仰者的部分在小说中汪洋恣肆地漫延，使得他没有办法去体悟，导致他对这部小说的认识有很大的盲区。陈晓明教授也指出，《西夏咒》是一部奇特的极端之书，有着非常鲜明的风格和态度，它提供了一种新的叙事经验，对当代理论和批评提出挑战和刺激。作为研究者，他试图在当代文学史的语境中找到其叙述上的存在理由，这就是“附体的写作”。他说，如果说很多作者都可以从文本中建构其自我形象的话，《西夏咒》则很难根据文本建构出清晰的作者形象，透过文本几乎无法想象和触摸作者。文本中作者发出的声音好像不是他的声音，而是另外一个声音，文本也像不是由作者写作出来，而是其他力量附着在作者身上，促使他写出来。所以，他感觉作者和文本都被附体了。

陈晓明认为，附体的写作其实是一个宗教问题。从当代文学史的语境看，中国文学从历史到文化，已经走到极限，那么，宗教作为一种写作资源，很可能为二十一世纪的作家们提供一条出路。作家凭借强大的宗教情怀，以神灵附体的方式书写的时候，可以超越历史、文化的美学规范，使文本呈现出一种自由。在他看来，《西夏咒》为当代文学从历史、文化向宗教突进提供了一种可能性，其书写经验从整个当代文学史来看都是极为稀有的，因此非常值得重视和研究。

由此，陈晓明指出，宗教和文学、音乐等艺术形式一样，可能是人类为了让自己能够生存的一种方式。雪漠借助宗教叙事来展开文学叙事，在梦一样的境界中进入、书写恶的世界，如同西部荒原上冬日的阳光照在泥土上的那种苍白，真实而又无力，虚幻而又真实，呈现出一种超现实的经验，他称之为“中国的魔幻现实主义”。这种魔幻不同于拉美马尔克斯式的魔幻，而是直接从宗教

> 中获得资源。借用雷利斯对巴塔耶的一段描述——“在他变成不可思议的人之后，他沉迷于他从无法接受的现实当中所能发现的一切……他拓展了自己的视野……并且意识到，人只有在这种没有标准的状态下找到自己的标准，才会真正成人。只有当他达到这样的境界，在狄奥尼索斯的迷狂中让上下合一，消除整体与虚无之间的距离，他才成为一个不可思议的人”，陈晓明指出，中国文学走到今天已经积累了太多的文学经验，要超越这种经验，作者自身必然要先成为“不可思议的人”，而写出《西夏咒》这样不可思议的作品，这样极端的作品，雪漠自然也变成了达到“让上下合一，消除整体与虚无之间的距离”境界的“不可思议的人”。雪漠如此这般的写作，也是在“没有标准的状态下找到自己的标准”，这“才会真正成人”。

我发现，对于佛教界惯用的“无二无别”之说，陈晓明教授的文章中有着另外一种殊途同归的说法：“只有当他达到这样的境界，在狄奥尼索斯的迷狂中让上下合一，消除整体与虚无之间的距离，他才成为一个不可思议的人。”

无疑，陈晓明先生是有眼力的，他揭示了我写作时的某种真实：我的作品，其实是传递了千年的智慧之火发出的光明。在本书后面的文字里，无论它的外现是华丽还是质朴，我同样传递了一种能令我们豁然明白的智慧。

需要补充的是，写作此书时，我同样被一股神秘的大力裹挟着，没有了二元对立，没有了造作，心明空如天，了无一字，笔下却涌出了无穷景象。我曾请一位成就大德印证过。他说，这时，你跟诸佛或本尊是无二无别的。当我消除了所有执著，融入一种巨大存在时，一种神奇的力量就裹挟了我，文字就会像爆发的火山那样喷涌不已，仿佛不是我写此书，而是我仅仅是个出口。文字总是欢快地啸叫着从我的指尖跳跃而出。那种物我两忘，是超越了二元对立的，本尊即我，我即本尊。所以，我愿意将本书内容当成一种本来就有的存在，它像婴儿存在于母体一样，本来就存在于这个世界上——当然也不离我的心性——而我，仅仅是它的出口。我只是进入澄明之境，叫那文字从我无执无著的心中流淌出来。当然，有时，我也会惊喜地品味它们，像酿酒师品尝他无意间酿出的佳酿。

第十九章　求索的灵魂

1. 也有胜义的娶呀

为了照顾一些性急的读者，我将琼波浪觉在寻觅途中遇到的事一一略去，也略去他三赴印度时再次向诸多上师求法的过程，而将大量的笔墨用于琼波浪觉的证悟过程和生命经历。

经过了数不清的跋涉之路，一天，琼波浪觉听到一群人在谈论奶格玛的变身故事。一听那名字，琼波浪觉“汗毛直竖，涕泪交流”。熟悉密教故事的读者都知道，具缘弟子遇到具德上师时，常常会出现这样的情形。笔者也多次有过这样的体验。

琼波浪觉发现，谈论奶格玛的，是一群女人。我们是否可以这样认为，那是空行母在点拨琼波浪觉？至少，琼波浪觉就真的那样认为了。他扔下背囊，向那几个女子恭敬合掌。女子们掩口而笑了。

一个问：你也知道奶格玛？

琼波浪觉道：何止是知道，我寻她寻了好几年。

另一个又问：你寻的是哪个奶格玛？

琼波浪觉道：就是你们方才说的那位变身的女子。

前一个笑道：哟，你的耳朵可够长的。我们的悄悄话，你也听了个清。看你这模样，莫非是风流浪子不成？你找奶格玛，是想娶她当老婆？

琼波浪觉急了：这可不敢乱说。我心中的奶格玛，跟佛无二无别的。

女子们笑弯了腰。一个说：瞧你那样子。人家观音菩萨，为了度化强盗，不也嫁了强盗吗，为啥奶格玛就不能嫁你？莫非你比强盗还坏？

琼波浪觉额头渗出了汗，他手足无措了，说：这可不敢乱说。真的，这可不敢乱说。造了口业，要堕地狱的。

女子们花枝乱颤地笑了一阵。一个说，不逗你了。我们也不知道奶格玛究竟在哪儿，但我们听说她在娑萨朗尸林的上空。可说是这么说，我们老去那儿，却也没见过啥奶格玛。不过，有人说她化成了空行秘境，但也仅仅是听说而已。谁也没见过那个秘境。你要是真的有信心，不妨去那儿找找，有没有缘分，就看你的造化了。

女子们嘻嘻哈哈地远去了。只听一个说，瞧那傻样，一说娶，就吓成那样了。嘻嘻，他不知道，那娶，也有胜义的娶呀。

琼波浪觉听了，仍是一片糊涂。

2. 大红司命主的坛城

亲爱的琼波巴：

告诉你一件事。

那些咒士中有个打卦的巫士，据说能算出你的一切。他说，他们的咒术之所以一次次失灵，是因为有个红衣女子在保护你。我不知道她是你说的那个司卡史德，还是你寻找的那个奶格玛？那是你的保护神。于是，他们决定先勾摄那女子，将她囚于密坛之内，再对你进行诅咒。他们正在修建一个叫大红司命主的坛城。这坛城，可以将被诛者的保护神勾摄过来。

在库玛丽的带领下，我偷偷地看过那个坛城。坛城设在一个山洼里。那儿有一棵树，很像拐杖。他们先画了一个黑色的三角形，我说过，这是他们诛业坛城的图案。

那真是一个恐怖的所在。我感觉到有股阴风在暗涌，那是能渗入骨髓的阴冷和寒凉。我觉得我的灵魂也给他们勾入坛中了，我的身子一阵阵瑟缩。那个时候，我发过愿，我想要是他们的咒力真的起了作用的话，我倒是愿意叫他们勾入坛中。这样，我们便能永远在一起了。对于我来说，生呀死呀，是懒得考虑的。我只想永远跟你在一起。我想，要是能跟你在一起，你们所说的极乐世界，也不过如此吧。

听库玛丽说，他们打死了一只黑色的猫头鹰，剥下了它的皮，上面写了你的名字和他们的愿望。他们想让你残废。瞧，他们的愿望一天天在变，以前，希望你死；后来，希望你变成白痴；再后来，又想叫你残废。我想，他们是不是在跟你的保护神讨价还价？他们一次次降低诅咒的期望，目的只有一个，叫你别再去寻觅。他们仿佛很害怕你成功。我找不到其中的理由。以前，魔王波旬最怕佛陀成道，原因是修道者一多，他的魔子魔孙就少了。现在，咒士们是不是也像波旬那样？

我发现，有许多人确实想置你于死地，一些就是你们教派的对手，他们将雪域当成了一块蛋糕，他们只想由他们来切，不希望多一个强有力的对手。无论是本波还是班马朗，似乎都这样。更香多杰似乎另有心事。以前，他倒是真的希望你娶我。但后来，我发现他变了。在那些咒士的教调下，他有了贪心。也许，他不希望我将财富用于你弘法——也许他认为，要是我死了，他便是当然的财富继承人……不过，我已经想好了办法。

他们在猫头鹰皮上写名字和愿望时，用的是秃鹰血。咒士们挥舞着普巴金刚橛，诵一种邪恶的咒语。然后，他们将咒物和短剑装入袋中，挂在墓地的树上。哪知，他们还没转身离开呢，一阵非常强劲的风刮下了袋子。普巴金刚橛从袋中探出头来，插进了一个咒士的肩膀。真是有趣。这下，那些咒士都很没面子。呵呵，咒人不成，反被榧伤。

库玛丽边说边开心地笑。我也很是开心。

写这信时，夜已黑。真想你啊。

刚开始落笔时，情不自禁，心还没有会意过来，手已写下了“夫君”两字，赶紧删去。我愣了一会儿，又加上了，但后来想想，又删去了。就像刚才，热泪就要冲出眼眶，我还是用力忍住了，忍一忍，咽回去，心里一阵发酸。

你是要走远路的人。我省略了这两个字也好。

那天，刚看到你信中“决定受戒”几个字时，我呆住了。我没预料到你会有这样的决定，就恍恍惚惚回到房里。我终于瘫软无力，现了原形，成了你讲过的那条喝了雄黄酒的蛇仙。你和许仙不同，你是找到了归宿。所以，我心底一阵阵涌上来的泪，终究也成不了漫天汪洋。我的仇敌不是法海，只能淹了我自己。

……到底还是哭了，原来满心欢喜，以为找到结伴同行的人了，看到任何东西都会联想到你，连做梦都是笑着的。不想梦这么快就醒了。这条路还得自己一个人走。你以前说很心疼我那么孤独，我以前并不觉得自己孤独，因为心里总是装着你。现在我才觉出孤独了，那就好好为自己哭一次吧。

你想用这种残忍的冷漠，注释“诸行无常”吗？你叫我诵《金刚经》，是想帮我破除执著痴迷吗？

如果这样，我绝不做好学生。如果修行必须以了断与你的情缘作为交换，那我绝不皈依。我不求来世，不求佛国，诵经祈福只盼今生与你相守。现在你都走了，我就无所求了。心都走了，我也就不会心痛。不用顾念，你尽可以了无牵挂地走。

只是我很愚钝，让你白疼一场。你决定受戒，也许我应该高兴才是。

不写了。你多保重。

莎尔娃蒂

3. 狼嚎声中的空行母

上师啊，我最想知道的，其实还是你的求索过程，希望你能重点讲讲那些神奇的经历。因为那些教义，在三藏十二部里都有，而你的求索和寻觅，却只属于你自己。

好的。在我的一生中，我最感到欣慰的，也是这一点。

记得那一天，那些女子渐渐远去了。我如在梦中，很是欢喜。我终于得到了奶格玛的讯息。我听说过娑萨朗尸林，那是印度很有名的一个尸林，许多传说都发生在那儿。八十四个大成就师中，有个嗜睡的懒汉，据说懒到了极致，家人不堪其懒，就将他扔到了娑萨朗尸林，后来他遇到了上师，上师叫他在自家头顶观一个明点，并将三千大千世界观入其中，久久念断，证悟了空性。

关于娑萨朗尸林的传说很多。

我很轻易地就打听到了娑萨朗尸林的所在，荷金前往。因欣喜若狂，倒也不显得累。一路行去，见一河湾，里面有许多树，但树叶干枯了，枝丫刺向天空，刺出许多沧桑来。河湾里有个女人，正放声痛哭，哭声凄厉，为河湾平添了许多悲凉。我四下里看看，再也没看出别的扎眼之物。有心问那女子是否见过奶格玛，但见她泪眼婆娑，呜咽不已，知道问也白问，便独自嗟叹。

哪知，那女子哭了一阵，竟住了哭声。我趁机问：你知道奶格玛吗？

那女子道：奶格玛，奶格玛，我儿子也老问奶格玛，问来问去，也没躲过死神。

我兴致大增，问：你儿子也知道奶格玛？

女人道：来这儿的，哪个不知道奶格玛？可你想奶格玛，人家奶格玛可不想你。都说这儿有啥净土，可我咋就见不着啥净土呢？

女人絮絮叨叨地说了一阵话，我听出，她儿子患了重病，听说求奶格玛可以治病，就来求，求来求去，却求出了满心的酸楚，就痛哭了一场。

女人说，都说这儿有奶格玛的秘境，可真见到的，也没几个。听说有缘的才能见到，可“缘”是啥？又听说有信心的才能见着，可“信心”又是啥？

女人哭丧着脸走了。风吹来，将女人跪过的印迹吹没了。四下里静了，待女人的身影消失在尸林尽头时，我就怀疑这是个梦。

我想，只要工夫深，铁杵磨成针。我就将这河湾当成娑萨朗尸林，先顶礼十万次再说。于是，我就将那河湾观为尸林，边顶礼边祈请奶格玛。待得我圆满了十万个大礼拜时，大地震动，天边显出一团彩霞，彩光之中，忽然发出声音——

奶格玛秘境在东方，庄严无比净妙境。

她为人间救怙主，汝当虔信东方行。

我想，原来，这儿不是娑萨朗尸林呀，不过，虽然不是尸林，但我总算得到了尸林的方位。于是，我高兴地朝东前行，行了几日，一路尽是大山，渐渐没了人烟。沿途多是荒凉的景色，且有了骷髅，很是可怖。但我想，只要有骷髅，想来便是尸林了。又见狼也多了起来，星星点点地在山洼里闹。我心说，狼呀狼，我可不是来找你们的，我是找上师奶格玛的，要是你们知道她的讯息，那就告诉我，要是你们不知道，也别来找我的麻烦。等我啥时成就了正觉，你们要是仍对我有兴趣的话，我就将身子布施给你们。好吗？

一狼发出长嚎，仿佛说，好的好的。

但这狼虽然在说“好的好的”，却有好些狼围了上来。它们的嘴咧得很大，流着涎液，有的还上下磕牙，那声音很是瘆人。我想，莫非它们真要吃人呀。我又说，我可不怕死，人家佛陀还舍身饲虎呢。不过，我现在还没找到奶格玛上师，没有得到她的法脉，现在死了，实在有些不甘心。你们还是离我远一些好。

狼听了，既没前扑，也没远离，只是远远地跟定了我。

风从狼那头卷来，我闻到了一股很浓的腥臭味，定然是狼嘴里的味道。我想，不是那声音指点我到东方来吗，咋遭遇狼了？却又想，这些狼，该不是那些成就师和空行母的化现吧？听说，好些空行母就化为狼身，超度那些死人。她们吃了那些尸体，死者就到了空行佛国。于是，我对那些狼说：要是你们真是空行母的话，就再朝我磕磕牙。那些狼却无动于衷。我有些好笑，想，我真是神经过敏了。

那些狼只是远远跟着，倒也没有前扑，仍是时不时磕磕牙。听惯了那声音，我倒也没有先前那样害怕了。

天边的那缕红光渐渐没了，夜降临了。我觉得很有些凉，我知道那是心理作用。远远地，还能看到那些绿灯似的狼眼，但我也顾不上害怕了。我想，哪怕死在求法途中，也是值得的。

突然，一匹狼发出了长嚎，群狼齐嚎，声震天地。我吃了一惊，心想，要是它们扑了来，可不太妙，见近处有棵树，就赶紧爬了上去。不一会，就见那诸多的绿灯围在了树下。我倒抽一口冷气，想，要是我迟几步的话，不定它们会吃了我。却奇怪：那些狼跟了我一路，为啥不往上扑？又想，也许，它们怕我手上有家伙。

夜很黑，啥也看不清，除了那一堆堆绿灯般的狼眼外，别的都隐入夜色了。夜气很凉，虽然此时的时令不是最凉的时候，但我仍觉得很凉，我怀疑这是恐惧使然，就有些怨自己，修行这么长时间，却连个恐惧都降伏不了。这一想，竟真的发现自己的恐惧了。我想，要是刚才在路上，那些狼一起扑了来的话，此刻我在哪儿呢？我追问下去，发现那个“我”其实总是在骗我。

本来没有我，那些狼吃啥呢？虽然理上明白无我，但那后怕却仍是一波波卷来。我想，要是当时我这样怕的话，怕是走不了这么远的路。

我又向上攀了攀，找个三叉处坐了。我取下驮架。这是我从藏地带来的，也有人叫它“人鞍子”，背东西要是不用驮架，很容易磨坏脊背。我将那驮架挂在一处断丫上，闭了眼，回味近些时的事，真像做梦。此刻，想到许多东西都像做梦，我梦中学梵文，梦中见莎尔娃蒂和司卡史德，梦中拜了那么多的成就上师，梦中经历了许多场景……一切都像做梦。在我的印象里，莎尔娃蒂和司卡史德很像是同一个人，尤其是司卡史德示现少女身的时候。我甚至怀疑莎尔娃蒂也许就是司卡史德的化身。

我发现无论遇到怎样的上师，我心中牵挂的仍是奶格玛，也许这就是宿缘吧。对那个一直没有见面的上师的向往，成了我生命里摆脱不了的牵挂。

一想到奶格玛，我又感到一种浓浓的感觉裹挟了自己。我禁不住祈祷：

奶格玛，我的母亲，
请顾念我。

您是十方空行的主佛，
您是人天共依的怙主，
您是森森严冬的太阳，
您是漫漫长夜的灯炬。

奶格玛千诺！

我不停地诵着“奶格玛千诺”。渐渐地，狼群消融了，只觉得一股清明包围了自己。我泪流满面，心想，即使是真的葬身狼腹，我也会将那儿当成净土。

睁开眼，见那堆绿灯仍聚在树下，似乎在等我掉下去。我想到了舍身饲虎的佛陀，觉得非常惭愧。我想，佛陀为了救饿虎，将自己送入虎口，而自己，真是没有慈悲心。许多时候，我总是在遇到一些事情之后，才想到自己跟佛陀的距离。但我虽然心生惭愧，要是真叫我舍身饲狼，却仍是不甘心。

我想，我还有比喂狼更重要的事要做。这一想，心便坦然了。

但很快，我又为自己的这种坦然羞愧不已。

忽听远处传来“救命”声，在很静的夜里，这呼救声显得格外扎耳。一听有人声，树下的绿眼们一窝蜂扑了过去。我想，那喊叫的人，怕是没命了。我很想去救，但又想那么多狼，即使自己搭了命，也不一定能救了人家。

不远处传来撕咬声，一个女人厉厉地叫着。一点亮光渗入黑夜，渐渐移来。许久，才看出是个火把。那个叫喊的女人举个火把，跌撞而来。群狼们边嚎叫，边穷追不舍。

我叫，到这边来！

那女人听到人声，连喊救命。

我说，快跑！到这儿上树！

但狼的速度比女人快，不等女人到树下，已将她围了。那距离，距我栖身的树只有两三米，我惋惜不已。

群狼围了火把狂嚎，女人失声嚎哭。她舞着火把，将近前的狼逼退了几步。

我叫，你试着往树这边挪。

女人叫，我挪不动了，腿没一点气力了，你帮帮我。

我试着下树，才下移几步，见几匹狼已候在树下，朝我长嚎。我连忙又爬了上去。

女人已经很危险了，因为火把就要燃尽了。火一灭，女人肯定会叫那些狼撕成碎片，但我要下去，怕也救不了她。

女人冲我叫，你救救我！

我喊，你抡着火把，往树这边靠。

女人说，我要是有那力气，早就上树了，能等到现在？

我说，这情景，即使我下去，也不过白白送死。

女人哭道，你真要见死不救？

我急得直搓手，我试着去折树枝。我想要是能找根称手的棍子，就下树去救，可是摸了许久，却发现身边的树杈至少有碗口粗，即使用斧头，一时半会儿怕也劈不断。

女人哭道，你再不救，我就死定了。

说话间，女人手中的火把熄了。她发出可怕的尖叫，狼竟给吓退了几步。

但很快，狼不等火把上的火星完全熄灭，就扑了上去。女人惨叫着，似乎在挣扎。但狼的撕咬声传了过来，渐渐压息了女人的惨叫。

撕咬声的间隙，传来那女人的声音：你就是这样修菩提心的吗？

我汗流满面，却仍是不敢下树。巨大的惭愧虽然生起了，但叫我下树去救人，却仍是没胆量。

远远地，传来一个声音，似乎是一个女人在唱：

空谈慈悲无大益，不如眼前救生死，
便是求得无上法，不去实践有何用？

你欲求得无上师，心中仍有我之蕴。
虽言众生是父母，为何不救眼前人？

我即空行奶格玛，手中即有渡人舟。
可惜狮王无比乳，不想倒入尿壶中。

若想得见空行母，发心忏悔寻且寻。
待得心光显发日，再候吾儿大胜因。

声音渐渐远去，我目瞪口呆。我想，听那女子口气，肯定是我的上师奶格玛，有心下树去追，却担心狼群。哪知，正犹豫间，狼的撕咬声也息了，四下里一片寂静，既不闻狼嚎，也没有人叫，连风声也没了。

隐隐地，传来几声冷笑。一个女子说，这样的心，还想见到奶格玛？

我闻声大哭。我飞快地下了树，向那声音起处扑去，一路上绊倒多次。

但只见四面漆黑一片，一切都归于寂静了。

我懊悔万分，想，我跋涉几千里，历时多年，寻找奶格玛，不料想，在关键时刻，却没有生起应有的慈悲心，与上师失之交臂了。

我呆坐在树上，如遭雷殛，脑中一片空白。许久我才回过神来，想，虽然我每次观修时都发慈悲心，但那些胜解作意，似乎并没有改变我的本质。比起那割肉喂鹰舍身饲虎的佛陀，我真是差得太远了。

我边自责，边痛哭，边忏悔。天渐渐亮了。我无奈地提了驮架，下了树，见地面的沙上，并没有狼爪印，方知昨夜诸多场景，皆是空行母化现，心中愈加懊悔，想，我真是没用，就算那时我喂了狼，又有啥？喂了狼的菩萨仍是菩萨，贪生的凡夫也是凡夫。

4. 自设的悖论

亲爱的琼波巴，他们仍在诅咒。

你寻觅不息，他们便诅咒不止。这情形，跟光明与黑暗一样，是不可分离的两个兄弟。

我一直在向梵天祈祷，希望我能承担他们的咒力。说真的，我有些怕了。他们请来了一个个咒士。跟你一起来的那位班马朗认识许多咒士。我不知他为啥那样恨你，你们不是在一块土地上长大的吗？你以前待他那么好……真想不通。

自从进了那坛城之后，我就老是打哆嗦，仿佛魂魄真的被他们勾摄了。

也许，我真的替你抵挡了咒力，昨天下午起我全身发冷。洗头时，水沾湿了后背，就像贴了冰片似的，后来就浑身酸痛乏力，头重脚轻，发烧。忽而热，忽而冷，交织着。早上家里又来了求法的人，需要我不停地说话。我没有沉默和不微笑的自由。

父亲要求我要不停地说话，絮絮叨叨的，我都说厌了。其实我最想说的，就是这些信的内容。刚遇见你时的惊喜，也让我忘乎所以说了很久。而现在，渐渐地，我也懒得说了。这也许不是一个好苗头。数千里的间距，如果再不保持必需的、坦诚的对话，我们之间的美好记忆就会越扯越远，越扯越细，最后就像轻沙撒入大漠，杳无踪迹了。连我们两个人，都消逝在人海中了。

我经常陷入自设的悖论中去。痴迷情感，我痛苦不堪，生不如死；但放下你（你口头上也认为我应当脱身），我们的情感无法维系，很快就会烟消云散。这一切，关键看我如何对待你。因为，你是绝不会为一个女子放弃一切的，我很清楚这一点。那么，为了成全你的骄傲，我总是努力淡忘你那些莫名其妙的嘲讽对我的刺痛。比如，在你的语气中，我好像特别耐不得寂寞。可一个耐不住寂寞的女人，会这样不顾一切地追随你、等候你吗？为了守护你的寂寞，她还傻傻地，那么自不量力地想要阻挡尘世喧嚣的入侵。

我们都有着极为错综、矛盾的多面性。这种矛盾来自我们两人内心的坚强和自立：互不倚靠，互不依赖，决不妥协。我们都生存在各自的世界里。也许，这种相似的个性今后还会磕疼我们这段柔软的情感。痛不痛？有多痛？只有自己体味。你是圣者，无所挂碍；而我是凡人，在自讨苦吃，可我希望这种煎熬过去，会迎来新的突破和成长。

因为你的时间似乎更宝贵，你的生命似乎更珍奇，因为我自以为还是你的爱人，所以，每次都是我来修修补补的，努力让这段情感更完整、更坚韧，不被时间侵蚀，直到长成参天大树。我以为我们都很需要这棵大树。

不知道我这种冷冰冰的较真和执著，是不是让你感到疏远了？

坚硬的莎尔娃蒂

5. 可怕的沼泽地

望着灵鸽渐飞渐远、渗入天空之后，我吃了点驮架里的食物，坐在那树下，开始忏悔。我专修了十万遍《百字明》咒，才觉得自己有脸再向奶格玛祈祷了。于是，我澄心静虑，开始祈祷：

奶格玛，我的母亲，
请顾念我。

您是我活着的理由，
您是我生命的意义，
您是长夜里的明灯，
您是苦海中的舟楫。
奶格玛千诺！

不知念诵了多久，忽然，不知从哪个所在，隐隐又传来一个声音：

知过改过吾法子，既往不咎莫懊悔。
欲求汝之根本师，起身速向南面寻。

我想，昨天叫我往东面寻，今天咋又成南面了？虽有疑惑，但不敢再坏缘起。于是，我重新背了驮架，往南走。行走一阵，发觉前面竟是沼泽地带，我想，这地方真是奇怪，刚才还是高山，此刻竟成沼泽了。

那沼泽奇臭无比，发出叫人呕吐的恶臭，仿佛这儿是发酵了千年的粪坑。我掩鼻而行，头晕眼花。

行了几日，又发现没路了，眼前出现了一望无际的淤泥。那淤泥吐着水泡，每冒出一串水泡，就扑来一股恶臭。我忍了一阵，竟有浑身瘫软的迹象了。

我想，莫不是这气味有毒？听说印度有一个叫毒龙洲的地方，那儿充满毒气，到那儿的人是很难生还的。有心不再往前走，却想到那夜的事，想，无论如何，死也走吧。这次，我是铁心了，不能坏了缘起。

于是，我继续前行。又走了几日，发现实在没有容足之地了。

但见那淤泥里发出无数的气泡，每一个气泡的破灭，都会卷来一股叫人窒息的臭味。但怪的是，前边的淤泥中，竟有一串印迹，很像脚印。我想，谁会到里面去呢？又想，人家能去，为啥我不能去？说不定，奶格玛就在里面呢。这一想，我兴致大增，沿了那脚印前行，虽觉得时时有下陷的危险，却终于没有下陷。

行了一阵，发现脚下开始明显下陷。稍慢一点，泥就会盖了脚面。鞋子上全是稀泥了。我想，只要不陷进去就好，但总是害怕，要是真陷入泥中，怕是连个呼救的对象也没有。

那串印迹仍向前方延伸，不知终端在哪儿。渐渐可以看出，是人的脚印，后来又发现了一只被撕破的鞋。我很高兴，想，只要人家能走，我就能走。所以，虽然脚时时下陷，我还是信心百倍地前行。

又走了一日，我发现四周已尽是沼泽，要是没有那脚印，我怕是连方向也弄不清楚。从四面里，都可以望到天的尽头。天像一个巨大的锅一样，扣在大地上。依稀记得曾经有山，但此时却啥也看不到了，除了沼泽，还是沼泽。除了那串脚印，看不到一点儿人烟，连鸟鸣也没有，真是奇怪。我像是行走在梦幻之中，虽时时有脚步发出扑通声，但我总像在梦游。

渐渐地，我觉得越来越难走了，脚步下陷的频率越来越高。要不是前边的脚印仍伸向远方，我是绝对不敢再往前走的。我越走越心惊胆战，要不是坚信奶格玛就在前面，我是绝不会再往前走的。

忽然，前边传来一阵呼救声。我一惊，但很快又高兴了——这是进入沼泽来第一次听到人声。我加快了脚步，不料想，才行了几步，就觉得脚下一滑，待我反应过来，泥已经涌到了膝盖。我走过沼泽，有些经验，马上顺势坐倒，仰天躺了。我看到一团很大的云在上方的天空里，狰狞的模样很像是玛哈嘎拉大护法，遂祈祷：玛哈嘎拉呀，你一定要保佑我别葬身沼泽之中。念叨一阵，我开始慢慢抽脚，虽然很吃力，但努力了一阵，终于从泥中拔出脚来。

我擦擦头上的汗，发现这泥的吸力很大。虽然只陷进了小腿，也够我受了。要是下陷到屁股以下，怕是很难脱身。我听说，好多陷入沼泽里的人，除了全身陷进去的窒息而死外，陷入半身的多是没人救援饿死的。我要是陷进去的话，怕是不会有人来救的。

这时，我发现那个呼救的人就在前边，依稀看出是个老人，显得很瘦。那么瘦的人都陷入泥中了，何况我还是个壮汉呢。那人又发出呼救声，他说的是巴利语。我学过巴利语，因为佛教传播的三大语系里，就有巴利文语系，另外两个是汉文语系和藏文语系。

老人用巴利文喊救命。

我问，你到这沼泽里来干啥？

老人说，儿子病了，需要这沼泽里出产的一种药草。喏，就是它。他晃晃手，我看到他手中有一束花似的野草，却叫不上名字，就问：那是啥草？那人道，叫菩萨花。我说，我还没听说过有菩萨花。那人说，各地方的叫法不一样，我也不知道你们那儿叫啥……儿子治病，用的就是菩萨花的花心。

他得的啥病？我问。

老人道，你别问了。你三问四问，我就全陷进去了。

果然，我发现他已陷到屁股那儿了，即使不再下陷，他也是很难自救的，就忙说，你别急，我马上过去。

老人说小心些。

我往前走了几步，虽然我尽量选择草根多的地方下脚，脚还是时时下陷。又前行几步，我明明瞅中一个草丛落脚的，哪知，一下脚，小腿竟没入泥中了。一着急，陷得更深了，连膝盖也没入泥中了。

老人道，叫你小心！叫你小心！你要是死了，就不是死一个人，而是死六个人。

我怕站久了陷得更深，就身子后仰躺在泥上，听那老人说得奇怪，便问：咋成六个人了？

老人道，你一死，没人救，我也得死。我一死，儿子得不到药医治，当然也得死。儿子一死，儿媳得殉葬，也得死。我们一死，老伴没法活了，肯定会上吊或是投河。她一死，孙子不也饿死了？你算算，不就是六个人吗？

我觉得好笑，想，哪有这样算账的？却见那老汉已下陷到腰部了，连忙叫，你别说话了，你平躺了身子，就不下陷了。

老人道，我当然知道，可是，你不见我身子后面有一窝小鹌鹑吗？我一躺，不是压碎了它们吗？

我虽没看到啥鹌鹑窝，但抬头一看，见不远处真有两个大鹌鹑在叫，想，也倒是。

我平躺了身子，试着拔腿，但我用足了力，却只将腿拔出了几寸。累出一身汗后，才见到了膝盖。我想，真要命。照这阵势，要是不懂躺下的窍诀，此刻，我怕是早陷得没影儿了。

却又想，要是真陷得没了影儿，此刻的“我”，到哪儿去了？

老人又叫了，你快点呀，现在又不是你参禅的时候，你管啥我不我的？

我暗暗吃惊，想，他咋知道我心里想的？

我发现，老人又下陷了许多，泥已没入腰部以上了，急忙道，你平躺呀。老人说，我不是说过有鹌鹑窝吗？再说，我现在都陷到腰以上了，你叫我咋躺？唯一的办法，是你快点过来，你平躺了，我拽了你的手，或许还可以救我。救了我，也就等于救了另外四个人。

我想，也好。我边平衡了身子，边往外抽腿，好一阵后，我出了一身大汗，才抽出了腿。

我发现老人已陷到胸部了，急忙向老人旁边挪去，哪知，每一下脚，都会下陷。我每次觉出有下陷迹象，便顺势一躺，抽出腿来。这一来，虽然我急出满头大汗，却仍是离老人有几米远。

老人吃力地说，算了算了，你也没啥真心。我瞧你，自家的保身欲望高于救人的念想。哪有这样修菩萨道的。

我觉得很惭愧，却想，就算我奋不顾身地扑了去，也未必能救得了你。你都陷到脖子了，就算是拽了我的手，不定还会把我拽进去呢。

老人叫，你呀，你为啥不滚着过来？我要是你，平躺了，滚着身子过来，哪用得着这样作秀？算了算了，你走吧，你叫我死算了，就算我一家五口死了，也跟你没关系。

我想，真是的。平躺着滚过去，也许真是个办法。却又想，就算真平躺着过去了，也救不了老人了。因为泥已陷到他脖子了，我便是扯了他的胳膊，也起不了多大的作用。

老人又下陷了一截，泥似乎快要涌到他的嘴边了，听得他说，告诉你，这菩萨花的花心，也叫菩提心，能治好多病呢。我想，你也许需要它。说着，他将那束花扔了过来。

我觉得鼻子一酸，马上平躺了身子，滚了过去，老人却不见了，只见泥面上有几个水泡在噗噗地叫。

我听得一个声音冷笑道，见死不救的人，还想见奶格玛呢，哼！

我这时发现，那沼泽上，其实并没有别人的脚印，除了我来时的脚印清晰地伸向远方。四下里一片寂静，说不清真的是沼泽吞噬了老人，还是本来就没有老人，只是我自己的一个幻觉。

我想，肯定是奶格玛上师在考验我。我想，我真不成器，又错过了。想到这儿，我不由得放声痛哭。

怪的是，老人扔过来的菩萨花却躺在身前的淤泥上，正朝我微笑呢。我边哭，边揪下那花心，塞入口中。我尝到了一种异乎寻常的苦。

我想，怪，这菩提心，咋竟是如此的苦？

6. 远古的恶咒术

在琼波浪觉进入泥沼的时候，莎尔娃蒂偷偷跟库玛丽去看一个新的诛法坛城。

一条小道从幽暗的山中通向诛坛上方的山坡。山坡上有一棵树，莎尔娃蒂和库玛丽上了树。她们能清晰地看到诛坛，对方却发现不了她们。

那些咒士又开始了新的更可怕的诅咒。

近来，莎尔娃蒂发现，更香多杰的骨相都变了。因为仇恨，他的脸上有了狰狞相。要是一个人常生仇恨的话，就会形成一种生命惯性，久而久之，仇恨就会腌透他的心，变成其本质。更香多杰便是这样。莎尔娃蒂很怀念以前的那个单纯的他。

咒坛设在一处墓地里，很僻静，是三山和三水交汇之地。在墓地闭关，是尼泊尔修行人的传统。因为这儿可以形象地看到无常。莎尔娃蒂却不明白，那些认为自己已看破无常的人，为啥总看不破自己的仇恨呢？难道他们不知道，这仇恨的情绪其实也是无常的？

他们已经开始了那个叫大红司命主的诅咒。这是一种从远古传下来的恶咒术，灵验非常。以前，尼泊尔的一些有名咒士就是靠它吃饭的。

在当女神的时候，莎尔娃蒂处理过一次纠纷，也跟这恶咒有关。事主咒死过一个家族的二百多口人，他们都死于一场神秘的瘟疫。只是这瘟疫很奇怪，只在这家族内部流行，并不曾波及其他人，仿佛瘟疫也会认人似的。这便是那恶咒的神秘所在。

在尼泊尔的密修者中，流传着许多跟这恶咒有关的可怕故事。

咒士们披头散发，一脸狰狞，口中吐着愤怒的咒语。此法跟其他修法不同，它要求咒士真的要显现愤怒之相，心中真的要充满仇恨。咒语如冰雹般密集，泻向坛城中被诛者的替身和命石。据说，咒士心中的仇恨，要是借助诛业坛城，跟法界中摧毁性的力量达成共振时，被诛者就会死于非命。

诛坛的火幽暗而诡秘，发出蓝幽幽的光。咒士们边持咒，边往坛中撒黑色的供物。黑菜籽在火中毕剥作响，黑色动物的油脂发出一股股腥臭。黑烟缭绕，罩住诛坛。烟中仿佛有无数的魔在舞蹈。

库玛丽说，听说，中了这邪咒者，快者三个月，慢者三年，必会死于非命。

莎尔娃蒂毛骨悚然。

她用当女神时学到的某种法，承接着那邪恶的咒力。她觉得，无数的黑气进入了她的身体。她的整个身子都发麻了。

但她不知道，自己的这种对咒力的承接，是不是真能减轻恶咒对琼波浪觉的伤害？

不过，对于莎尔娃蒂来说，咒力并不可怕。最叫她难以忍受的，还是相思——

老是替你担心，生命不息，担忧不止。

也许，这便是我的宿命了。

晚上，靠在椅上懒懒的，什么都不做，想你。一天里，只有这时候才不被打扰。

很厌倦目前过于忙碌的工作，但没有办法，家里老是热闹。父亲要是不收那么多弟子，或是我没当过女神，也许就是另外一种生活了。生活就是这样，有得到，就会有失去。

母亲这两天回老家去了，她和父亲一直吵个不停。那种针锋相对、冤家陌路的气氛，让我厌倦，几近绝望。如果没有对你的思念，这个没有爱、只有苛责的家，只是一道禁锢的锁链，让人窒息。好在有你留下的《金刚经》，我一直放在身边，有空就翻一翻。想开了也没什么，正像母亲说的那样，也许我是身在福中不知福。更也许，我想跟你在一起，其实是一种很大的贪婪。

只是与你隔得太远，隔得太久了，经常想流泪。我很清楚，目前的状态几乎不可能有什么改变。你不能放弃寻觅，我也无法舍下父母——当然，这是我的理由而已，其实，只要你一招手，我定然会跟你走天涯的。但这确实要看上天的安排了。

也没什么事，只是很想你，写了这些废话。

我真的说不出什么了，只是随时随地都想着你。没学好《金刚经》，我还放不下你。不敢想象，没有你的日子，我会熬得过每一天吗?

想想也真奇怪，你一出现在我的人生中，就把我的世界搅得天翻地覆了，一片狼藉，断壁残垣，无可奈何。没想到，我几年女神生涯里淡泊宁静了的心，又堕落到相思的地狱中去了。

我很想你，没有办法形容。偶尔看书，连看到“寻觅”两字都想流泪。所以，我尽力帮助自己，小心翼翼地绕开“情”字，绕开“爱”字，像一艘船绕开礁石，我怕自己沉没。如果只有我一个人，什么样的情形我都可以面对，但我们都不完全属于自己——父亲要求我尽量维持女神的矜持。也许，完完全全属于我自己的，一天也就那么一两个时辰，可以任由自己跟你说话。这种说话，更像在自言自语。你听不听都不重要，我在跟自己说话。

很多事不敢想，不忍想，就不去想了。

我像一片叶子，顺流而去。原以为自己比较有力量，可以照自己的想法走过人生，但在遇到你之后，我发觉自己如此无力和无奈。

你会以为我消极，但是你不知道，我需要多大的力量，才勉强能抑制住那种巨大的似要喷涌的相思。我的精力都用来对付自己的妄想了。

这是一种什么样的爱? 足以让我自行毁灭。

也许，这种打着爱的旗帜的，不过是自己的贪婪和私欲。

你说得对，一辈子很快就过去了。

7. 套中的群鹿

那段日子，我也会时不时想到莎尔娃蒂，但她更像雾中的影子，已开始显得模糊了。

尝过了很苦的菩萨花花心之后，我又忏悔了很久。

因为再也没有了路，我只好原路返回。好在来时的印迹仍在，走了几日，终于又回到做大礼拜时的所在。我想，看来，我以前自以为有菩提心，其实只是作意而已，我并没有真实无伪的菩提心。几日来经历的一切都如梦如幻，那个老人，我已坚信是上师的幻化了，所以我只是懊悔自己没能经受住考验，至于老人是不是真的陷入泥中了，我倒是不再上心了。我想，他肯定不是真的。

但那自责还是潮水般袭来了。我想到一个菩萨，当他的女仆向他索要眼珠时，他毫不犹豫地挖出给了她。跟那菩萨相比，自己还差多远啊。我想，那老人说得对，其实，自己是最该服那“菩提心”药的人。

我边做大礼拜，边祈祷：

奶格玛，我的母亲，
请顾念我。

您救危卵于当世，
您挽狂澜于将倒，
您救群迷于当下，
您弘大业于青史。

奶格玛千诺！

待我圆满了十万个大礼拜时，隐隐听到一个女子的声音：

知错改错吾心子，忏悔已消百种业。
若欲寻找奶格玛，澄心虔诚向西行。

我想，上回向东行，又向南行，虽然没有见到奶格玛，虽然没有经受住空行母的考验，但毕竟见到了空行母的化身。那女子，那老人，肯定是空行母化现的。这回我向西行，无论遇到哪种境况，我都会毫不犹豫地施身。

于是，我背了驮架，开始西行。数日后，进入了大山。我想，真是怪，上次进沼泽时，但见四面尽是沼泽，一望无际，并不见到有大山。这里的大山，究竟来自何处？心中虽然疑惑，脚步却不停，遇到行人，我就问询奶格玛，可惜没人知道奶格玛是谁。

刚进山的时候，山并不高大，行了数日，我发现山竟日渐高了，竟有一种在尼泊尔的感觉了。尼泊尔是有名的山国，全世界最著名的高山，多在尼泊尔境内。没想到，以多平原著称的印度竟也有如此高的大山。行了几日，我一直想发现某个受难的人，我想，无论他处于什么样的境地，我都会奋不顾身地救他，哪怕是牺牲自己的性命，也在所不惜。我的体内鼓荡着一股大力，但我希望出现的落难之人却连个影子也没有。

我想，真是邪了。想遇个需要帮助的人，竟然碰不到一个。

越往西行，山越加高了。有时，翻越一座大山，需要好几天。我老觉得自己行进在梦中，因为在我的理性里，这儿是没有山的。那么，自己怎会怪怪地行走在大山丛中呢？虽感到疑惑，却也不敢返回，因为那会坏了缘起。

渐渐地，山越加高了，人却越来越少了，渐渐连鸟儿也不见了。一路行来，竟觉得十分寒冷。我感到奇怪，我想，记得印度是很热的，哪会有这么冷的所在？但我又想，世上有好多东西是说不清的，不管它，上师叫往西走，我就往西走。

又走了数日，遇到了几个人，我希望他们出现磨难，好向我求救，哪知，他们不但不向我求救，反倒帮助了我，给我提供了食物和水。我既高兴，又沮丧，人家并不向我求救，再说人家啥都不缺，也实在没个啥需要救助的。

再行几日，已完全不见人烟了。我驮架里的水和食物也越来越少了，既没出现像上两次那样考验我的事，也没法打听到奶格玛的所在。我不知道自已还应该走多久，虽然心急，但相较于以前那种漫无目的的寻觅，知道方向已经算看到希望了，所以我打算一直走下去。

这天夜里，我住在了一户人家里。这家是猎户，墙上挂满了兽皮。我一向对杀生的猎人很反感，但因为附近实在不见人烟，就想，不要紧，住一夜就走吧。

夜里，听到外面传来阵阵锣声。我觉得奇怪，正疑惑呢，那猎人推门进来了，对我说，走，帮帮忙吧。我将一群鹿赶到网里了，我一个人杀不了，你帮帮我。

我跟他出了门，到前面的山洼里，发现一道隐形的大网张在一个豁口处。许多鹿头都探入那网眼之中。我知道，藏地的猎人也老用这种办法赶山，用此种办法，将动物赶入早已布好的网中。动物是不知道后退的，当它们发觉有东西套住脖子时，它们只会奋力向前，结果是越往前挣，套得越牢。这猎人先捉了几只幼鹿，放在设套处，幼鹿的求救声引来了许多救援的大鹿，他选好角度，一敲锣，受惊的鹿们便往前冲，齐齐地套入网中了。

群鹿发出阵阵哀鸣，见有人来，越发往前挣，激得网一下下荡，而鹿的脖子也被套得更紧了。

猎人递给我一把尖刀，说，来，尊贵的客人，帮帮我，将这些鹿宰了，我一人忙不过来。

我说，你难道没发现，我是出家人吗？我可是受过沙弥戒的。

那人道，这儿又没有别人，谁管你戒不戒的？

我道，不成。受戒不是为别人受的，我不会犯戒的。杀生是大戒。

那人道，不要紧。你帮了我，我也会帮你的。你下午问我奶格玛的住处，我没告诉你。其实我是知道的，要是你帮我杀了这些鹿，我会带你去见奶格玛。

我却想，这话也许是他骗我的。一个杀生的猎人，咋会知道奶格玛？再说了，即使他真的知道奶格玛，叫我杀生，我也不愿意。我寻找奶格玛是为了求法，若我是个破戒的屠夫，求了法又有啥用？于是我说，我不能帮你杀生。即使你真知道奶格玛，我也不能杀生。

那人道，你可是发了菩萨愿的。你不是发愿要帮别人吗？

我道，我发愿利益众生，而不是杀害众生。

那人问：真不帮？

我说：不帮！

那人便冷笑几声，上前，宰了一只鹿。他很利索，几下就剥了皮，将内脏扔了一地。然后，他又问：你不帮我杀也成，帮我收拾一下内脏总成吧？

我说，不。

那人又问：你已经没食物了，那么，我供养你一些鹿肉，你总不会拒绝吧？

我说：我虽然吃肉，但吃的是三净肉，不见杀，不闻杀，不为自己杀。你的鹿肉我不能要。

那人冷笑了，说也好。我猎鹿就是想为弄些食物的，既然你不想要，我就索性放了它们。说着，他将那些鹿头一一取出套，解开网。

我说，好。我可以帮你做这事。

那人冷笑道，不需要。他手法很快，鹿们都四散而逃了。

最后只剩下那只已杀了的鹿了。那人将内脏皮子啥的拾成一堆，骂一句，你等啥？一拍手，那被宰了的鹿竟也翻身而逃了。

我目瞪口呆。

那人转过了山角。隐隐地，传来一阵歌声：

我是无畏的空行母，早已超越了二元对立。
我的境界里没有生死，死就是生，生就是死。

我的网是无欲的幻身，我的刀是无贪的大乐。
我的杀戮是自性光明，那些鹿只是假我的五蕴。

我杀而无杀，无杀而杀，你执幻为实认假成真，

执著虚妄的所谓戒条，却宁愿放弃根本上师。

这样愚痴的人，怎配见到尊贵的奶格玛？

我一听，如遭雷殛。我呼喊道，上师呀，原谅我的愚痴。但回答我的，只有风声。我痛哭数声，昏死过去。

醒来时，天已大明，我发现那山洼里并没有人家，知道又是空行母的幻化，便顿足长叹，说我怎么如此愚痴，一路上，我希望有人向我求助，可人家真的向我求助时，我却拒绝了人家。心中虽懊悔，却又想，要是以后再有人叫我犯戒杀生，我会不会答应？自问几次，却仍是不能肯定。

讲到这里，琼波浪觉问我：要是你处在我的境地，会不会杀生？

我说，不会。

他再问，要是那杀生让你拥有无量的智慧，你会杀不？

我答：不会！

他又问：要是那杀生能叫你证得虹身成就，你会不会杀生？

我说，不会！哪怕是那杀生能叫我长生不老寿同日月，我也不会杀生。你知否，有人为了长寿，竟然用婴儿熬汤喝。这样的长寿有什么意义？这跟那些想吃唐僧肉而长生不老的妖精有啥两样？

琼波浪觉长叹道，那你就能理解那时的我了。

8. 可怕的咒语

亲爱的琼波巴，我跟库玛丽又去了那个大红司命坛城。虽然，按尼泊尔密教的传统，诛坛是不可以观赏的，因为有时候，邪灵和咒力会波及开来，给观赏者带来伤害。但我顾不了许多，我想亲眼看看他们是如何诅咒你的。

那所在，真是阴风飕飕，恶气冲天。和上次一样，我一到那种地方，就头疼欲裂。也许是我不能闻腥臭的缘故吧。

大红司命坛城中，火光幽暗，浓烟四溢，咒士的身姿像摇曳的鬼影。他们有的吹法器，有的舞蹈，有的拿着几张囫囵剥下的黑狗皮。他们边摇抖皮子，边持诵一种可怕的咒语。据说，他们之所以抖狗皮，是在干扰你的护法神，让他们忘了保护你。要是没有那些护法神的保护，你的生命中会出现许多可怕的幻觉，从而影响你的真正宿命。听库玛丽说，他们这样咒过许多人。那些人都曾是大师根器，后来却成了庸人。他们被日常生活的幻相迷了，忘了自己最应该做什么。

抖狗皮的声音好瘆人，一听那声响，我的心就会发慌。那觉受，很像心脏和血管中有一团团蛆在乱滚。

要是你被他们迷了的话，那我这辈子，可就真的白等了。虽然我需要的，只是一个郎君，但我还是希望你成为一代大师。

不过，我发现，你开始变了。这是你的沉默告诉我的。

还以为你会表扬我学《金刚经》大有觉悟呢，再也不会被库玛丽们迷糊了心的清净空明。但你的沉默告诉我，可能你不是这样想的。

听到你提及司卡史德之类，就像千万条小毒蛇钻进了我的心。但这次，我是在极度的痛定思痛、痛不欲生中想通了的。如果执著于儿女私情，如果我把琼波巴看成是我私有的爱人，定会带给我生不如死的煎熬，如果这样，我们还怎么可能走一辈子？我早就气跑了，痛死了，自杀了。所以我选择了放弃自己而顺从你。

由此，我也更加理解了《金刚经》的破相说和“空”的概念。

正因为深深地认同了“空”的观点，所以我还要写这封信，因为即便相知如你我，我们仍然需要保持足够的、真诚的、坦率的沟通，否则，就逃脱不了这种情虽至真至深、却因误解而错过的轮回与魔咒。因为我们共同的情敌，是时间、空间，是性别、文化的差异，等等。不知你是否也这样认为？

这个世界上，能得到坦诚相待、互为人镜的诤友都已十分稀缺，更何况爱人呢？我非常珍惜你的出现。我从来没有这样珍惜过一个人。

我还认为，行动胜过诺言。

爱你。

坚硬的莎尔娃蒂

9. 干渴的沙漠

我的孩子，认真看着我。

你不必替她难受。也正是有了那种相思，莎尔娃蒂才成了莎尔娃蒂。没有相思，也没有她。她的所有行为，构成了她的价值。

虽然我又一次因不愿杀生错过了缘起，但这一次跟前几次不一样，我没太多的懊悔。即使在显现上，我也不愿杀生。你说你也会这样。但要知道，按密法的规矩，我应该听上师的话。在许多密乘传记中，上师要你杀生，你就得杀生。要知道，对于超越了二元对立的成就者来说，其实并无杀生者，也无可杀者，更无杀的行为本身。

从山中出来，我患上了一种奇怪的病，总是干渴，无论喝多少水也解不了那种焦渴。眼前老是出现红色的火焰，火焰里有各种怪模怪样的恶鬼，他们张牙舞爪，在我脑中蛆一样乱滚。要知道，那不是我敏感产生的幻觉，它们是有真实能量的。在极度的烦躁中，我也会产生退转心，也会发现生命的无意义，也会觉得已看破红尘而不想再有所作为。一天，我甚至产生了自杀的念头。在佛陀住世时，许多阿罗汉也有过这种情绪。好些僧人甚至真的请人杀了他们。后来，佛陀才制订了不能自杀的戒律。

你也许能理解我。

好在我的智慧还能让我保持警觉。于是，我开始大力消业，诵了十万遍

《百字明》咒后，我终于从那些幻相中挣扎出来了。它们仍在追逐我，也老是跟我纠缠不清，但我还是继续踏上了求索之路。

我按原路返回，行了多日，才回到那做大礼拜的所在，开始边做大礼拜，边祈请：

奶格玛，我的母亲，
请顾念我。

您树大幢于千年，
您亮高风于万世，
您的慈悲流向永恒，
您的辉煌充满天地。

奶格玛千诺！

待得圆满了十万个大礼拜时，我又隐隐听到了一个女子的歌声：

知错改错琼波巴，诸种业障已忏净。
若欲寻找奶格玛，澄心虔诚向北行。

我一听，欢喜若狂，想，前几次虽没有找到奶格玛，却遭遇了一些空行母化现的神异，这比以前的茫然寻觅不知强过了多少倍。此番一定留意，不可再错过面见上师的因缘。于是，我置办了一些食物和水，背了驮架，朝北而行。行了多日，发现北面竟然是一个巨大的戈壁。跟那沼泽一样，这戈壁也是一望无际，布满了黑压压的石头。也许是日光炽晒的缘故吧，这些石头显得黑溜溜的。以前，我从来没见过黑色的戈壁，初进入时，竟然有些欣喜。我东瞅瞅，西望望，如堕梦中。但日头爷升上半空时，却似进入了蒸笼般难受。这时，我才发现自己犯了一个错误：水带少了。因为上两次，途中总有人家，找水不难，没想到这一次竟然是个戈壁，四顾无人，炎阳直照，行在途中，如同火板上的青蛙了。带的那点儿水，喝了几次，一半就没了。我再也不敢随意喝水了。

继续前行数日，发觉戈壁上渐渐有了植物，虽是很不起眼的芨芨草，我还是很高兴。休息的时候，我用芨芨草编了个遮阳帽戴了，虽挡不了多少阳光，但在心理上也多了一点安慰。我想，这所在邪了，忽而这地形，忽而那地貌，忽而冷，忽而热，仿佛魔幻世界似的。我心头的梦幻感更浓了，总觉得自己在梦游。

原以为见到芨芨草等植物后，就能见到人烟。见到人烟时，就能打听到奶格玛，不想，再往前走，戈壁竟变成沙漠了，一波一波的沙浪跌宕而去，宕向未知。我想，瞧这阵势，不知又会走多远，要是进了沙漠，这点儿水肯定保不了命。我想，怪就是怪，从来没听说这个地方有沙漠，书上也没提到过这儿有沙漠，可自己竟真的遇到了沙漠，莫非自己进入的只是梦境？掐掐腿，却感觉到了疼。

我摇摇水囊，发觉水不多了，便想，不能进沙漠了。这点儿水，进时容易，出时却难，要是补充不了水的话，我会渴死在路上的。但若是不进去也许就错过因缘了，我已走了东南西三面，这北面之后，上师会不会再给我一个机会？

忽然，我想，说不定这沙漠是上师或空行母化现的，又来试我的信心。这一想，我便笑了。这当然有可能，我可是从来没听过这儿有沙漠的呀，空行母能化现河湾，或是山脉，当然也能化现沙漠。于是，我强打精神，想，无论如何，我还是往前走吧。

哪知，行了半天，却见沙漠越来越实在，一点也不像是幻化了。焦阳照顶时，地上就卷起了热浪，我口焦舌燥，腰软腿酸，虽带了食物，但因为不敢多用水，也没法吞咽，索性也不去吃，但不吃却又饿得慌，无奈间，便只在头晕眼花快要虚脱时，嚼点馍，喝半口水。我想，要是这沙漠不是空行母幻化的话，可就要我的命了，就算不再往里走，单是走回路，就可能渴死在路上。

行了两天后，仍是见不到沙漠的边，我便有些灰心了，因为水至多剩下三两口了，照这样晒，人很快就会变成干尸。我想，许多时候，发愿容易，行履却难，理论上说，“死亦不退心”容易，但一旦真的面临死亡，谁也保不了不生退转心。

正在这时，我看到某个沙洼里，竟然有一团蠕动的东西。

10. 遭遇麻风女

那似乎是一个女子。说似乎，是因为她依稀像个女子。她的身上背了许多布团似的东西。以前，我老是在藏地碰到这类流浪的女子，她们背着自己的家，到处流浪。我想，这个女子，想来是空行母的化现。

但仔细打量一番后，我却疑惑了，因为她离我想象中的空行母实在太远了。我怀疑她得了龙病。龙病还有一个名字叫“麻风”。藏地有许多患了麻风的人，为了怕传染，人们就把他们弄到荒郊野外，由他们自生自灭。当然，麻风病人中，也有治好了的。据说，治疗麻风最有效的办法是修炼，因为麻风是龙病，而龙的天敌是大鹏金翅鸟。据说，大鹏金翅鸟吃龙时，只要翅膀一扇，就能将大海之水扇开，直至露出海底，那条该死的龙也就没法藏身了，金翅鸟一叼，脖子一扬，便吞了那龙。据说，金翅鸟每年要吃数以万计的龙，后来龙去求佛陀，佛陀便将大鹏金翅鸟收为护法。金翅鸟说，我天生是吃龙的，我要是不吃龙，会饿死的。佛陀说好说好说，我叫我的弟子每天给你供一次食。于是，在供养对象中，便多了大鹏金翅鸟。其法曰：大鹏金翅鸟，旷野鬼神众。罗刹鬼子母，甘露悉充满。再持咒七遍：嗡穆帝莎诃。

因为大鹏金翅鸟是龙的天敌，所以，对付龙病时，最有效的修炼就是金翅鸟法。密勒日巴的弟子惹琼巴就患过麻风，后来他到印度求了大鹏金翅鸟法修炼，才治好麻风。此外，据说还有一法，就是用修炼有成就的大德的尿液洗那患处，也能治好麻风。

我到了近处，一观察，就发现，女子患的确实是麻风。因为她的鼻子都烂了，脸上只剩下一个大洞，此外，还有许多伤处，正流着病液。

虽然觉得恶心，我还是强忍了问：你为啥到这个地方来？

女子说，你不瞧我这模样吗？我想住人多的地方，可人家叫我住不？因为烂了鼻子，她的声音十分难听。她又说，我也不想住这没人的地方，可人家硬要把我送到这儿。

你咋生活？

每半月，家人来送一次吃食和水。但这次，不知为啥，他们迟了三天了，我早没水了，你有水没？

我想，我也只剩下一点儿水了。但虽然自己渴得难受，还是将水囊口伸向那女子前面的铁碗。

女子说，别倒了，省得洒了，我就用水囊喝吧。

我觉得恶心，但因为有了前几次的经验，我想，怕又是空行母在试探我吧？便将水囊递了去。女子接了囊，几口就喝光了。我发现她的唾液沾在囊口上，觉得有些恶心。

女子道，别心疼这水。我估计，今明两天，他们就该给我送吃食来了，到时候，我连本带利，还你一囊水。

我说不要紧，喝吧喝吧。

那女子将囊还给我，说你给了我水，就是我的恩人，我请你到我的家里坐坐好吗？

我答应了。女子背了一大堆垃圾般的东西，颤巍巍朝北走了。我跟了女子，走了约二里路，见一个沙洼里有个巨大的土堆，土堆上有个洞穴。女子说，喏，这就是我的家。

我进了洞，发现里面竟然很大，只是堆满了垃圾般的东西，如布片啥的。女子说，瞧我的家当，算多吧……你可别小看它们，世上只有无用的人，没有无用的东西，别小看那些布条们，冬天来的时候，它们可以取暖，可以烤火，还有好多用处呢。我还可以给我的小狗垫窝……哎，我的小狗呢？她叫了好几声，从远处跑来一只小狗。我见那小狗竟也是脓皮癞疮，仿佛也患了麻风。我想，也难怪，老是跟麻风病人在一起，保不定也会得病。听说，人要是沾了那病水水，也会得麻风的。

那小狗一见我，竟十分亲热地蹭了来，我怕沾了它身上的病液，就东躲西躲，但小狗哪管这些，仍是蹭了来。我只好轻轻地踢开了它。

这下，女子不高兴了。她说，世上有好些虚伪的人，嘴里虽说众生是父母，可一点也没有悲心，总是用轻贱的态度对待众生，这样的人，就是修上千劫万劫，又能修成个啥？

我脸红了。我想，听她的口气，似乎是有些来头的。

那女子说，我又不是说你。我是说我以前的亲人。你别看我现在难看，以前也是千娇百媚万种风情呢。我的年岁并不大，才二十三岁。五年前，因为我父亲是个富商，我又生得漂亮，是父亲的掌上明珠，向我求婚的人挤破门槛，可没想到，我竟然得了这号病。这一病，世界就露出真面目了。别说那些求婚的人都不见了，连我的父亲也开始躲我，唯恐我把病传给他。后来，竟把我送到这里，想叫我自生自灭，幸好母亲不忍心我饿死，每半月派人来送一次吃食和水，我才活到现在。

她抱过那条狗。人狗相拥了，彼此伸出舌头舔了一阵。女子说，你可别小看这狗，我没病时，它对我好；我有了病，别人都待我不好了，可小狗仍对我好。它可比人好多了。我发现，世上最好的动物便是狗，无论你穷还是富，无论你健康还是生病，你只要待它好，它就会待你好。你十年前给了它一块骨头，十年后它仍然会记得。可那些受过我恩惠的人，今天早不见影儿了。

我听得鼻子发酸。我想，这女子的遭遇真是悲惨，便惭愧方才见到她时的那种恶心感，但又不好说啥，无论咋劝，都似乎不妥，便只是认真地听。

女子说，现在我倒是感谢这病了。要不是这病，我还不会修行呢。正是这病，叫我看到了世界的无常，我才开始读一些佛书……喏，就是这几本，你瞧。她从枕头下取出几本书来，递给我。我一看，原来是些十分普及的通俗读物，就说，这些仅仅是知识而已。你要想真正修行，就去找个上师，求个密法，好好修炼。你这地方，虽然有些偏僻，倒是个修行的好地方。

那女子道，我哪有啥福气去拜师呀，瞧我这样子，人家一见，远远就躲了。

我说，要是你真的想修行，我倒是可以教你的。

女子一听，高兴地笑了。因为烂了鼻子，本该如花的笑颜，倒显得十分可怖。我生起了很大的悲心，就给那女子讲了出离心，讲了慈悲心，讲了修行的一些基本常识，又给她灌了绿度母顶。因为手头没有绿度母的唐卡，我就给她仔细地讲了绿度母的形象。女子人虽丑陋，心倒不曾被麻风病蒙昧，不消半天，便学会了绿度母的持咒和观修。

为了答谢我的教诲之恩，女子取过盛食物的罐子，给我供养她舍不得吃的食物。我一看，那稀罕物似乎是年糕之类，但因为天热，上面长满了绿苔。我知道这东西已吃不得了，但看到那女子一脸的虔诚，还是接了。女子仰着脸，丑陋的脸上充满了期待，希望上师能接受她的供养，吃了这美食。我虽然很感动她的虔诚，却无法将那发霉之物放入口中。我想，就算不提这绿苔，那上面不知沾了多少麻风病人的唾液，我吃了，想来也会得麻风病的。

那女子期待了许久，终于失望了。她从我手中接过那块年糕似的东西，扔给了小狗。小狗欢快地吃了，幸福得直哼哼。

不为难你了。女子说，我知道，好些人都不敢碰我吃过的食物，可是，我想不通，你刚才不是说要破除分别心吗？我不知道，你这算不算分别心？

我脸上一阵发烧，就是，方才自己还给她讲了许多如何破除分别心的窍诀，可为啥一遇到事，自己还是不能自主心灵呢？不过，我想，即使是那些真正成就的大德，怕也不会吃沾有麻风病液的食物吧？

女子说，俗话说君子不立危墙之下，我当然不会怪你的。也好，毕竟我得了这种病，你还是小心些好。

11. 麻风女的荒唐请求

下午，女子的母亲派人送来了食物和水。食物很多，但因为天热，想来放不了几日，就又会生绿苔了。水倒是能放久些。女子叫来人仔细地清洗了囊口，给我装了一囊水。

来人走后，女子请我饱食了一顿，因为是刚送的食物，我没有再推辞。吃过饭后，女子再请我讲了一阵修炼的事。我就认真地讲了许多修炼窍诀，并说，只要她按我教的方法修炼，解脱会囊中取物般容易。

夜里，那女子知道我可能嫌她用过的东西，就没给我铺被褥，我也顺坡下驴，随便找个地方躺了下来。因为长途跋涉，很快便睡着了。

梦中，我见到了莎尔娃蒂，她说她是司卡史德的化现。她正朝我笑呢，忽觉得有人推我，我一下子醒了。我听到一阵很粗的喘息声，待我明白自己身在何处时，一下子激灵过来。天哪！是那麻风女子。我觉得一只手正在我身上摸索着。记得白天我看过她的手，那手背也叫麻风弄烂了。我急了，坐起身，怕自己触摸到手的烂处，沾了病液，便往后躲。

你干啥？我叫。

月光从洞外射入，照着麻风女那张可怖的脸，烂了的鼻孔似乎比白天更大了，整个脸成了骷髅。一股腐尸般的臭味扑面而来，不知它们是来自那烂处，还是来自女子的口内。

女子喘着粗息，说，上师呀，救救我。我不求别的，只求你给我个娃儿。我一个人待在这儿太孤单了，我想要个娃儿。

我一听，差点呕出来，却强忍了恶心，说，你别前来！你别前来！

女子的话音随那腐尸臭又喷了出来：真的，我不求别的。我只求有个娃儿。你瞧我一个人，整个世界都抛弃了我，包括我的父母，我没有一个亲人。我只想要个儿子，我想，要是我养下一个儿子，子不嫌母丑，我就有亲人了。我的老年也就有依靠了。你想，我一个女子，待在这荒郊野外，要是没个儿子，我如何度过漫长的老年？求求你，发发慈悲。

我紧张得喘不过气来了，忙说，这不成，这不成，我是出家人，是受过戒的。

女子道，你虽然受过戒，可你也发了愿行菩萨道的。菩萨是随顺众生的，没听说哪个菩萨不满众生的愿。你就帮我这一回。说着，那女子竟钻入我的怀里，一双手胡乱在我身上摸着。我也顾不上那女子身子烂不烂了，几下便将她推了出去。

那女子哭了起来，边哭边说，菩萨呀，求求你了。我不就是只要一个儿子吗？我又没要你的命。人家龙树菩萨，别人要他的命，他不是照样布施了？人家寂天菩萨，人家要他的眼珠，他不是照样布施了？你，我不就是要你给我怀个孩子吗？你怕啥？你又不缺啥的。说着，她的手又摸了来。

我急得遍身是汗，边推那伸来的手，边说不行不行。

女子又道，上师呀，我的菩萨，你在两个时辰前还教我发菩提心呢。我现在看看你有没有菩提心。对你来说，我的要求，并不过分，只一会儿的事。要是成功了，你就早一点回去。要是这次不成功，你就多住几个月，等给我怀了娃儿，你再离开这里。

我一头汗水，哭笑不得。我觉得那腐尸臭味越来越浓，一股难忍的恶心在我胸中啸卷。我说，你别逼我，再逼，我可发怒了。

女子的哭声息了，又开始软语祈求：菩萨呀，我的菩萨，你要知道，作为患了麻风病的女子，也许我的要求有些过分，但你跟别人不一样呀。我的父母是俗人，他们没有发菩提心，他们那样嫌弃我，我虽然难受，还可以理解，毕竟他们是怕我的病。要是我没有病，他们还会爱我的。可你是大菩萨，大菩萨是没有分别心的，跟布施生命和眼珠的那些菩萨相比，我的要求实在算不了啥，可为啥这一点你都不能满足我呢？

我说，我虽然发了菩提心，可我也受了戒。我爱护戒，跟爱我的眼珠一样。

女子说，要是你答应了，你会证得虹身的。你答应不？

我说，不！

女子又说，要是你答应了我，你会马上见到你寻觅的上师的。你答应不？

我想，要是我患了麻风，就算是真的得到无上的教法，也是很难利众的，于是我说，不！

那女子又说，要是你答应了我，你将来会肉身飞往净土，你答应不？

我觉得女子口中的臭气越来越浓，我怕自己受不了那恶心，便说，不！

女子不再乞求，静了一阵，竟冷笑了。她说，我问你，要是我没有患麻风，要是我像天女一样美丽，要是我有着倾国倾城的容貌，要是我以美人的形象跟你修双运，你是不是还这样坚决？

我目瞪口呆，不知如何作答。

那女子燃起一根松枝，叫来小狗，抱了，亲亲小狗，冷冷地说，小狗呀，人家看不上我这个麻风女呀。好个没有分别心的菩萨！倒是这小狗占尽了便宜，你可能不知道，那个发霉的年糕，其实是来自佛国的甘露。你要是吃了它，至少会证得大迁移身而成就无死。瞧呀，这小狗的模样。

我吃惊地发现，那小狗的身子竟成了彩虹模样，望之有形，触之无物。我虽感到遗憾，倒也不很后悔，因为我对生呀死呀，倒真是看淡了。

那女子在脸上摸了一把，竟摸下一张面具，露出美丽至极的脸来，又将那破衣脱了，着肉的，竟是轻纱般的衣裙。转眼间，那个丑陋的麻风女竟成了一个国色天香的美女。

她望望目瞪口呆的我，走了出去，融入月色。

12. 空行母的歌声

月光下，传来一阵清晰的歌声。

没人知道，那歌声，是空行母的歌声，还是来自千年后雪漠的自性——

来自藏地的琼波巴呀，你虽然有着超人的信心，

可在你二元对立的心中，信心永远只是在作意。

要知道，琼波巴，在究竟真理之中，
麻风病跟虹身无二无别，世上万物是浑然一味无有分别。

由于你过去的串习力限制了思维，心便被囚禁在分别的镣铐里，
所有的烦恼由此而生，进而障蔽了解脱的可能。

你的心中虽然也不乏大悲，但它被密封在我执的瓶子里，
你只有用那空性的槌子，才能打碎我执的头颅。

你虽然理上明白了心性，但那是画饼很难充饥，
你只有证得究竟的无生之性，才能斩断轮回的纠结。

你虽然求得了诸多的妙法，但别人的金钱富不了自己，
你只有常用那妙法的净水，才能洗净串习的尘埃。

你一直在遭遇幻相的欺骗，因二元对立而难以解脱。
你不去对治心头的执著习气，却片面追求我执觉受的喜悦。

二元分别滋生了贪婪仇恨和愚痴，三毒的习气根深难除，
想求融入一切众生的究竟本性，你必须时时对治业习。

你虽然不向怠惰之魔屈服，一直精进地寻找上师。
你信心俱足虔诚亦确定，所以必成高贵的法器。

只是你的眼睛过于锐利，你总能明察秋毫洞悉精微，

你应当训练视而不见的能耐，才能不为假象欺骗而认假为真。

你的耳朵更是聪敏无比，诸声总激起你心的涟漪，
你何时才能听而不闻，拒诸声打开你心性之门。

你的口更是能言善辩，讲经说法口若旋风。
何时你才能说而无说，那大默其实才是大声。

你求师百位固然可喜，但何尝又不是你执著之一种，
因为你分别心一直在作祟，便不知一等于百百等于一。

你别忘一法具百法之妙德，你别忘一眼具百眼之妙能，
你别忘一耳具百耳之功效，你别忘一师便是万佛之化身。

只是你的因缘在于多闻，诸空行才随喜你的善行。
但要是多闻却不对治习气，你就成了藏经阁的别名。

虽然你一而再再而百地求法，但你要一门深入地悟入空性。
那百师千法的唯一目的，就是要找到那究竟的本体。

那究竟的本体亦叫空性，诸种云彩变幻背后的本空。
要是你忙于寻觅云彩的幻相，你就会本末倒置浪费生命。

你还是回到你寻觅的起处，别再四处奔波如无线的风筝。
其实奶格玛并没离开过你，你何必心外觅佛惶惶不可终日？

虽然婆萨朗名相上在印度，虽然奶格玛名相上在尸林，

虽然名相上还有个佛国，但它们同时俱足于你的心性。

当你净除了烦恼消净了习气，娑萨朗净土便焕发出光明，
光明中就会有光明的奶格玛，奶格玛就会微笑着垂青。

要是你四处奔波心性不定，你依然会执幻为实认假成真。
虽然你知道那麻风女可能是空行，你的习气还是会左右你的习性。

心净的时候佛土亦净，那净土源自你清净的心。
要是你不明白这个真理，你便跟那愚夫无异。

伟大的奶格玛更是你自己，所有的佛陀也源于你自心。
心外求法者定然是愚夫，心外觅师者更是蠢人。

虽然外相上有师也有你，究竟上看时其实是一体；
虽然外相上有印度和藏地，究竟上看时其实是无异。

因为那诸相都归于空性，因为那明空都是一体。
一体的诸相你何必分别？有分别才会有轮回和六道。

当六道的幻相执著了你，你才会不由得生生死死。
当你明白了都是在演戏，那解脱便在你明白的同时。

并不是明白之外另有个解脱，并不是心性之外别有个本体，
当你洞悉了万法万相的本质，这事实就能解脱你自己。

但因为你串习而成的习气，总将那草绳当成了毒蛇，

你咿咿呀呀地乱叫一气，其实吓你的还是你自己。

当你明白那毒虫其实是草绳，你甚至无须修习就不再恐惧。
当你明白那轮回如梦，你同样无须修习便能解脱。

问题在于心不一定听话，理上明白还须在事上对治。
当事上理上皆达成自如，才算得上有自在的心气。

心气自在者便是上师，他同时也是本尊诸佛，
他洞悉万法却如如不动，如同光明朗然的镜子。

那心镜虽然能照出万物，那镜体却不会小叫大呼。
它不会见美色喜悦，也不会遇恶境恐惧。

那朗照的明镜便是你的心体，虽有诸相却湛然空寂。
那诸相是你心体的反映，虽有种种显现同样虚幻无实。

即使你是个无知无识之人，也不会执著那镜中的影子。
当你明白了这一真理，明白的同时便能无执。

咿呀我的心子琼波巴，你虽然参拜了那么多的上师，
那诸多行为的究竟实质，还是在拜你自己的心体。

因为别人的伟大大不了你自己，因为别人的明白救不了你的愚痴，
因为别人的腿走不了你的路，因为别人的食道饱不了你的腹。

你的所有上师，仅仅是在为你指路，

那究竟的目标只有一个，无论你问询了多少人，
都改变不了目标的本质。

所以我劝你不要再奔波，你只管等候奶格玛的光顾。
我说是等候而不说寻觅，因为真正的上师不是寻觅可得。

当你真正具备了信心，当你真正拥有了悲慈，
当你真正消灭了热恼，当你真正清除了习气，
你的上师就会来找你。

无论你是不是来到印度，无论你是不是还在雪域，
无论你是不是长途奔波，无论你是不是带足了金子。

那上师来自你的清净之心，那上师同样是你心性的显示。
我们虽然形态各异性别不一，其实质还是来自同一个本体。

那究竟的真理永远是究竟，那空性觉性和明体真如，
名相虽异本质却唯一，上师和教派只是不同的显示。

你于是知道了所有的弯路，它们便是分别心的女儿。
因为舍了本体去追逐末枝，迷者便难逃轮回的绊羁。

哪怕他持咒数以亿计，哪怕他供养成山成池，
要是不明白修的本体，成就便永远遥遥无期。

我常见那些愚痴的行者，一脸赤红的虔诚，
或一身苦修的尘土，但因为总是舍本逐末，

临死时尚没有明白本体。

就算他真的往生到西天，就算他真的到佛国净土，
就算他积累了擎天的福报，解脱还得靠修炼那本体。

本体的修炼为破除执著，这执著也包括解脱本身。
真正的解脱是没有往生，有往生便会有最后的执著。

执著于解脱也是执著，执著便是修行的大敌；
所有的金屑虽然闪光，入眼便会扎我们的眼眸。

修炼的秘诀在于放下，放下执著放下希冀，
放下烦恼放下解脱，真正的放下便是解脱。

去吧，琼波巴，虽然你拒绝了麻风女最后的请求，
但因为你对她尚有慈悲，我才为你说出以上这些，
相信它会成熟你的心性。

你仍回到那寻觅的起处，用妙法净除你业气的障蔽。
等到你真正地清净了心，你就会看到真正的上师……

听着那歌声，我如醍醐灌顶，清凉无比。我泪流满面，五体投地，做着大礼拜，直至天明。

我的儿呀，在你经历的那些湛然光明中，你也听到了这歌声吧。金刚亥母用天籁般的嗓音为你唱了这首歌谣，你泪流满面，颤抖不已。要知道，她也是奶格玛。奶格玛的体性是金刚亥母，金刚亥母的体性是光明大手印。在歌声中，你大乐充盈，空寂无比，光明朗然，如如不动。是的，那便是光明

大手印。

后来，我才明白，那个麻风女，是金刚亥母的化现。她是亿万空行母的主佛。

我忏悔了多日，却没再听到以前的那种指导我寻觅的歌声，我只好离开寻觅地，去找司卡史德。她见了我，仍是那样似笑非笑，若即若离。

她问，你骑着骆驼去找骆驼，收获如何？

我讲了途中遭遇的许多神奇。她听了，只是冷笑不已。

第二十章 迦毗罗卫的血光

《琼波秘传》称：魔桶咒法的另一威力，是让行者生起退转心。无数的邪魔发出巨大的思维波，想叫琼波浪觉放弃寻觅。一旦他放弃了寻觅，就等于关闭了向往光明的心。光明一逝，黑暗遂生。那时，琼波浪觉还不知道，这世上，竟然真的有魔桶。他更想不到，自己竟然会真的被困在那魔桶里。

1. 黑狗血泼在坛城中

莎尔娃蒂又跟库玛丽偷偷去看那诛坛。那些咒士们已经完成了“前行”，也即预备法事。“前行”之后，“正行”开始了。

咒士们将黑狗血泼在坛城中，地上红红的一片，此外还铺了红粉，画了怪模怪样的坛城。咒士们将自己的本尊像和红司命主的唐卡挂在坛城中，供了许多丰盛的供品，供品大多是红色，如红羊、红马、红狗、红牦牛等——要是没有天然红的，也可以染色。本来这些东西也可以用面食做，但为了表达虔诚，他们还是供了真的动物。

咒士们用金粉将红司命主的命咒写在纸上。命咒周围还写上了祈愿语，写了很多他们希望达成的愿望。

一个披头散发的咒士在阴阳怪气地吟唱——

无比伟大的红司命主呀，请你施展无上的法力，惩罚那藐视女神的野蛮人琼波巴吧。你用那摄魂钩勾来他的魂魄，你用那金刚刀斩了他的命脉。你吸尽他的五大精华，你榨干他的智慧觉悟。让他的肉体像风中的炒面那样消散，让他的灵知像大地的尘埃那样污垢，让他陷于贪嗔痴而不能自拔……

莎尔娃蒂很是恐怖。她发现，血腥的天空中，真的有了许多红色的魔。他们张牙舞爪，向琼波浪觉的命石喷着红色的毒雾。那命石，在红色毒雾中瑟瑟颤抖。

一种异常的沉重和忧郁裹向了她。

回家后，莎尔娃蒂就用以前当女神时学会的方法，为琼波浪觉做息灾法事。同时，她一如既往地将那些咒力承接了下来。她发现，那邪恶的咒力真的是一种暗能量。每当她承接一次，就会生一场大病。

不过，即使在生病的时候，她仍然感到幸福。她想，这世上，还有比为自己的爱人生病更幸福的事吗？那相思和疼痛，总能把她的尖硬外壳一层层打开，直到袒露出最柔软的内心。

在过去的多年里，为了适应现实，莎尔娃蒂已把自己异化为一个偶像女神，她自觉或不自觉地放弃了很多人性的东西。只有在遇到琼波浪觉后，她才明白，那些她扔掉或差点扔掉的，其实是珍宝。她想捡起的，却可能是垃圾。她发现，这个世界的许多观念，其实是颠倒的。好在她终于有幸听到了琼波浪觉的声音，而且她认为，他是正确的。

只是有时候，那相思太强烈了，会令她无法自主，难以对抗它的魔力。为了排解相思，莎尔娃蒂也会代父亲讲经。那解脱的内容和她的爱情纠结在一起，常常自相矛盾，血肉牵连，不分彼此。她需要进行剖解与割裂，出世与入世常常串味，分辨不清。有时候，她也想远离目前的这种生活状态，出离清修，但父母需要的却是世俗的她。无奈，她只能接受，等琼波浪觉归来。但问题是，她不知道他啥时候归来。更可怕的是，她忽然发现自己老了许多。她知道，在寻觅的专注中，是没有时间的，而等待者却无限地放大了那等待的时间。

她只能坚持写信。这是她唯一进行自我救赎的方式。在她眼中，没有比写信更重要、更值得做的事了。

就这样，她一边祈祷似的写着信，一边一如既往地等着琼波浪觉。

2. 琼波浪觉说

孩子，那段日子，我老是生病，老是出现幻觉，老是像被抽干了精力似的乏。

我觉得我真的要死了。

我时时陷入一团巨大的红云之中，老是眩晕迷糊。这迹象，在莎尔娃蒂告诉我大红司命主诛坛之前，就有了。我相信，那真是一种邪恶的负面力量。当有人能启动某种仪式时，邪恶就会听他们的话。

当那红云漫过来时，它更像一种让我时时恍惚的梦魇，我的清明就没了。我甚至老是会产生退转心——多么可怕！

当我堕入那红云中时，一些念头，时不时就会冒出来……我就想，算了，够了，人不过几十年的物件，何必这么劳碌？有时，还会想，回去娶她算了……瞧，就这样。当这些念头生起时，我就懒得再动，只好闭关几日，专门祈请奶格玛。

要是没有奶格玛的召唤和加持，我可能会真的放弃寻觅。

真是艰难。

可见，一个人的成就，不是一件容易的事。

心倒是静，也想她，但有时的想，也恍若隔世了。

人生真的如梦呀。

每每在夜静时分，就会想到莎尔娃蒂，心中总是温暖。想到世上还有一个那样待我的人，就觉得自己没有白活。那心里的孤独，就真的消失了。毕竟，心中有了一个影子，有了一个美好的影子。跟她的相识，真是我生命的一大收获。

孩子，在那单调孤寂的旅途中，要是没有一双盯着自己脊梁的眼睛，那是多么乏味啊！

同样，你的这本书中要是没有莎尔娃蒂，又会是多么苍白呀！

3. 吞天的大魔

时时生病的琼波浪觉仍在寻找奶格玛。

他已朝拜了很多圣地，却再没有碰到他在沙漠中的那类奇遇。他在印度的求法之旅，渐渐变得平实了。

奶格玛在他心中，仿佛真的成了一个传说。

这时节，司卡史德给他传了六种成就的方法，叫“司卡六法”。但琼波浪觉常常念诵的，仍是“奶格玛千诺”。没办法，宿世的巨大业力，让他忘不了自己命运中的那个授记。寻找奶格玛，已成了他活着的理由。

琼波浪觉说，虽然那些邪灵制造了很多违缘，但同时，它们更是一种助缘。正是在那些违缘的锤炼下，他才一天天远离了屑小。

那时节，时不时地，他就会在天空中发现邪灵弯曲的倒影。他们举着诸般武器，如金刚弯刀、三叉戟、套索、勾魂钩等，等待着下手索命的时机。那时机，就是琼波浪觉生退转心的时候。

琼波浪觉告诉我，只要他不生退转心，就会跟一个巨大的存在之间有光道相通，就会得到巨大的加持之力。那些邪魔外道的阴谋，就不可能得逞。

我问，什么阴谋?

他说，那些邪魔的阴谋，其实只有三个字：退转心。

他们在等待着他的放弃。一旦琼波浪觉放弃了寻找，就会成为魔的眷属。许多人的堕落，就是从放弃追求开始的。

那放弃，等于关闭了向往光明的心。光明一逝，黑暗遂生。

同时，邪灵还制造了大量的凶险。他们想用违缘磨秃琼波浪觉锐利的求索之心。

这天，琼波浪觉做了一个十分凶险的梦。梦中，泥浆翻腾，浊浪排空，于泥浆之中腾起一个巨大的鳄鱼，一下就叼去了他半边身子。醒来后，他发现下半边身子真的出现了麻木迹象。

此后的很长时间里，他神情恍惚，浑身无力，时不时地，就发现有个吞天的大魔扑向自己。不久，他患上了印度常常流行的恶热。便是在九百多年后的今天，每年仍有数以百计的印度人死于这种恶热。

在某次光明境中，琼波浪觉向我讲述了他那时的遭遇——

4. 黑夜中的灯炬

我的孩子，要知道，逝去的千年里，很少有像你这样理解我的人。我若是太阳，你便是太阳的光明。无数的人，正是通过那光明，才明白了太阳的珍贵。

孩子，在很长的一段时间里，我一直处于恍惚状态。我魂不守舍，遍身乏力。那时节，我也知道是咒力的缘故。孩子，虽然咒力的本质也归于空性，但在缘起和外相上，它仍然是存在的。对于没有真正证悟空性的人，咒力是客观的存在。

那时节，我虽然在理上明白了万物如幻，但我的心中，并没有真正破执。

于是，我老是看到本波的那些大魔，还有那红司命主们，他们怒睁着可怖的眼睛，张着大口，向我喷毒气。他们其实已变成了一种氛围。在那种氛围里，我老是产生这样的念头：奶格玛，也许只是个传说。我已在寻觅中耗去了太多的生命，我该回去了。

多可怕的念想！

每当这念想生起的时候，我就想早点离开印度，回到藏地。随我到印度来的那几个弟子，有的死了，有的回去了。我老是孤独一人。

你也许会问，司卡史德不是陪着你吗？

是的。司卡史德在陪着我。但这种陪，不是你想象的那种陪。她不是招之即来、挥之即去的女人。她其实更像不期而至的风。我很喜欢你在《西夏咒》中的那首诗：

霜风掠白了你的青丝
却掠不老你的寻觅
点点梅花
夜夜射向天际
天涯路上无你的郎君
郎君是沧桑的雨雪
总是悄然而来
又悄然而去……

司卡史德也是沧桑的雨雪。我无法呼唤她的来，也无法控制她的去。她总是不期而至。而且，那些日子，她显得越来越刁钻古怪。我知道她在调我的心性。她有时更像一个铁匠，将我的心放在砧板上，举了锤子，一下下敲击。我心灵的杂质，就是在那一次次敲击中，变成了四溅的火星。她一次次将我的心打成了薄铁，再一次次折起，放入炉火中冶炼，然后再进行捶打……常常是这样的，我越是陷入孤独需要她时，她越是许久不露面。我甚至闻不到她的气息。那种孤独，真不是常人能忍受的。

那时节，一个声音老是在呼唤：回去吧！回去吧！奶格玛只是个传说。

我已经寻觅了很久，也在寻觅中经历了一次次的神奇，但那时，我也开始怀疑自己的所有经历，也许只是一个个梦。在许多个恍惚里，我甚至怀疑是不是真的遇到了那么多的空行母。

此外，我求到的许多密法也开始困扰我。我时而觉得这个法好，时而觉得那个法好，我于是今天修这个法，明天修那个法。我哪个法也不想舍弃。因为每一种法都花费了我很多的时间和黄金……当然，我一向对黄金没啥感觉。我眼中，它只是求法的工具。其实，你现在就可以体会我那时对黄金的心情。现在，你提起我供养的那些黄金时，是没啥感觉的，对不？你可以说那些数字，比如五百两或是一千两等等，但仅仅是个数字。你在乎的，还是我求到的那些法。它们穿越了千年的时空，一直流入你智慧的大海……是的，智慧的大海。我理解你曾说过的那些话，你说香巴噶举的法脉，仅仅是流入你智慧大海的一个支流。我理解你说的这话。因为那时，我的智慧大海，同样也是那一条条支流汇成的。大海不择细流，故能称其大。只有浅薄者才认为自己的杯子里，盛的是整个大海。

但你其实也明白，在流入你智慧大海的水流中，来自奶格玛的无垢智慧，无疑是最重要的一支。于是，你总是割舍不下香巴噶举。我也一样。那时的我，要是没有最后的寻觅，我的智慧中，也会有最难以完善的缺憾。

也正是有了这种宿慧的警示，我才没有舍弃对那终极的寻找。

在无数个瞬间里，那些本波护法神和其他邪灵，都发出了一晕晕令我生退转心的思维波，想扰乱我的心。

那时的念头里，除了怀疑奶格玛只是个传说之外，出现最多的便是叫我“知足”。一个声音老是说，你已经得到了一百四十多个大成就者的心髓，够了够了。你已经是雪域中求法最多的大师了，像玛尔巴，也仅仅是得到了那诺巴的心传；像那诺巴，也仅仅是得到了谛诺巴的心传。他们照样成了大师。你得到了那么多大师的心髓，还有啥不满足的呢？

那时，还有个声音在叫：你还是回去吧，去传法，去度众。雪域不知有多少人等着你呢。你不必再寻觅了。你一耽搁，不知有多少人失去了人身之宝。

这真是一个无比大的理由。我差点放弃了寻觅。

你现在可以想想，要是我那时放弃，会是多么遗憾的事。我即使真的成了大师，那也是另一种意义上的大师，我不会是奶格玛的传人。而琼波浪觉要是不跟奶格玛发生关系，将是多么遗憾的事。就像香巴噶举要是没有你，或是你没有香巴噶举，这世上，定然会少了精彩。

要知道，许多时候，那种有着利众外相的懈怠，才是最可怕的。我差点真的放弃了。但每到我想放弃的时候，却忽然产生了失重感。我想，要是不寻找奶格玛，那我的活着，还有啥意义？

正是这一点的不甘心，像黑夜中的灯炬，伴我度过了那漫长的寻觅之路。

5. 魔石

亲爱的琼波巴，我越来越害怕了。

我仍在为你承接那咒力——它让我产生了病入膏肓的感觉，我的喉头时时发噎，疼痛开始袭来。我怕我挡不住那铺天盖地的邪恶咒力。我老是看到，那些邪恶的咒砂，仍在卷向寻觅的你。

咒士们在山中又找了一块魔石，将你的魂魄勾摄在魔石上。据说，这便是你的命石，代表你的灵魂。他们已拘了你的三种命石，代表红菩提、白菩提和无死明点，它们分别来自你的父亲、母亲和你宿世的精魂。

他们已经完成了规定的念诵，将那祈愿纸、心咒和各类珠宝用红布包了，跟你的三块命石一起，塞入一个红山羊和黑绵羊的心脏内。

他们想让你进入一种可怕的魔境。那魔境，会迷了你清明的心智。

我甚至希望你告诉我，我对你的这种迷恋，对于你来说，是不是也是一种魔境？

看了你的信。很担心你，也心疼，但我除了一如既往地替你承接那些咒力外，别无办法。

每个人都在寻求一种终极意义，岂能尽如人意，但求无愧我心。你费尽心力地用生命换来的智慧证悟，在很多人看来也许并不需要，甚至还会为你招来违缘。那些混混就是这样甘于混混的命运，你的唤醒只要几个心灵听到也就够了。我知道，你已经尽了全力。

你不知道你有多么了不起，你带给我的一切多么好！我这么孤傲的一个人，却对你百依百顺，甘为婢仆。我也许孤陋寡闻，也不清楚别的女人需要什么，但我眼里，那么多财大气粗、手握重权的男人，都比不上你带给我的智慧、清凉和明白。为此，我无数次地感恩命运、感谢生活，更感谢你。

别受世俗价值的影响，坚持你自己，坚持你的证悟，坚持你的方向，坚持你的路。我非常有信心，你是对的。

你已经达到很高的境界了，每一步的向上跨越，都是异常的艰难，比原来的更难。这不要紧。这肯定是极难的事，大成功哪有那么容易？所以你别难受，慢慢来。

琼波巴就是琼波巴，真实、率性而自由地活着，不为什么而活着。

爱你。

很累了，要住笔了。

我的喉部剧痛不已，不知道能不能撑到你归来？

6. 琼波浪觉说

莎尔娃蒂，我的亲人：

心疼你。

一定要去看看医生，再做些息灾火供。

不要再为我承接那咒力。对于没有证悟空性的人，那咒力，是真的存在的。它会损害你的健康。

也很想你。心中仍有浓得化不开的感情。你是个好女子，因为有了你，我的人生才多了一份色彩。

虽然我证悟了一点智慧，但你仍是我心中最大的诗意，它成为我仍留在红尘的理由。一想到你，我就觉得生命真的很精彩。

在过去的多年里，我仅仅是被命运流放的一个苦行僧。自遇到你之后，我才算为自己活了一些日子。等走完这段路后，也就到了见你的时候了。我很高兴。希望你能诵读我留下的那些经，这也算是给我的另一种礼物吧。当你能从那些经中读出一份清凉时，你也就真的跟我相遇了。

我多么希望你能快乐和明白呀。要是因为跟我的相遇，你比以前活得更好一些，那我也就没白疼你。

琼波浪觉

我告诉琼波浪觉，陈亦新看到这儿，批了一句话："他还是个俗僧。"

琼波浪觉呵呵笑了。他说，你儿子以为成就者不食人间烟火。他哪里知道，便是在我证得大成就之后，我仍然有着无穷的柔情。成就之后的我，比没有成就时，更多了无限的柔情蜜意。没成就时，我牵挂的，多是母亲。成就之后，我有了无数的母亲。成就是啥？成就是证得空性后的放下，是充盈着大悲悯的喜悦，是有着无数牵挂却又无点滴烦恼的超然，是像爱情人一样爱所有众生的诗意。

明白不？

7. 无身空行母的体性

孩子，你别用那种目光看我。

你心疼莎尔娃蒂没错，但你要知道，我这辈子，不是来找她的。

我是来找奶格玛的。

虽然我的命运里会有多种选择，但我在每一个当下里最该做的，只能是心中最重要的那件事。

只有在找到了最重要的之后，我才可能顾及别的。

在我的生命中，莎尔娃蒂更像一位女神。在无数次寻觅的途中，在我非常孤独的时候，也会想到她。在过去的记忆中，有关她的一切，都化成了一晕晕充溢在心头的温暖。

但是，莎尔娃蒂只能代表世间法的美好，她代替不了出世间的智慧。要知道，我最需要的，正是后者。

为了成熟我的心性，那些无身空行母也会为我开示一些修炼无上瑜伽的窍诀。它们涵盖了金刚乘瑜伽的所有修证窍诀，被称为“空行母的心髓”。

在证悟之前，我跟无身空行母的交流，都借助了司卡史德。她能看到寻常人看不到的许多境界，她能洞悉许多人难以了解的很多秘密。

瞧，司卡史德又在舞蹈了，她边舞边唱，歌声十分美妙：

法界的智慧本有而圆成，它不假外力自然俱足。

它光明朗然玲珑剔透，犹如皎洁的白色水晶。

它虽无形而犹如仙草，散发出多种美丽的芬芳。

无始以来它不曾迷失，贮藏在空行母无尽的识藏中。

而今机缘成熟开启了宝库，便流入你的心性宝瓶。

司卡史德说，儿呀，你的福慧古今罕见。这是空行心髓一样的口诀，由无身空行母口耳相传，外界是很难知晓的。它来自乌仗衍那国的刚多罗，那是一个空行会聚的圣地。

那个时候，空行母们都住在空行洲。表面看去，她们很寻常，有的还很卑贱，但在内心深处，她们一直守着心头的那份觉悟。一天，我拜访这个地方，也幸运地赢得了空行母的欢喜，得到了空行母的殊胜教授——

当你成熟了自己的心性，你便拥有了解脱的法宝。

那解脱来自那成熟的心性，一定要斩断你自心的纠结。

那自心的纠结源于分别心，分别心来自你心的迷惑。
因为迷惑所以执幻为实，因为执幻为实所以陷入牢笼。

执著的所有东西了无自性，它们如水中之月镜中之影。
那空花水月本是心头的幻相，其实没有值得你迷恋的实体。

当你明白了以上的真理，你的心性才算成熟。
心性的成熟即名为解脱，它来自自心而不假外求。

要是你认为解脱源自佛陀，那你还是在轮回之中。
轮回其实是幻相的作用，明白了幻相你便远离了执著。

儿啊，你是否嗅到那别样的芬芳？它同样来自心性而本自俱足。
虽然空行母的歌声承载了它，这歌声同样发自你的心底。

司卡史德说，儿呀，你可别小看这些教法，金刚乘的所有修持都涵括其中了，你一定要善加体会，无论你思维还是默诵，都有着无与伦比的加持力。儿呀，你要记住，无身空行母的体性便是大手印。没有大手印见地的指导，你是很难证悟的。

儿呀，你的心灵本来清净，心性本自成熟，有着不曾染污的究竟明性，就像明净的天空一样纤尘不染。但因为妄想乌云的遮蔽，你看不到那本有的心性。经过正确的修持，你就会除去障碍自心本来功德的困惑，了悟你的自心明性。儿呀，那障蔽你清净自性的大网，都是由分别心造成的，那二元对立的思维和习惯，成了捆绑你自然觉性的绳结，那是你必须要斩断的。

空行母们齐声应和。一个说，是的，你只要不被那妄心欺骗就成，我们不知道你还有什么可努力的。一个说，就是，你所有的烦恼都是妄心给你打的心结，你才看不到真心的原貌。一个说，谛诺巴大师不是说了吗，芝麻里面有芝麻油，佛性同样存在于心性中。一个说，当你抛开一些可笑的纠缠后，真心的原貌就会自然地显现出来。

8. 迦毗罗卫

孩子，虽然空行母们一次次为我开示心性，但我还是发现，道理上的明白和行为上的自由，仍有着很远的距离。无论我在理论上有着怎样的觉悟，在遭遇不同的外境之后，那迷乱还是会干扰自己的真心。

我在迦毗罗卫举办会供，就是为了快速积累资粮。我要供养所有上师，一来感谢他们对我的教诲；二来想借助供养圣者之力，尽快清除我心灵上的障碍。我还想宴请能够请到的那些大成就者。我甚至奢望奶格玛也能跟那些成就者一起，来参加我的会供。

会供的地点，我选择在迦毗罗卫。这是释迦族的首都，它位于喜马拉雅山麓的一个平原上。

佛陀在迦毗罗卫生活了二十九年。我们在这儿会供，从缘起上来说很好。我的那些上师们也想来朝拜迦毗罗卫。在我们的心目中，这所在，跟王舍城、舍卫城一样，是向往已久的圣地。

但到了迦毗罗卫，我才发现，迦毗罗卫已变成了一个遗址，看不到任何曾经辉煌的迹象。其实，在历史上有着惊天大名的释迦王国，只是一个部落城邦。那个所谓的国家，也仅仅是一些小部落城邦的联盟，它很像今天的共和国。在佛陀的父亲净饭王之前，它就以民主选举的形式选举国王。从净饭王起，迦毗罗卫才出现了世袭制。那些散落于周围的部落，为了能在强权的挤压下生存下去，就联合在一起，以联盟的形式，联合成了一个较大的国家。佛陀的生父净饭王，就是那联盟的首领。

释迦族以农耕为主，它的族名叫“乔达摩”，也称“瞿昙”。我们老是在佛经上看到外道这样称呼佛陀，动不动就“瞿昙”“瞿昙”的。它本是一位古代英雄的名字，意思是“最好的公牛”。正是这位名叫“最好的公牛”

的英雄，建立了释迦族的城邦。为了纪念他，释迦族便以“乔达摩”作为自己的族名。

在释迦族的文化中，农耕的气息很浓。它的那些历代的首领，皆以食物为名，如净饭王、白饭王、甘露饭王、斛饭王等，都透出了浓浓的农耕气息。两千多年前，释迦族最盛大的节日是耕种节。那一天，全国欢庆，热闹非凡。那天，国王要参与耕种，以示对农业的尊崇和重视。

历史总是会出现奇迹，就是在这样一个农耕部落中，竟然诞生了一位光照千古的伟大人物。

许多时候，一个寻常的小池塘，却可能长出光彩四溢的莲花。所以，当我们无法选择自己的出身时，就选择自己的行为吧。

当时的释迦族四周强敌环伺，在强权的夹缝中，那些城邦小国岌岌可危。那情形，很像摇摇欲坠的巨石下的鸡卵。整个释迦族人，都在期待着一个伟大人物的诞生，他们想借助伟人之能，来改变生存的危境。于是，他们有了一种对“转轮圣王”的期待。佛经中充满了对转轮圣王的描绘。此王有七宝：轮宝、象宝、马宝、珠宝、女宝、主藏臣宝、主兵臣宝，皆红尘不见之大宝，有大威德，有大法力，有大功能，能助圣王，一统天下。《佛说长阿含经》中说，那些国王见圣王至，“以金钵盛银粟，银钵盛金粟，来诣王所，拜首白言：‘善哉！大王，今此东方土地丰乐，多诸珍宝，人民炽盛，志性仁和，慈孝忠顺，唯愿圣王于此治政！我等当给使左右，承受所需。’”只有传说中的转轮圣王出现之后，释迦族才能实现真正的振兴。

在无尽的期盼中，伟人终于来了。在王妃三十岁那年的某天夜里，她梦到一只白象入胎。在当时的古印度，这是一个十分吉祥的梦，预示着她会生下一个大贵人。

不久，王子出生了。父王请人给他起了一个吉祥的名字：悉达多，意思是“一切愿望皆能达成”。

净饭王还请了一位有名的仙人为太子看相。那个叫阿喜陀的仙人在喜马拉雅山上修行一生，功行高深。他见了太子，先是大笑，而后大哭。人问原因，仙人说：“我的笑，是因为这孩子是个大贵人。他若是入世为王，则能成转轮圣王，统治世界；他若是出家修道，则能成就无上正等正觉。我的哭，是因为我年事已高，来日无多，不能亲领太子证道后的教诲了。”

在这个叫迦毗罗卫的所在，悉达多度过了早期人生的十九年。他衣食无忧，尊崇无比。为了防止他产生厌世心理，净饭王提供了最好的物质条件，让儿子享受五欲妙乐。但太子总是怏怏不乐。因为他的智慧，总能让他发现那流动的乐中隐现的苦。

在光明净境中，我看到了那时的悉达多太子。那时节，虽然四面的妙乐包围着他，但太子的眼睛仍透出厌倦的目光。那时，他已学遍了盛行于当地的几乎所有学问，却无法解除他心中的厌倦和空虚。无论文的经典还是武的技艺，太子很快就出类拔萃了。那时的世上，已很少有能够当他老师的人。

于是，在某个天地为之一滞的时刻，太子带着那位叫“车匿”的车夫，出了东门，他发现了一个老人。老人一脸皱纹，骨瘦如柴，胡须上淋漓着清涕，身子抖动如风中的黄叶。太子问，车匿，这人为啥成这模样？车匿说，太子呀，因为他老了。太子问，我也会老吗？车匿说，当然，只要是人，都会老的。于是，太子若有所思地回到城里，对“老”的发现带来的乌云，开始罩住他生命的天空。

在我的心灵净光中，太子又出了南门。他听到一位病人在呻吟，其声惨然，痛苦至极。病者的脸上布满了黑斑，腐烂的身上散发着臭气。太子问：车匿呀，这人为何惨叫？车匿说，太子呀，因为他病了。那不期而至的疾病，损害了他的健康。太子又问，我也会病吗？车匿说，是的。这世上，只要是人，都会病的。病是人的影子，只要有身体，就会四大不调，进而生病。病是人的一生里非来不可的东西。于是，太子仰天长叹，沉吟不语。

在光明净境中，太子又出现在西门。西门外有个死人，身上的温度已逝，坚硬如横陈的枯木。他的亲人们边嚎哭，边将他抬上木柴。木柴点燃的时候，黑烟和火光罩住了尸体。太子大惊，又问车匿。车匿说：太子，那人已经死了。太子问：我也会死吗？车匿说，死是每一个生命中非来不可的东西，有生必有死。无论强者，无论弱者，无论王者，无论平民，都逃不脱死神的追逐。

于是，这位深宫之中长大的太子，终于发现了生老病死。这四道捆绑了众生无量劫的绳索，终于进入了他的视野。

司卡史德说，那四门的情形，其实是出世间护法神的化现。他们用一种直观的方式，唤醒太子的出离心。她说，许多时候，五欲妙乐也会让智者沉迷。那老者，那病者，那死者，都是一声声警钟。那钟一声声猛响着，惊醒了沉溺于五欲妙乐的太子。

于是，后来"四圣谛"中的第一谛开始在太子的生命中闪烁了，那便是一个"苦"字。

紧接着，悉达多的生命中，出现了另一种别样的光明。他走出了北门，看到一个沙门。那沙门，相好庄严，面如满月，举止安详，宠辱不惊。太子问车匿，这是啥人？车匿说，这是修道者。太子问，他们为啥修道？车匿说，为了超越生老病死的苦海。

司卡史德说，从那时起，太子就生起了出离心。

我对车匿产生了极大的兴趣。在我的眼中，这个叫车匿的车夫，几乎可以跟卢伊巴遇到的那位空行母媲美了。他虽然没有为佛陀开示心性，却让他产生了出离心。而出离心的产生，直接促成了佛陀后来的出家。

于是，某个夜里，悉达多用哀怜的目光望了望熟睡的娇妻，望了望刚刚出生的爱子，跟着车匿，出了迦毗罗卫城，到了一个修道的尸林，开始了长达六年的苦行。

以上的描述，常见于佛经。

但我看来，以上说法，不乏象征。我想，学遍世间学问的太子不会不知道生死规律。那时的古印度经典中，充满着这类知识。太子的智慧，似乎也不一定非要由车夫来开启。更也许，那个历史时刻，佛陀仅仅是在演戏。他用一种直观的方式，告诉了人们要看破生老病死。

从悉达多给儿子起的名字中，我似乎发现了一点端倪。佛陀给出家前的孩子起名为“罗睺罗”，意思是“障碍”和“月食”。这个词，其实并不吉祥。在后来流行于藏地的一些历法中，认为月食和日食的出现，是因为罗睺星障蔽了日月的光明。我在修时轮金刚的生起次第时，也要观想罗睺轮。它总在一个特定的时间里，为日月流向人间的光明制造障碍。佛陀为啥给儿子起这样的名字呢？也许，这名字，代表了悉达多太子出家前的一种心理。那时节，他最放不下的，是刚刚出生的儿子。他定然也犹豫过，徘徊过。“罗睺罗”三个字，代表了他最真实的复杂心情。就像我们老是被子女牵挂一样，佛陀在离开迦毗罗卫前，定然也经历过一段痛苦的抉择。在他真正战胜自己之前，儿子的出生，成了他出离修道的一个最大障碍。

但他终于斩断了亲情之爱，远离障碍，走向城外。

那时，世上的所有障碍，都无法绊住向往真理的悉达多了。

他逃离了迦毗罗卫，走进了充溢着腐尸气味的尸林。

9. 扑向亲人的杀气

从此，红尘中的众生，多了一种被救度的可能。

不过，一向被人们认为是万能的佛陀，其实也不能改变七种东西，那便是生、老、病、死、罪、福、因缘。

佛陀用智慧救度了无数沉溺于苦海的众生，却救不了养育过他的迦毗罗卫。多年之后，毗琉璃王的大军将会毁灭这座诞生过伟人的城市。

佛陀以其独有的方式，三次阻挡了扑向亲人的杀气。但因果定律，仍然注定了释迦族的灭亡。

按世上流传较广的说法，释迦族的灭亡，是因为他们的前世是打渔者。为了生存，他们杀死了数以百万计的生命。在无尽的生命长河中，他们虽然变换了无数次面目，但那恶的行为造成的反作用力，却如影随形地跟定了他们。那恶的种子，在佛陀成道不久后成熟了，便结出了恶的果实。

当毗琉璃王的大军在马蹄激起的搅天尘埃中逼近迦毗罗卫时，我在净光中看到了在一棵枯木下宴坐的佛陀。毗琉璃王问：世尊啊，这林中树木极多，林荫很大，你为何偏偏坐在枯树下呢？佛陀说：那些树荫，哪里比得上亲族之荫啊。于是，毗琉璃王心中不忍，下令退兵。但兵马虽退，毗琉璃王的杀心却难以平息，不久之后，他再次发兵。如是三次，皆见途中的佛陀，佛陀皆以亲族之荫作答。

当毗琉璃王第四次发兵时，佛陀明白，释迦族过去的恶业成熟了，他告诉弟子，你们不用管了，释迦族宿世的恶缘，今天已成熟了，那诸多的命债，到了该偿还的时候了。于是，万千马蹄激起了遮天蔽日的尘埃，罩住了迦毗罗卫的天空。透过那尘埃，我发现，释迦族有一个少年英雄，他拍马扬弓，神勇无比。他发出了一支支抵抗之箭，箭箭射中敌人，还差点射死毗琉璃王呢。释迦族的老人于是训斥少年：你咋能随意杀生，坏我释迦名声，辱我释迦门户。佛陀不是教我们善待众生吗？我们连小虫都不愿伤害，你咋能飞箭伤人？你难道不知道，杀害众生是要堕入地狱受苦的？于是，释迦族人赶出了那个神箭手，坦然受报。

在我的心灵净光中，又出现了目犍连尊者。尊者不忍释迦族人被害，对佛说，世尊，我想拯救释迦族，或是将他们安置于虚空中，或是安置在大海中，或安置于两座铁围山之间，或搬到别的国家，叫毗琉璃王找不到他们。佛陀说，你虽有神通力，但你改变不了七件事，那就是生、老、病、死、罪、福和因缘。你的神通，无法消除他们宿世的恶业。

但目犍连尊者仍不忍心，他偷偷施展神通，飞腾而起，举着一个能吞吐天地的大钵，将面临血光之灾的释迦族精英摄入钵中，带回精舍。但他吃惊地发现，那钵中之人，早已化为血水。这故事，成了“神通不敌业力”的最好注解。

在迦毗罗卫，我发现了一处古迹，叫“释种诛死处”。那所在，有一块石碑，上有一段文字：“毗卢择迦王既克诸释，掳其族类，得九千九百九十万人，并从杀戮，积尸如莽，流血成池，天警人心，收骸瘗葬……”这文字，为释迦族的灭亡提供了历史证词。

但佛经中，同时记载了一个史实，那便是佛陀灭度后，由八个国家分了他的舍利，其中就有释迦族。说明在佛陀灭度之后，释迦族仍然存在。

这，成为一个历史之谜。

另一个故事，却讲了释迦族并没有完全灭绝，说是毗琉璃王入城以后，嫌杀人麻烦，就下令将人埋在土中，想叫大象踩踏。这时，释迦族王摩诃那摩对毗琉璃王说，你我现在虽为仇家，按规矩算来，我还是你的外祖父呢。我不忍百姓被杀，但求一事。请你将我沉入水底，任百姓逃难，在我浮上水面之前，来不及逃的，任凭你杀戮，如何？毗琉璃王觉得有趣，就答应了。摩诃那摩沉入水中时，毗琉璃王准许释迦人逃难。但逃出了许多人后，仍不见摩诃那摩浮出水面，遣人下去打探，见摩诃那摩将头发拴在了水底树根上，以保证逃出更多的人。

我眼中，这也是大菩萨的示现。

10. 骑着山羊的红司命主

亲爱的琼波巴，请拉住我的手。

很久没有写信了。最近，我总是倦怠，似叫人抽干了精力。一来是太想你了，二来是我肯定中了那些人的咒术。那疼痛，更成了我的梦魇。

我老是身不由己地进入一种幻境，总能看到那些咒士们和红司命主坛城。我不知道是不是我的神识已被他们勾摄了？我看到了血酒跟面粉做的那个巨大的三角形供物——就是你叫朵玛的那种。我还看到了黑狗血等其他供物，最扎眼的是动物器官串成的花环。我还看到了你常用的那种金刚铃、金刚杵和人头鼓。

那些咒士们都在禅定中观修、念诵。

因为你是男的，咒士们便将自己观成了男红司命主——要是你是女的，他们就必须将自己观成红面女魔。想来咒士们也怕异性相吸呢。我看到那些红司命主都骑着雄性山羊。

开始，我以为这是我的幻觉。后来，库玛丽告诉我，我看到的，是真实场景。

出现这种情景有两种可能，或是我证得了天眼通，或是我的魂魄被勾摄进坛城了。

我想我是后一种，因为要是我证得了天眼，我便能看到我最想看的你，而不是这些坛城的凶险。

不过，我倒是没有一点害怕。要是我真的能代替你死，也是我最愿意做的事。

原谅我，我还是很想你，越加不可救药了。身体也明显不如以前。我甚至怀疑自己得了绝症，喉部总是剧痛，有异物感。按一位婆罗门的话说，这是由我的语业造成的。

当然，如果相思病也是绝症的话，我早已病入膏肓了。

我发现，如果我试着放下你，不在乎你，那么，我就没有办法做事情了。我就像被抽空了激情的奔泉，顿时成一池死水了，呆滞，恶浊，了无生趣。我迷恋你的气息，像我离不开空气。没有你，我会窒息的。

我现在越来越明白了，你当初也许并没有真正打算和我走多久。在你的心中，我不过是一次难忘的邂逅而已。你是凡事随缘的人，是我自己决定，要跟你一辈子的。所以，每时每刻，我都在费心费力地留你。我知道，我们之间距离太远，我若不用心留你，让你偶尔回顾，你可能早已绝尘而去了。除了这些努力，我还有什么其他优势呢？！你连生死都看破了，哪还会被一个小女子牵引。

如果上天不让我走下去，那我不明白它为什么要对我如此残忍，既让我认识你，又让你离开我！不知道我会不会成为你的拖累，甩下我，也许你可以走得更快？！

就这样一个人闷闷地坐着。胡思乱想。

我不愿跟你多谈一些在你眼中也许属于机心的事。但我知道，你的未来，要想在弘法事业上有大成，是需要一些助缘的。佛陀要是没有施主和弟子，不可能有后来的那种辉煌。我很清楚我该怎么做。我了解你，知道哪些资源和朋友对你是助缘，哪些鲜花与掌声则可能是拖累或陷阱。宗教之争中的狡猾、混杂、圈套，远远超过我们的想象。我们要以不变应万变，静心做好自己的事。我在寻找真正有远见、有使命、素养良好的人才，若能找到，是大家的幸运；若找不到，我也没有虚度光阴。我现在所做的一切，就是努力让你的声音更大一些，以便引起我们要寻找的那些人的关注。我的思路是，主要向文化高端人士传播，让他们听到你的声音。他们的肯定与推广将会几何式地四向扩散，即所谓“登高而呼”。这样做，既保证了你所需的自由、独立和清净，也实现了事半功倍的效率。否则，就会像你过去在家乡的境遇一样，虽然你的选择是为了利益他们，但他们却宁愿相信谬误。他们更喜欢骗子的假话，甚至还会成为骗子的帮凶来围剿你，在你没完成救赎之前，自己就先累死了。

我已经利用父亲的资源，为你造了许多势。现在，在我和父亲的圈子里，几乎没人不知道琼波浪觉。

我从来没有神化你。我深知你今生的向往与追求，所以，我不顾一切地呵护你的纯净、安详、清凉，这是很多人在绝望、灰心、厌世的时候，最希望看到的自救的明灯。我努力呵护它不被世俗的狂风吹灭——不知道我是否高估自己了，我认为这是我最重要的责任。否则，我就辜负了上天安排我们在一起。

我们只准备好自己，其他的事，让命运来选择吧。

莎尔娃蒂

11. 心灵的三昧耶

我花费了一千两黄金，从各地预订了诸多珍奇供品，叫人在二十五日那天送到迦毗罗卫。我在那巨大的遗址上搭建了巨大的帐篷，铺了大红地毯。

会供场面十分壮观，我的所有上师、印度的八十多位大成就者、胜乐二十四境及色究竟天的所有勇士空行都参加了会供。

在那次会供中，诸成就师表演了神通，有的表演上身出火下身出水的游戏神通，有的表演空中趺跏坐，有的化现为猛兽，有的化现为山岳……种种神异，不一而足。

诸大圣授记说，琼波巴，你将成就殊胜功德，证得究竟悉地。其身与密集金刚无二，其语与玛哈玛雅金刚无二，其意与喜金刚无二，其功德与胜乐金刚无二，其事业与大威德金刚无二。

司卡史德很是欢喜，也授记道：儿呀，你的福德资粮超迈古今，你会有十万弟子。他们将出生在马哈迪瓦诞生之地、胜乐金刚诞生之地，以及卡萨瓦纳观音诞生之地，他们都将得到我的加持和护佑。自此后，你的传承内的所有弟了，只要他们对传承上师生起净信，常诵“奶格玛千诺”，都将往生空行净土。千年之后，你传承的智慧之火会传向世界，给众生带来无上的清凉。

她唱到：

别忘了你自性的三昧耶，它不是那三皈五戒及诸多律义。
虽然那戒律是成就的保障，犹如墙壁阻挡邪风的侵入。

因为那心灵之火虽然腾起，还是未能燎原遍地。
此时若有邪风侵入，烛苗便会复归于熄灭。

所以要有戒律之墙，才能守护智慧之烛。

待那烛苗化成大火，燎原之后便不怕风雨。

但我说的三昧耶不是指戒律，它其实仍来自心性本体。
当空行母擦亮你心头的明镜，你一定要恒常观察不使其丢失。

你可将这种说法当成保任，但此说也不是究竟的了义。
真正的心性明镜本来俱足，它照彻天地从来不曾丢失。

只是你有了妄念的尘灰，你才无法看到那朗然的光明。
当你拂拭后见到了实相，你就该时时觉照那明体。

那明镜朗照万物却如如不动，你的心亦当湛然如斯。
智慧的琼波巴呀，要恒常察看你自心的明镜。

司卡史德说，儿呀，你心灵的三昧耶本自俱足，无有变异，也存在于无染的心性里，仅仅因你心灵的迷惑没能认知。你那迷惑的心总是认妄为真，将种种虚幻的体验当成了实有。你惑乱的心中，对那些妄见深信不疑，因此就需要种种作意的清净来擦亮那主客体本有的誓约。这样，你就会消除二元对立的妄执，你的心才会变成明镜。儿呀，当你的心能朗照万物却又如如不动时，你就会了解诸法的实相，那时你就会明白你本具的自然心性，它是自然俱足而又离于勤勇的。

当你见到了万法的究竟实相时，你就步入了初地。你生命中的究竟欢乐就会自此开始。你会恒常地享受空性的光明，不断增益在禅定上的专注及提升。当然，因为细微无明的障碍，你的能观之心和所观之境尚有分离，你只有超越二边，实相光明才会完全而自然地显现出来。

儿呀，对治心的方法有多种。首先你要明白何为真心。真心和妄心本为一体，妄心息了时，真心就会显现了，正如乌云一散，晴空顿现一样。你要善为观察自心并引善除恶。妄念起时，你用真心观照，久而久之，你就会熟悉自心。当你明白如何观心时，再去增进正念及觉性。这时，你要构筑戒律的高墙，防止贼风吹熄你觉悟的光烛。等你的觉悟燎原成智慧的大火后，你就会享受永恒的清净之乐。

司卡史德说，在心性问题上，不是发现问题将它杀死，而是本来就没有问题，只要安住妄念体性上，妄念就会自行解脱。

儿呀，空行母的教法已注入你的心灵，明空智慧你也有所体悟，虽然尚不能完全变成你自己的，但只要假以时日，你定然会证得究竟。

儿呀，虽然你的解脱不成问题，但你的使命还是求到奶格玛的教法。那奶格五金法，是涵括了所有密法的宝中之宝，你一定要求到，并带回雪域。千年之后，它会利益无量众生。修它得到成就的人，会像天上的繁星一样多。你不要满足于现在得到的密法，你要一边清修，一边继续寻找奶格玛。你边朝圣，边寻找吧，那些圣地，会给你带来你意想不到的加持。

第二十一章　空乐的光明

1. 智慧空行母

自那次盛大的会供之后，琼波浪觉一边闭关修行，一边继续祈请空行护法，希望他们能帮助自己，找到奶格玛。

第一阶段的闭关结束后，司卡史德带琼波浪觉朝拜了舍卫城。舍卫城在佛教史上的地位极为重要，佛陀曾在此结夏二十四次。就是说，在佛陀的弘法岁月里，有二十四个雨季是在舍卫城度过的。除了王舍城的舍利弗、大迦叶、目犍连等人外，佛陀的许多弟子都是舍卫城的人。为了教化舍卫城的众生，佛陀在此花了很多心力，并取得了很大的成功。许多有名的经典，都是佛在舍卫城宣说的。

司卡史德常常游行四方，随缘度化有缘众生，从来不在某地修建道场。这一点，非常符合原始佛教的特点。佛陀与弟子也一样，除了在雨季为了不践踏路上的众生而在某处安夏外，其余时间，总是游行四方，随缘度化。一天，一位叫须达多的长者发现佛陀正在丘冢间禅修，便走上前去，拜而问曰：世尊呀，你的身心安稳吧？佛陀答曰：婆罗门涅槃，是则常安乐。爱欲所不染，解脱永无余。断一切希望，调伏心炽然。心得寂止息，止息安稳眠。而后，佛陀为其说法，令得清净之乐。须达多请佛前往舍卫城，使城中众生也能领受佛陀教法。佛陀默而受之。这便是佛经上著名的祇树给孤独园的缘起。

司卡史德说，须达多家豪大富，老是供养孤贫者，人们就称他为“给孤独长者”。他回到舍卫城后，就开始寻找上好地方。他寻了许久，发现舍卫城王子祇陀的花园极佳，就前往问询，想买了建精舍。哪知，王子也心爱此园，心虽不忍，不便明言，便出高价说：但使用金币铺满此园，即可出售。王子想让须达多知难而退，不料想长者闻言大喜，回家变卖珍奇，换成黄金，群象负金至园中。未想黄金用尽，尚有少许地面没铺到，长者想回家再换黄金，王子心生感动，就将空地与园中树木尽数供给佛陀。这座精舍，就是佛经中常常出现的“祇树给孤独园”。

由于须达多长者跟祇陀王子的发心和功德，舍卫城人民长久地得到了佛陀法雨的滋润。舍卫城成为当时印度的佛教重镇之一。

司卡史德说，当时的舍卫城，是憍萨罗国的首都，因处于三条重要商道的汇合之处而繁华无比。各种宗教都想在此城中占有一席之地，耆那教称它为明月之城，因为他们的两位圣者尊生主和月光主就出生在此城中。婆罗门也在此城中苦心经营，把它当成了研究《吠陀》思想的重要所在。

佛陀进入舍卫城不久，便取得了巨大成功，国王和臣民均被朴实无华的佛教真理打动了，纷纷皈依佛陀。这一来，就打破了当时舍卫城的宗教格局。在佛陀出现之前，城中的婆罗门多能安享供养，现在，国王和富豪们却转而去供养佛陀了。婆罗门既不能动用官府的力量进行争夺和镇压，又不能在跟佛陀的辩论中取胜，就费尽心机，想以阴谋中伤佛教。一天，佛陀正在弘法时，忽然来了一个叫战遮女的女子，她将木盆塞入衣襟里，高声说，瞧呀，那个正在讲法的大沙门，虽然道貌岸然，却是个伪君子。瞧，我的肚子就是他搞大的。佛陀神态安详，也不争论。女子越跳越凶，竟将衣襟下的木盆抖落下来，引起了哄堂大笑。

司卡史德说，那个时代，许多教派都想将佛陀驱出舍卫城，他们使出了各种招数。一次，外道派一个叫孙陀利的妓女去佛陀那儿听法，过了一段日子，他们杀了妓女并将尸体埋在祇园精舍，然后贼喊捉贼，闹出天大的风波。一时间，舍卫城群情激愤，唾星飞向佛陀。但不久之后，真凶因分赃不均起了内讧，真相才浮出水面。

司卡史德说，真理的弘扬，从来不是一帆风顺的。正是在跟一些邪说的斗争中，佛教才赢得了千古敬仰。那时，佛陀面临的，不仅仅是来自外部的中伤，更有内部提婆达多等六群比丘的背叛。她指着三个大湖说，瞧，那便是提婆达多跟他的弟子瞿伽梨，还有那个战遮女生陷地狱之处。但愚痴总是伴随着众生，便是在提婆达多生陷地狱之后，他还有许多追随者，至今还有许多信奉提婆达多教法的苦行者，他们也自称是佛教徒，但他们只拜过去三佛，不拜释迦牟尼。

司卡史德说，以后，你的弟子和传承中也会出现纷争。你不必懊恼，谬误永远会伴随着真理存在，就像乌云总会在蓝天上游曳一样。

司卡史德接着唱道：

你千万别忘了你的明智，那明智便是本觉的光明。
那本觉便是你见到的空性，那空性也有人称为真如。

真如的本质便是你的真心，虽名之为真心却如如不动。
当你妄心息灭真心显现，你便融入那本觉的天空。

那本觉的光明有形有相，那本觉的光明无相无形，
那本觉的光明难以言表，那本觉的光明无处不生。

万物来自那本觉之光，万物也终于那本觉光明，
万物不离那本觉之性，万物不舍那本觉之明。

那本觉无时不有无处不有，那本觉恒常存在却少有人知。
因为愚痴的乌云遮蔽了天空，因为亘古的暗夜罩住了明镜。

当你点燃那智慧之烛，那亘古暗夜便无影无踪。
当你驱散那烦恼之云，那万里长空才一碧万顷。

当你看到那一览无余的天光，那本觉便成了你的明灯，
你时时观照着它的形貌，它时时照耀着你的路程。

那时你便能自然解脱，那时便契入光明大印。
大印的本质便是解脱，那大印同样是源于心性。

并不是心性之外另有个大印，并不是心性之外另有个光明，
并不是心性之外别有个解脱，那诸多万象皆是心性的子孙。

那心性的本体就是光明，光明的本质就是解脱。
光明显现之日，便是解脱发生之时。

那解脱的过程不假外求，并不是有双手替你解结。
那情形很像是蛇的游戏，身结成团也能自行解脱。

当你心性光明照破了暗夜，当那大手印净光摧毁了分别，
当你的智慧之眼窥破了虚妄，那解脱就当下发生了。

你虽生念头但别去随它，你虽见幻相但别去执著。
你虽行诸事而了无牵挂，你做而无做不挂一缕。

就像那彩笔在空中描形，你自管专注而督摄六根。
虽然你觉醒清明于当下，但心中空中却无影无踪。

智慧的孩子呀，大手印之光在心头朗照，
本觉之味在心中沸腾，它们充盈了每一个毛孔，
你却无执无舍陶然熏熏。

那便是解脱无上的法味，它源于你心头本有的光明。
你如哑尝味不能畅言，那便是明智和大手印。

司卡史德开示道，儿呀，你可知，什么是明智？告诉你，所谓明智，就是心的光明性。心的本质是空的，无独立存在的本体；心所经验的诸种现象的本质也是空，它们依各种因缘而立。但是，我们说的这个空不是死寂而盲目的空，也不是虚无的空。它如水晶般清明，如琉璃般灿然，如山花般芬芳，如天空般明净。它有着无穷无尽的光明性，其中蕴含了殊胜的智慧，洋溢了无边的明智。在这种明智的观照下，我们会明白心本身并没有偏执惑乱，也不曾有一切证悟前所经验的烦恼。儿呀，我说的心便是那真心，它不生不灭，无垢无净，不增不减。它是本觉的灯炬。

儿呀，千万记住，见地比技巧重要很多。诸教派各有其理论根据，其立宗立命必须有所依的经典。你千万不要削足适履，用别派的见地来指导你的修行。我们不能说他们的对与不对，但记住，我们的行动指南是大手印见地。你的所有方便之门，皆应以大手印见地为指归。在解脱方面，见地具有决定性因素，行者必须具备成熟的见地，再以此配合禅修中所获的悟境。我曾为你指示心境如是之理的大手印教法，你一定要善加修持。你的大手印见会以更深刻的方式融入你的生命。当你用大手印理论和实修相结合时，那原本被你视为障碍的事物，就会自然解脱、自我解消了。

儿呀，切记，诸法皆是你心性的营养，不可成为你灵魂的枷锁。日后，你的传承弟子中，有一些人总是用别派的鞋子，来套你的教法之脚。所有的纷争便由此而起，更可怕的是，在另一种理论的指导下，你的一些弟子会丧失信心。不过不要紧，当你真正地成熟了他们的心性时，并用大手印之光为

依归，他们才算真正地契入了密乘。那时，他们的悟境才会像雪山一样不可摇动。

儿呀，绳子的纠结需要人来解，蛇身的纠结却能自然平滑敏捷地解开。目前，众生大多受缚于二元分别心，所有的纠结就是由二元见造作而成。当他们能契入大手印，便能了悟二元对立和他们心的本质没有差别。那时，他们就会发现，自己的心和蛇有着同样的能力，所有的纠结，都会自行解脱。你只要任运于当下的清明，沐浴大手印的光明，你的心便不再有迷惑。

成熟的心性无须勤勇，它犹如蛇自已解开缠绕，不花力气就会自然解脱。

因为超越了二元，世界到处是吉祥。

2. 不灭的法身

在司卡史德的带领下，琼波浪觉朝拜了佛经中常常提及的那个著名精舍。荒芜已经笼罩了那个所在，很难看出它曾经的辉煌了。深深的失落和怅惘涌上琼波浪觉的心头。

据说，当初的祇园精舍十分壮丽，共有七层。汉地高僧法显在《佛国记》中记载道："祇洹精舍本有七层，诸国王、人民竞兴供养，悬缯幡盖，散华烧香，燃灯续明，日日不绝。"正是在如此豪华的精舍里，佛陀宣说了许多有名的经典。但精舍的遭遇也验证了佛陀宣说的真理：诸行无常。那个辉煌一时的精舍终于在某一天被大火烧成了废墟。起因是一只顽皮的小老鼠，它衔了燃着的灯芯玩耍时，引燃殿上的布幡，酿成一场大火。

司卡史德带琼波浪觉朝拜时，精舍已不见旧时风光，只有阿育王石柱尚在，右柱呈牛头形，左柱呈轮形。须达多长者供养的所有东西，都被岁月之河冲洗得了无踪迹了，留在人间的，只有那些常念常新的真理，仍在滋润着热恼中的心灵。

司卡史德对琼波浪觉说，人们将佛陀的教言称做“不灭的法身”，是有道理的。世上所有的建筑，都会随着岁月飓风的冲刷，变成昏黄的记忆，只有真理永存。将来，你会依托财势，建起许多道场，它们跟这精舍一样，也能辉煌于一时，但最后留下来的，还是教法的智慧。

琼波浪觉说，我也知道所有的有为法终将无常，但没有建筑物的依托，教法也是很难久远的。藏地有许多大成就者，常居山洞，终生苦修，他们也许证得了究竟，但因为出离心过甚，与世隔绝，便成自了汉。所以，有时候，宗教的形式是必要的。有时候，没有形式，也就没有内容。

司卡史德说，是的，有时候，形式也就是内容。

早期的祇园精舍很大，里面还有许多精舍，如拘赏波俱提精舍，因为佛陀常居于此，遂成圣地。据说佛陀曾在道上经行，遂建平台，以志纪念。旁有石室，中间供了一尊古老的雕像，是那场大火后仅存的珍贵佛像。大火过后，人们惊喜地发现雕像竟然完好无损，便建了两层楼阁供养。几百年过去了，楼阁也荡然无存，唯有雕像还被人们供奉着。

司卡史德说，释迦牟尼的教法当时能很快地赢得人心，主要是因为它的人间性。舍卫城留下了许多这样的传说。当时的波斯匿王，因为贪吃而患了肥胖病，常常痛苦不堪。佛陀教他节食，并说偈言：“人当自系念，每食知节量，是则诸受薄，安消而保寿。”波斯匿王教侍者常诵此偈，以警示自己，后来治愈了肥胖病。

司卡史德说，佛陀的所有教言，目的就是叫人离苦得乐，息灭烦恼。佛教本意上是人生佛教，是人间佛教。后来，佛教的衰亡，也是由于穷究玄理远离了百姓生活的缘故。

3. 杀人魔头的证悟

出了精舍，琼波浪觉看到一个丘状的塔，由红砖砌成，下方有洞，通往塔中。司卡史德说，瞧，这便是鸯掘摩罗塔。琼波浪觉说，是不是那个杀人魔头？司卡史德说，正是。

鸯掘摩罗是佛经中有名的杀人魔头，这洞便是他当年的藏身之地。他的一生，演绎了那个“放下屠刀，立地成佛”的故事。

司卡史德说，鸯掘摩罗的意思是“善良”。他的父亲是磐萨罗国的大臣。十二岁时，他就拜一婆罗门为师，清修梵行。一天，师父外出，师母一人在家，见鸯掘摩罗清秀俊朗，便心生淫念，前去勾引。鸯掘摩罗视师如父，当然拒绝了，师母恼羞成怒，等婆罗门回家后，便说鸯掘摩罗想强暴她。师父怒火中烧，心生毒计，对鸯掘摩罗说：你不是一直想成道吗？我告诉你一个密法，你去杀人，每杀一人，便截取其大拇指串成链，杀够千人，将千指链挂在脖子上，便可成道。鸯掘摩罗深信不疑，日日外出行凶，夜里则躲入洞中，好容易杀了九百九十九人，母亲看不过眼，劝他戒杀行善，他反倒舞刀杀向母亲。母亲外逃，儿子穷追，途中遇到佛陀，佛陀示以正法，鸯掘摩罗幡然醒悟，追随佛陀出家，不久证道，成阿罗汉。

《大正藏》中记载了佛陀劝说鸯掘摩罗的偈语：“鸯掘摩罗！我说常住者，于一切众生，为息于刀杖。汝恐怖众生，恶业不休息。我住于息法，一切不放逸，汝不见四谛，故不见放逸。”鸯掘摩罗由观四谛，终于证道。

鸯掘摩罗的故事很有象征意义，除了“放下屠刀，立地成佛”的启迪之外，还会引起我们另一些思考。生活中不知有多少婆罗门那样的导师，他们或有意或无意地传播着谬论，不知让多少善良的弟子误入歧途呀。

司卡史德叹道：这世上，不知有多少盲人领着瞎马，堕入深池而不知自省。她指着那个塔说，鸯掘摩罗行凶于此，修道于此，得道于此，入灭于此。同一个人，同一个地方，因为心变了，其命运就发生了天翻地覆的变化。可见，一切源于心性。所有教法的修炼重在心性，切记！切记！

司卡史德说，只是心性修炼不能离开身体上的修行，她唱道：

虽然你心头的明镜照天照地，但心的明白尚需身的辅助。

要是你只是明白了心，身体也会成为你的障蔽。

你不见许多人虽然明白，但事到临头便慌恐无主。
因为身虽是修道的大宝，但大患同样也是这身体。
单纯的修心很难究竟，你一定还要修气脉明点。

你当恒常地观修那三脉六轮，靠咒力打开那诸多的脉结。
那纠结的脉结其实是烦恼，心解脉开才会光明历历。

要是你的脉结没有活力，要是它们如纷乱的麻缕，
它们就会障碍心的光明，你的心悟也不会彻底。

所以真行者修心亦修身，心气自在才算究竟觉悟。
智慧的琼波巴呀，你虽然有大手印的见地，
但还是要赋予脉结以活力。

要是你凭借空乐之妙法，千万别忘了守护你的菩提。
那菩提有世俗和胜义两种，你都不要轻易地失去。

当你的心证得了觉悟，当你真的清净了障蔽，
你就会进入秘密的天空，就会有空行母助你成道。

你要多诵奶格玛千诺，她是你智慧加持的源头。
她的功德无与伦比，她的体性也是觉悟。

司卡史德说，儿呀，将来，你要继续寻找奶格玛，求到奶格五金法，里面有许多方便善巧的法门，以训练行者的气脉。许多时候，心的觉悟尚需身

的气脉相助。当你的脉结里充满了纠结时，身体就会障碍心的明空。儿呀，借助那些方便法门吧，它可以使你善加使用内在的微细身，并清净负面的气脉。这一切，都会增益你的明空。

你语门的珍宝就是气分精髓，它也被称为智慧明点。当脉结中的明点被激励时，本觉的大乐就会生起。儿呀，记住，无论付出多少代价，你一定要善加守护你的菩提心。

你要像国王那样，从坦然放松的心中自然出现脉道的功德。你要像战士一样，借助运动、姿势来调整气脉。

司卡史德又说，当大乐消融各种心结的时候，有的是依靠人，有的则是借助秘密妙法来达成。

将来，我会助你成道的。

4. 莎尔娃蒂说

琼，我的爱，你可得陪我走出来！

近来，梦里老出现多头插鸡毛和牛角的鬼，我很疲倦。

病痛之魔也老是肆虐不已，让我无法完整地睡一夜觉了。

如果白云能受我支配，我就要它化成你的模样，飘在空中最显眼的地方，我一眼就可以看得见。

夫君，此刻，你去了哪儿？你如风一样悄悄哄我睡着了，你就藏起来了？你回来吧，给我熟悉的眼眸、热切的笑容，还有那重重的脚步声。

秋凉了。我是真正成了长在房子里的相思树，也日渐憔悴了。来看看我么，爱人！难道你忍心让我在秋风里为你老去？

家里是如此热闹，我却烦恼得要命，那些热情的面孔让我感到陌生和厌倦。老是有人献殷勤，我很讨厌，甚至不想去父亲房里了，怕见到那堆让人难受的眼睛。

仍是心闷，闷得让人发慌，那清凉的影儿何时才能归来？

很多话不知怎样说出口了，只是在这样一个阴沉的夜晚，真的好想你！

多想与你喝一杯泡入菊花古剑的浊酒，醉卧在风雨里听一段妙曲，我想与你牵手相依，逍遥尘世，欢颜笑语中，相看老去。可是太阳，我敢抛开一切秋风走近你么？任凭它们怎样的旋转，我不在乎，却在乎你风中翻飞的眼眸。它终究在谁的梦中呢？

天，阴冷阴冷的，也不见半个月儿，心中更加了层愁云惨雾。待可爱的太阳升起，却还有相当的一段距离，这个无月无日的夜晚，莫不是要下一场绵绵秋雨？

仿佛做着一个永远也做不醒的梦，我把心扯在梦里，于是永远是梦的俘虏。

太阳走进了云彩里，天地变得冷清起来，风经不住孤独，终于哭了。

风不是杨柳女子，不会因牵动万物的神经而风情万种。

……吾爱，午后的天气仍是闷，当我从午睡中醒来，抬眼望见的，便是压在窗口的铅色的凝重的乌云，心情更加憔悴不堪了。这浑浑噩噩的日子，我该怎样走下去？该怎样收拾这残败的情绪？一切都是这样的烦躁，和着下水道里的臭气，像是流浪在噩梦里。

打开房门，我走出了这个窒息的所在，沿着那条不太干净的马路慢慢走下去。我想走进巷子深处，一路上释放忧伤的思绪，但不知为何，心很疼，很伤心，这是一种绝望得无法挽回的心情，我不知如何对身边的风坦白……

幸福女神何时才光顾我？我分分秒秒等待她的垂青。我发现自己正迅速地老去。脸上的水红早不见了。

雨开始在忧郁的天空里流浪，泪水也翻江倒海地在脸上流浪。我的双手很无力，握不住一丝儿风雨。在这个落寞的季节，太阳不会想起一个忧伤的女子。

……刚喝了药，歪在阁子里的小床上闭目养神，恍然感觉到一种全新的清醒扑面而来。我是明白了这风的多情。于是，我拉开窗纱，把半身探出去，沐浴这大自然赋予的灵性。风徐徐而来，丝丝入扣，扣住我的心弦，于是我把疾病、思念弹成了一曲惆怅，拖着我悠远的眸子，流放到远方……

小院里各色花拉着藤蔓随风晃荡，父亲顶着花白的头发在院子里停停走走，然后又时不时转身来望着我笑，口中叫："莎尔娃蒂！莎尔娃蒂！"我冲父亲笑了笑，很是哀伤。父亲老矣，身影已像牵牛花爬藤一样蹒跚了，可为了他的所谓使命，仍然风里雨里地四处奔波。

昨天是父亲的返老还童日，家里热闹地进行了庆祝。来了很多人，有官员，有弟子。尼泊尔人认为，七十七岁是人的寿命的极限，当人活到七十七岁七个月七日七时，第一生命便结束了。此后开始的，是另一个新生命。家人不但要把老人当老人侍候，还要当婴儿一样爱护。这一天，我应该高兴的，可是却流了泪。你当然不知道，尼泊尔女人的寿命，平均不到四十岁。父亲虽然高寿，却不能保证女儿能等到她远行的郎君。你当然有着长寿之相，可是我，却发现诸多的病痛开始袭来了。

我又想到了我的等待，它仍像我流放的忧伤一样不知去向。我能给年老的父母哪些安慰呢？我觉得有些自私或是可悲。我为什么要像那静处无人欣赏的莲花一样，在韶华里残败得无声无息？

咒士们边持咒、边抖狗皮的声音又在我耳旁响起了。那种邪恶的声音无处不在，无时不在。我已叫它们腌透了。

我派人找过那位擅长禳解的空行母班蒂，她还没有从外地回来。

我歪在病床上给你写信——我不知道，这还算不算信，它也许只是我的一种自言自语吧。就像那些无助的老太太向梵天祈祷一样，已经不在乎梵天是不是真的能听到了。

我不知道我的灵鸽在哪儿迷了路，也许，它跟你一样，已忘了在遥远的天边，还有个望眼欲穿、苦苦期望的女子。

5. 正信和智慧的力量

琼波浪觉说他也老是听到那种抖狗皮的声音。他老是生病，时不时就病倒了。恍惚中，一团红气会扑向他，里面有个女魔，张着大口，吸他的精气。

那旅途，就显得异常艰难。

不过，舍卫城之行还是在琼波浪觉心上留下了很深的印迹，这里记载了佛陀当初的辉煌和艰辛。除了波斯匿王和须达多长者的丰功伟绩之外，还留下了正法在传播过程中经历的风风雨雨。为了争夺地盘，外道想尽了招数。一天，他们终于等到了一个机会，趁着波斯匿王面见佛陀之机，他们怂恿毗琉璃太子发动政变，波斯匿王在外出搬救兵的途中死去了。

司卡史德介绍说，毗琉璃太子本是释迦国的外甥。佛陀的父亲净饭王死后，释迦皇族希望释迦牟尼选王位继承人，佛说出家人不管世事，一切由你们决定吧。诸大臣便选了摩诃那摩做国王。摩诃那摩有个公主，美貌至极。公主有个首陀罗贱民出身的女仆，跟公主有同样的美貌，两人只要着一样的服饰，不知情者是很难辨出两人身份的。摩诃那摩常常叫二人着同样的服饰，叫客人辨别谁是公主，然后大笑一场。一天，拘萨弥罗国国王来向释迦族求亲，希望能娶公主为妻，摩诃那摩舍不得女儿，就以女奴冒充公主出嫁。拘萨弥罗国国王并不知情，以为自己娶到了公主，喜爱非常，后来生下一子，便是毗琉璃太子。一天，毗琉璃太子到释迦国玩，正赶上佛陀的讲经堂落成典礼，毗琉璃太子便进去玩耍，大臣见了，怒斥道："滚出去，你一个贱民的儿子，竟敢到这儿！"许多贵族也大骂太子。太子遂知其身世，怒而发愿，若是将来为王，一定要灭了释迦族。

毗琉璃太子登上王位之后，为了一雪身世之耻，便兴兵进犯释迦族。佛陀三次挡在途中，但因为业力难转，释迦族终于淹没于血光之中。

司卡史德说，在佛陀行化的时期，波斯匿王和频婆娑罗王均因政变结局悲惨，后来，一些短视的学者将此当成诽谤佛教的典型事例，认为护持佛教者，反遭厄运，佛教功德之说虚妄不实。

跟世间的君子每每会被小人算计一样，正信的宗教有时也会陷于低谷，有正见的大修行人更是时时被一些小人中伤排挤。这很正常。经济学中有一个规律，就是劣币驱逐良币。当含金量只有百分之十的劣币进入市场时，人们都会将良币收藏在家中，而将到手的劣币用于流通，久而久之，市场就会被劣币占领。当许多正人君子都洁身自好，隐世清修时，那留出的空当就会被小人占领，久而久之，小人大行其道，君子反倒步履维艰了。

更由于君子有做人的底线，明白有所为有所不为，而小人则无所不为。小人常常不择手段地陷害君子。所以，许多时候，君子往往会被小人排挤，甚至暂时被弄得身败名裂。但时间是公正的，到头来，真者自真，假者自假。大美无言，大丑自现。雪一化，埋在雪中的尸身子就会大白于天下。

以是故，在释迦牟尼佛行化时期，一些外道为了独占宗教市场，费尽心机，或诬陷，或暗杀，或造谣……使出了所能想到的所有卑劣手段，而正信的佛教却洁身自好，严于律己，真理光芒最终还是传向了世界。

许多时候，因为卑鄙者的卑鄙和邪恶者的邪恶，小人可能得逞于一时，但随着肉体的消亡，随着岁月的大浪淘沙，正信和智慧终将产生出无与伦比的力量。这一点，正应了诗人北岛的著名诗句：“卑鄙是卑鄙者的通行证，高贵是高贵者的墓志铭。”

至今，波斯匿王和频婆娑罗王仍依托佛经活在这个世界上，并因其善行赢得了千古敬仰，而那些靠暴力和阴谋得逞于一时的，早成为不齿于人类的狗屎堆了。

第二十二章　遥远的梵歌

1. 积极有为的达磨法则

为了让我能从印度教中汲取到营养，司卡史德带我去了一个寺院，那寺院，常年有人唱一首当时流传于印度的古老歌谣。那歌，对我后来的一生影响巨大，我希望它也能影响你。

寺院里，那位老人是这样唱的——

如果你不参与各种事业，也难以成就无为之功德。
要是你单单凭借舍弃，你就很难将成功获取。

无论谁如果完全休止，就不能维持刹那的无为。
人所以有为而不能自主，仍是因自性的三德驱使。

你行为的业报虽被克制，而心却盘旋于根境之中，
你便成本质愚昧的人，只能给以伪善之称。

听了那歌词，我很是惊奇。因为我以前所了解的宗教教义中，大多提倡无为，而那歌却鼓励人们去有为做事。司卡史德介绍道：那老者唱的，是

《薄伽梵歌》，源于印度的一部著名史诗《摩诃婆罗多》。后来，许多学者注解此书，此书就成了婆罗门教的重要经典。他唱的，就是《薄伽梵歌》中提到的四瑜伽中的业瑜伽。婆罗门教认为，在社会中，每个社会个体都应承担相应的社会职责，并遵循相应的生活规范，这便是“达磨”。有人将它翻译为“业”或是“法”，它的含义很多，可以理解为终极法则与正义、国家和民族的天命、个人的使命和命运等等。婆罗门要求每个人都要完成自己必须完成的使命，完全按照那法则的要求去做事，要超越功利，不计后果，不计得失。只有你真正地实践了自己的人生，完成了自己应该完成的使命，你的人生才有意义，死后才能得到真正的解脱。

老者唱道——

如果你明白自己法的使命，就不该犹豫不决顾虑重重，
因为这战事合乎法的规则，刹帝利别无更好的行动。

那些刹帝利真是幸运，战争便是那通天的大门。
要是你不参与这场大战，放弃这场合乎法则的战争，
罪恶就会由此滋生，你便因丧失责任失去美名。

司卡史德说，听，那歌中竟劝人参与战争，因为那战争是符合达磨法则的。那教义认为，达磨的法则高于一切，一定要积极有为。相对于传统的教义而言，这种说法是划时代的。因为，印度传统宗教认为障碍人解脱的是业力，业力便是行为的反作用力，有行为便有业力，善业有善报，恶业有恶报，善报升天堂，恶报进地狱。但哪怕是最好的善报升天，照样在六道轮回之中没有解脱。所以，印度的一些传统教派，要求人们在消除前世业报的同时，一定要做到无为，不要再造新业，要不断地弃绝自我与外界的生活，才能得到终极的解脱。所以，印度出现了许多离群索居的苦行僧，他们弃智绝欲，灰身灭智，以期得到解脱。但《薄伽梵歌》却旗帜鲜明地反对消极无

为，提倡积极有为，要求每个人都要在法的指导下，尽可能最大限度地实现自己的人生价值。所以，后来的印度教中，出现了许多大师，他们一反传统的避世，而提倡积极地入世，最终成为影响人类文明进程的伟大人物。

老人仍在唱——

若是有人用理性节制诸根，依靠业根去实践行为瑜伽，
但他没有丝毫的执著和挂牵，阿周那，那他便是圣者。

要知道有为胜过无为，所以你一定要奋发有为，
你的使命便是做你该做的事情，但不要在乎你做的结果。
你既不要将那功利之心当成动力，也不要执著无为而消极。

如果你净信行为瑜伽而又破除了执著，那就应该实践你的职责。
你要将成败视如一物，等视成败才是你所谓的瑜伽。

因此不要有任何的执著，经常不丢弃你的行为之力，
专注于行为而无执著之人，才能达到至高的境界。

司卡史德说，那段歌词是黑天劝阿周那的，意思是叫他跳出善恶的分别心，没有功利、不计后果地去实践自己的宿命。换句话说，就是要以出世之心去做入世之事。

那老者继续唱着——

要是你奋发有为而又心无挂碍，既无我所亦无我慢，
诸种欲望就会离你而去，你就能得到平静安恬。

这就是梵天的世界，达到了此界则无黑暗。

如能安住于这种境界，寿终就能清净涅槃。

我很是吃惊这种说法。我想，婆罗门教真是伟大的宗教，怪不得数千年兴盛不衰。后来，我认真研究了它的教理，发现它确有过人之处。佛教哲学出世为宗，虽有其优胜之处，但何尝又不是其发展的局限呢？印度教中，入世出世并重，并不偏废，将宗教与人的生活结合起来，影响了印度人的生活。《薄伽梵歌》的出现，中兴了婆罗门教，揭开了革命性的一页。

司卡史德告诉我，在《薄伽梵歌》中，将瑜伽分为四种：业瑜伽、智瑜伽、信瑜伽和王瑜伽。各种瑜伽各有所重，业瑜伽奋发有为，智瑜伽致知求道，信瑜伽虔敬不疑，王瑜伽专诚精进。四种瑜伽中，业瑜伽有开拓性的意义。在印度传统教义中，凡有“业”，必有业报。所以，为了解脱，一是要消除前世业报，二是要不再造新的业，在生活中不断弃绝自我和外物，以无为之心，实现与梵的最终合一。但在《薄伽梵歌》中，却一改传统宗教教义中的“无为”，强调行动，奋发有为，所以业瑜伽也称为行为瑜伽或有为瑜伽。

不过，从实相上来看，最究竟的还是佛教。

我后来没有遁世清修，有了十多万弟子，也许就源于这种智慧对我的启迪。

2. 证悟本源的智慧

朝拜寺院的人越来越多，大家都来听梵歌，看得出，人们都很敬重唱《薄伽梵歌》的人。诸多声音都消失了，只有清净的梵音在缭绕——

那些智者具有伟大的智慧，完全抛弃了业的结果，

他们斩断了生命的束缚，完全做到了无灾无难。

相对于那些罪恶的人们，你的罪恶真是滔天。
因此只有靠智慧之船，才能超越那罪恶的大海。

阿周那，就像那炽燃的烈焰，才能焚毁积聚的柴草，
必须靠那智慧之火，才能将诸业焚烧一空。

因为这个世界里所有的净化中，没有啥能跟智慧相若，
凭借知识而达到圆满的人，才能净化并完善自我。

有谁靠信仰之力左右了诸根，证得了智慧并专一虔诚，
谁就在智慧降临之时，当下体验到无上的平静……

若凭借瑜伽舍其所为，用智慧斩断疑惑的根本，
自我终于主宰了自我，诸业就不会将他捆缚。

疑虑生于无明而寓于心内，用智慧之剑才能斩断无知。
婆罗多，当你杀灭了无明，你就来修习瑜伽专心致志……

司卡史德介绍道，他在唱智慧瑜伽呢。这智慧，不是我们所说的那种知识，而是能证悟本源的智慧。《奥义书》认为，人类苦难和堕落的根源是无明。正是有了那种无明也即无知，才导致了其行为的错误。只有通过智慧瑜伽的修炼，行者才能超越轮回，达到梵我合一。

我问，那么，他们所说的梵究竟是什么?

司卡史德说，梵的本意是咒力和祈祷，意思是通过祈祷能获得一种神秘力量，能达往世界的本源、主宰和万事万物的实相。梵超越所有形式，无形无象，既是此岸，又是彼岸，是凡圣之世界的原动力。梵是隐藏于宇宙万物后面的绝对精神，亦是诸神之本源，情器世界即是梵的化现。

我问，究竟的梵，是不是就是佛教所说的空性？他们的梵我合一，是不是佛教所说的证悟空性？

司卡史德摇摇头说，表面看来，二者似乎有相似之处，但他们认为梵是神我，而佛教只承认诸行无常和诸法无我。

那老人的唱音激昂起来——

自我只能由自我拯救，自我万不能沮丧泄气，
自我既是自我之友，自我同样是自我之敌。

要是那自我能驾驭自我，那自我便是自我之友，
要是那自我不能驾驭，自我便成仇如同怨敌。

一旦克制了自我的情感，心境就会安适平静，
其无上之大我便能等视：荣辱凉热与祸福……

司卡史德说，听，上面唱的内容里，有两个自我，其中一个是小我，另一个是大我，也便是梵我。只有能驾驭小我融入梵我者，才能谈得到解脱。他们所说的解脱便是达到梵我合一、跟梵天同体、跟万有合一的神我境界。你听他下面的内容——

我这神圣的生命和行为，谁要是真正地理解认同。
谁就在抛却了躯壳之后，超脱轮回而与我合一。

远离情爱、嗔恨和恐惧的人们，祈祷我的庇护并专注于我，
凭借智慧苦行而得到了净化，然后便能进入我的智慧境界。

我包容了诸神超越了万有，也涵盖了祭祀等礼仪。

我那心心相应的瑜伽士啊，即使在命终之时也跟我同体。

司卡史德说，上面所说的智慧瑜伽跟佛教的禅定修炼有点相似，由调息、执持开始，以静虑和等持结束，最后达到三摩地的境界。其过程大多依靠沉思和冥想。那些婆罗门的行为瑜伽和智慧瑜伽并不是严格地区分开的，而是相互渗透，时时交融。

3. 婆罗门的四个人生阶段

我问，在佛教修炼中，也有行为瑜伽和智慧瑜伽，比如下士道的离恶趋善，无疑也是行为瑜伽的一种；而智慧瑜伽更是佛教修炼的擅长。那么，为什么佛教在尼泊尔和印度的生命力比不上婆罗门教呢?

司卡史德说，原因很多，一言难尽。不过，我想，婆罗门教的某种文化传统，是原因之一。在婆罗门的一生中，一般有四个阶段：

婆罗门的第一个人生阶段是梵行期，也就是学习宗教经典和宗教理论阶段。这一阶段以学习各种宗教礼仪和吠陀经文为主。

婆罗门的第二个人生阶段是家住期，要结婚、生子、承担世俗责任。婆罗门认为，虽然个人的解脱至为重要，但要是一个人不留下子孙，不能定期地祭祀祖先，是不道德的。虽然在家住期里，他们不可避免地会有世俗行为，但婆罗门法规规定了许多必须遵守的祭祀礼仪。按照印度传统的说法，每个人的家中有五个容易产生罪恶的地方，因为容易杀生而被称为五个屠场，它们是火炉、磨石、扫帚、水桶和杵臼。为了消除使用五个屠场带来的罪恶，婆罗门每天要进行日常的五种祭祀。给梵天的祭祀便是学习经典和教化众生；给祖先的献祭便是食物和水；献给诸神的祭品便是烧熟的食物；献给善神和邪灵的祭物就是各种巴利供品；献给人类的供品便是对客人的善意。这样，便将日常生活跟宗教礼仪合二为一了。所以，婆罗门教的宗教礼仪渗透到了人们的日常生活，这也是它的生命力十分顽强的原因之一。

婆罗门的第三个人生阶段是林栖期，也即隐居阶段。当一个婆罗门发现自己头发花白，满面皱纹，并抱上了孙子的时候，他便会结束家居期，进入隐居期。这时，他必须放弃对世俗生活的所有贪恋，不再享受优裕的生活。他会把妻子托付给儿子抚养，或是索性带着妻子进入森林。他放弃了所有世俗的用具，伴随他的只有祭祀用物和宗教用品。他不能接受供养，必须穿兽皮和破衣。他的日常生活除了继续进行以前的五大献祭外，还要诵读经典，培养慈悲心，进行各种禅定训练，等等。

婆罗门的第四个人生阶段是遁世期，即行乞圣僧阶段。当一个婆罗门在隐居阶段里完成了诸多的修炼，真正地远离了世俗，就不再进行那些具相的祭祀礼仪了。此时，他可以熄灭眼前那有形的圣火了，因为真正的圣火已经根植于他的心中了。他也不再诵读经文，因为经文同样早已融入了他的生命，他已摆脱了世俗最后的束缚接近了解脱。这时的一切，都要凭借沉思和冥想。他可能会孤独地云游天下，他不再贪恋哪一片林地，所有的树木都是他栖身的茅屋，他已放下了万缘，已不再有对生的贪恋，也不会再有对死的恐惧。他像等待命运的约定一样，坦然地等待那个非来不可的东西。凭借智慧的修炼，他可能认知了事物永恒的本质，也可能洞悉了自己的本来面目。对红尘的依恋已化为对梵的依恋，并渐渐跟梵合二为一。

4. 终极的虔信

从婆罗门的四个人生阶段中，我发现了它生命力顽强的原因所在。他们利用梵行期培养了大量的宗教人才，而居家期又解决了接班人的问题。那种依家族沿袭的传统无疑有着更为久远的生命力。此外，婆罗门教将宗教礼仪融入了日常生活。这样，婆罗门教就一直是活的宗教。它一直赢得了大量的信众，即使在上层知识分子对佛教敬仰有加时，普通老百姓仍然将婆罗门教的诸多礼仪作为自己日常生活的重要内容。因为虽然宗教中的精英追求解脱，而一般的信众却希望得到一种超自然力量的庇佑。于是，从公元四世纪开始，印度便出现了一股强大的虔信热潮，它的理论基石，便是虔信瑜伽。

听，那老者唱的便是——

一定要常修瑜伽对我专注不一，以至高无上的信仰生起净信，
只有这样的行为，在我眼中，才能称得上最高的瑜伽行者。

有人视我以终极的意义，凭借瑜伽把我冥想，
向我奉献诸多羯磨，将我虔诚地净信供奉。

把心专注在我的身上，我就会成为拯救者，
我会将那些净信之人，超拔出生死轮回之海。

督摄六根地净信我吧，把你的智慧奉献给我，
你将恒常地融入我中，对此丝毫也不要怀疑……

5. 在等持的静境中

那个老者的唱声仍隐隐传来——

要是你不能净信于我，你就反复地修炼虔信瑜伽，
通过一次次瑜伽修习，你就可能得到我的庇护。

要是你无法进行训练，那就专门做利我之行，
当你做了很多事后，你就会获得圆满的成功。

要是你仍然无法做事，你就该凭借我神奇之力，
你要严格地控制自我，舍弃诸种作业的苦果……

即使是吠舍和首陀罗，以及卑贱者还有妇女，
只要他们向我祈祷，也能得到无上的利益。

何况那些高贵的婆罗门，以及诸王与虔诚的仙人。
你既已来到这痛苦的世界，就要对我无比的虔诚。

专注地祈祷吧！给我献祭！净信我吧！向我顶礼！
你要视我为最高归宿，你便能做到与我合一。

司卡史德说，虔信瑜伽是婆罗门教中最具有宗教特性的内容，因信而称义，没有信便没有一切。后来的虔信派便以此作为主要修持内容。它要经历三个阶段：一是对外部神灵的崇拜，比如崇拜梵天、崇拜毗湿奴、崇拜大黑天、崇拜所有神庙和圣地等等；后来，这种外部崇拜逐渐内化了，即在内心深处向神祈祷，默念神的名字，吟唱赞神的圣歌等；第三个阶段便是形神合一，祈祷诸神加被，修炼瑜伽，证悟内在的阿特曼，达到梵我合一的完美境界。

司卡史德说，虔信是所有宗教的灵魂。因为虔信，便会达成完美的人格，那也是宗教行为的终极目标。听，你认真听那老人下面唱的内容——

他慈悲地对待所有的生物，他的生命便是仁慈和悲悯，
他绝不高傲，他不会只爱自己，
无论良善还是邪恶，他不会欺辱自己的同类，
也不会因他们而产生热恼。
他抛弃了愤怒，远离了忧苦和恐惧，我热爱这样的人！
无论对仇敌还是朋友，他都一视同仁。
他用平等之心忍受荣辱，用相同的宁静，去面对冷热苦乐。
他远离欲念，静观毁誉。
在等持的静境中，超越世间八风……

6. 神性的光芒

老者的声音充满了沧桑，很像那些唱《格萨尔王传》的艺人。我很爱听他们的弹唱。据说，那些艺人大多遭遇过神异，都自称得过神授。我虽然也屡遇神异，但我明白，神异跟智慧无关，更与人格道德毫不相干。有好多妖魔也神通广大，但他们的那些神通多成了害人的手段。

司卡史德告诉我，婆罗门教的教义有三大纲领：吠陀天启、祭祀万能和婆罗门至上。三者全是为了培养人的信根。信为功德母，没有信，便没有宗教。我被老者身上发出的那种神性的光芒感动了。

> 由于你不爱挑剔的高贵特性，我才愿意为你解说最高机密，
> 要是你了知这种智慧和学问，你便能超脱出罪恶的深渊。
>
> 它是密中之密智慧之王，它很神圣而且无与伦比，
> 但它也明白通俗符合法则，容易受持而且永不变异。
>
> 不信这种法则的人，就不可能跟我合一，
> 而会进入那轮回，重蹈死亡的覆辙。

司卡史德说，这便是他们所说的王者瑜伽。它是四瑜伽中最高的瑜伽，特别注重对内在的精神活动、深层意识的转化和控制。那四瑜伽中，行为瑜伽规定人的正当行为，要求积极进取，不可懈怠消极；虔信瑜伽侧重信仰的力量，这是大部分信徒力量的来源，他们便是通过信仰才得到灵魂的安慰；那智慧瑜伽以智慧修炼为主，大多以禅定为修炼方式；而这王者瑜伽最为高深，直趋精神内涵，注重内在活动，以转化深层意识为主，其地位跟密教大手印相似。

远离欲望的瑜伽行者，一定要驾驭心性与自我，
独处于幽静之处，心灵恒常与我合一。

铺设座席于清净之处，不要过高不要过低，
垫以柔软的谷舌草，再盖上布片与兽皮。

端坐在席上安止你的六根，调伏你的心猿和意马，
把你的心神凝聚在一点上，为清净自心而勤修瑜伽。

司卡史德说，因为人心的浮躁不安，纷飞的妄念束缚了灵魂的自主和升华。浮躁的妄念总是在障碍灵魂潜能的开发和灵魂的升华，所以必须通过苦行、禁欲、忍辱、禅定等手段，达到自主心灵的目的。

头颈和躯干一定要端正，安如山岳不要摇动，
安住意识于你的鼻尖，不要向四方顾盼。

你的心神平静不要惶恐，将那梵行之誓坚守勿弃。
持修制心瑜伽时常念我，端坐以我为人生终极。

修持瑜伽的瑜伽士啊，你要制控心识安静思想，
持之以恒与我相应，才能到达安详平静的彼岸……

司卡史德说，婆罗门教的四种瑜伽虽然形式各异，各有侧重，但它们你中有我，我中有你，互相融合，互为补充，其终极目的，都是为了达到梵我合一，得到最终的解脱。

第二十三章 魔桶

1. 梦中的归途

会供虽然很成功，但诸多的凶险，似乎并没消失。虽然在外相上，它们是由本波护法神制造的违缘，但其实，它们也是命运的鞭子，在驱赶我去实践自己的宿命呢。

那时节，我老是看到一个红色的大魔，它张着大口，朝我吸气。它每一吸气，我就觉得自己的生命能量流进了他的口中。那些日子，我总是感到很疲惫。

我问询司卡史德，她只是微微一笑，说："别理它。你还是去朝圣吧。希望在下一个圣地里，你会遇到奶格玛。"她说她要去参加另一个会供，要我先去波吒厘子城。

在波吒厘子城，我遇到了一位在街头表演幻术的女子。

她带着一个木桶，说可以让所有进入木桶的人进入佛国。

没人知道那木桶的秘密。

2. 高原的朔风

那个黄昏，我告别了司卡史德，走向波吒厘子城。

虽然有着浓浓的渴求心，我的心中仍充满了酒酣后的那种陶然，你可以称之为禅悦。即使在旅行途中，我也能将诸相融入自性。由于寻觅到了生命的终极意义，我的心中充溢着一股浓浓的情。那是集慈悲智慧于一体的感情，你也可以称之为无缘大慈、同体大悲。

我的心中，一直有一座我向往的雪山，那份洁白和庄严，一直是生命激情的由来。高原风吹动着高原的尘，高原的尘喧嚣着高原的风。谁也想不到，伴随那风尘的，竟然是一种十分壮美的人文景观。

那时，我的额头也许有了皱纹。我也模糊了自己的年岁。在我眼中，这并不重要。虽然老是有人授记我会活一百五十岁，但我并不因此而有丝毫的欣喜。我明白，无论多长的寿命，相对于亘古的大劫，仅仅是电光般的一闪，如同万顷大海中一串偶然泛上的水泡。重要的，是如何在生命之年，为这个世界贡献出有益的东西。

相较于上一回去尼泊尔，我额头的沧桑纹定然多了些，那是高原凌厉的朔风和印度灼热的日光刻下的印痕。你可以想象一个满面沧桑的僧侣——之所以打扮为僧侣，因为那些强盗一般不打劫僧侣，更因为我一直将自己当成了僧人。我还要入世做许多事，我怕自己不能如法地守持那二百多条比丘戒，那时我还并没有受俱足戒。跟一些混世的僧人不一样，我绝不允许自己在受戒之后，再去干破戒的事。

我迈过了一条条山道，山道蜿蜒如水蛇般扭动。我的驮架里背着经卷和黄金。这时候，跟我同行的弟子中，有两个因患热病，生命已如水泡般破灭了。他们两人曾在去印度的途中，为了一个佛教术语争论不休，差点动手打起来。他们不知道，日后，他们会在印度的一个小村庄里，被席卷而来的热浪击倒。死前，那些术语一点也帮不了他们的忙。他们手忙脚乱，涕泪交流。一个说，我还没娶老婆呢。另一个说，我死了，老娘咋办？但他们所有的理由都改变不了死亡的结局。他们是在我外出寻找奶格玛的时候病倒的。他们被扔进了尸林，成了累累白骨的一部分。尸林中白骨盈地，谁也不知道哪个是来自雪域的弟子。生命以最直观的形式向我展示了什么是无常。

3. 贼住比丘

我走进波吒厘子城，走向那个同样在命运中等我的女子。

两千多年前，波吒厘子城只是个小小的村庄。恒河渡口离这儿不远。一天，佛陀带着弟子来到这儿，他指着那时节还是一个寻常村庄波吒厘村说，这儿，将来会成为一个大城市。

巴利文的《大般涅槃经》记载了佛陀当时的预言：“阿难啊！当阿利安人仍常往还且商贾云集，此波吒厘子城将成为一大都市和商业中心。但此波吒厘子城将有几种危险，一者为火，一者为水，一者为邻友相争。”

百年之后，这儿真的成了一座有名的大城。它是印度历史上著名的孔雀王朝的首都，辉煌的文化，优越的地理位置，便利的水陆交通，使它拥有了无可替代的地位。

波吒厘的意思是一种会开花的树。很久以前，这儿有一个波吒厘树林。一天，有位青年拜一位婆罗门为师，求学时久，但长进不大。他心中郁闷，跟一帮朋友来林中散心。为了遣除他的烦闷，好友折下一枝花，叫他跟花拜堂成亲。在朋友们嘻嘻哈哈的调笑声中，成亲仪式结束了。大家兴尽而散，唯当事者意犹未尽，仍在树下品味。天渐渐暗了。忽然，光明大放，树下出现一个老人和一个美貌女子。老人说他是花精的父亲，要青年实现方才的承诺，跟自己的女儿成亲。青年又惊又喜，和花精举行了正式婚礼。不几日，树林里来了一队人马，他们带了各种物件，大兴土木，一座美丽的城市从此诞生了。

这便是波吒厘子城的由来。

这是一个玫瑰色的传说。我感到一种巨大的诗意扑面而来。

但事实上，波吒厘子城是由孔雀王朝建立的。那时，它与各国建立了良好的商贸往来。兴盛时期的波吒厘子城，有六十四座城门，有五百七十座箭楼，只每天的税收，就有超过四十万的钱币。

波吒厘子城在佛教史上也占据着重要地位。你一定知道孔雀王朝时期的阿育王。早年，他为了争夺王位，残忍地杀死了自己的哥哥。登上王位后，他统率大军，东征西战，在血雨腥风中统一了印度诸国。后来，阿育王放下屠刀，翻然醒悟，成为佛教历史上最大的护法国王。对内，他用佛教治理国家；对外，他将佛教推向了整个印度，并派了大量的僧侣作为使者，将佛教的火种传向世界。传说中，阿育王施展神通力，于一夜间，在世界各地建起了八万四千座佛舍利塔。此外，他下令以石刻的方式，将大量的佛教信息保留了下来，成为千年里不朽的记忆。

阿育王住世的时候，佛陀已入灭三百多年了。那时节，各种思潮都在印度舞台上演，有的是明显的外道，有的则贴上了佛教的标签。便是在佛教内部，也是众说纷纭，或因戒律不一而生分歧，或由见地不一而起纷争，佛教分裂成了好多派别，有大众部、上座部，有上座部中的分别说部等。后来，阿育王派遣使者前往各地弘法时，由于见地、戒律、习俗等原因，一时间，杂说盛行，诤论哄起，内部也是争论不休。许多外道和无信仰者为了骗取利养，也假扮佛教徒，混入佛门。这类人，被人们称为“贼住比丘”。

贼住比丘最多的地方，便是一个叫阿输迦园的所在。阿输迦的意思是“无扰”。这是阿育王启建的，他花了很大气力护持此园。园内僧人待遇极好。为了贪取利养，贼住们蜂拥而来。他们俨然是大德高僧，却只享利养，不守戒律，不修禅定，不学经法，每日里纷争不断，恶言恶行层出不穷。按佛制，僧团中每月必须举办一次“布萨”集会，对照戒律，检查自己的过失。但由于那些恶性比丘的骚扰，阿输迦园在七年中，竟连一次“布萨”都不能如法举行。

一天，阿育王派了使者，前往阿输迦园，去调解僧众间的纷争。使者苦口婆心，但那些比丘却一如既往地大兴诤讼，甚至当场恶言相向。使者大怒，拔刀杀了一人。这下惹了大祸。阿育王亲自前往阿输迦园，赔礼道歉，并问询众僧：“如何给使者定罪？”僧人们认为使者由阿育王派遣而来，杀人者当然要定罪，派遣他的人，也要定罪。阿育王说，我只是派他调解，又没派他杀人。众僧道，你的使者动不动就杀人，定是你平时没有好好教育，你不负责，谁负责?

阿育王不禁长叹：“连你们对佛法都各持己见，莫衷一是，如何度众?难道这世上，没有一个能解我心头之惑的人吗？”

没想到，这一问，众僧的意见竟惊人的统一，他们告诉阿育王：目犍连子帝须是公认的大德，他是优波离尊者的第四代弟子。

于是，目犍连子帝须出山了，他召集了一千名长老，在阿育王提供的精舍里，开始了佛教史上有名的第三次结集。结集的内容，既有教法，又有律藏，其内容，尽藏于一本叫《论事》的书中。

那一千多名长老，还组成了口试团，对所有僧众进行测验，要他们说出对佛法的见解，然后根据其见地，清除了一批贼住比丘。

此后，阿育王下令，以后，所有僧团要和合无诤，谁要是制造事端，将会被赶出教团。

但世界上无论有多少阿育王，也抵挡不住那些真正的贼住比丘。他们可以说出无穷的佛教教理，但他们的心中，却仍是五欲炽盛，贪婪无比。

他们远比那些有着外道见地的贼住们更为可怕。

4. 我进了魔桶

那个美丽的女子就在波吒厘子城的一处很热闹的所在卖艺。

那所在，是几百年前最美丽的建筑，叫议事厅。那建筑，由精美的大石垒成，雕文刻镂，鬼斧神工。它曾有八十根仿佛能通天的高大石柱，但我到达时，只看了其中的一根，别的都叫岁月腐蚀了。公元六世纪时，一场洪水过后，这座城市便一片汪洋，一蹶不振了。这也应了佛祖关于水的那个预言。后来，伊斯兰大军攻进了波吒厘子城，摧毁了该城复兴的许多可能。再后来，不同的主人登上了这个舞台，制造了更多无比热闹、却又稍纵即逝的幻影。

我到达议事厅遗址旁时，看到的，是满街的牛、乱窜的狗、四处屙粪的猪，还有牛车、马车等，各类噪音像沸水般翻滚。

历史上的辉煌不再，显赫不再，孔雀王朝像远去的风尘消失于历史的尘埃中了，留下的，只是阿育王的神话。

波吒厘子城用它的经历阐释着佛教的真理。

我不禁想起了巴利文《法句经》："觉观万法如泡沫，觉观万法如梦幻，这样观察世间者，死魔无法见到他。"

一茬茬的人死去了，一茬茬的人又来了。变的是无数的场景，不变的是真理的光明。

在大幻化游戏中，我看到了那个女子。女子拿个桶，我不知道是啥做的，在外相上看，它没有一点儿出奇。

女子高叫着：只要五两金子，想去哪儿，我就用圣桶送他去哪儿！

她一遍遍重复着这句话，话音里有一种磁性，像是经过桶的共振，也像从桶里传出的回声。

那声音，像磁石吸针般吸引了我。

那时节，我将所有的女子都当成是奶格玛的化现。当我在街头看到那女子时，同样将她当成了奶格玛。

女子的身边围着很多人，他们都望着那个木桶。一个男子悄悄告诉我，那木桶不是圣桶，其实是个魔桶。他说他只见进去的人，却没见出来的人。他说，瞧那桶，盆口粗细，似乎盛不了多少东西，但他亲眼看见五个男人进了那桶，却没见他们出来。

我却想，她是不是空行母呢？

见我过来，那女子嫣然一笑，说：我的圣桶能通往任何地方。我只要五两金子，就能将你送到任何你想去的地方。去不去？

我问：你也能将我送到圣地？

当然呀。不然算啥圣桶。女子说，想去哪儿，就去哪儿！

我问：那圣地里，是不是有奶格玛？

当然有呀。女子说，没有奶格玛，还算啥圣地。

我有些疑惑。但我想起，以前空行母无数次试探我时，我每一生疑，就会生起障碍。我马上忏悔我的怀疑。

我想，她是不是司卡史德化现的呢？

女子冷笑道，你不是一直在寻找奶格玛吗，咋真的叫你去见她时，你却患得患失？她厉声喝问，你去不去？去不去？去就拿来五两金子。不去的话，靠一边去。别挡着别人的路！

她这一说，我就生起信心了。因为寻常女子，是不可能知道我的寻觅的。虽然我知道，有时候，圣者知道的，魔也会知道。佛陀真正的知音，其实不是他的弟子，而是魔王波旬。佛成道时，天地皆暗，日月无光，并无一人知道佛陀已证得无上正觉，但他的所有智慧和证量，都瞒不过魔王波旬。我甚至认为，魔王波旬才是佛陀真正的知音。

我掏出一块金子，足有十两。我想，要是真的能到圣地，别说十两，一百两也值。我将金子递给那女子，说，不用找了。

女子笑了，说，是呀是呀，圣地是无价的。那儿充满妙乐，快乐无比。你去了，就知道了。那儿是灵魂的最后归宿。世上有无数的人想去那儿，可是没有福报和机缘。要知道，这圣桶，是圣地的入口处，五百年才出现一次。有时候，圣地的人也会从这桶口出来。出来的人，定然会成为王者，这便是“五百年才有王者兴”的秘密。你别小看这黑漆漆的桶，你的身子只要一经过它，你五百年的业障便消除了。其原理，等同于霜花儿一见太阳，便会叫那炎阳蒸发。

好了好了。女子晃晃那桶。你先准备一下，该带的带，不该带的，送人好了。你的那些破烂玩意儿，在圣地里用不着，反倒显得累赘。

趁着女子往包里装金子的当儿，那男子偷偷捅捅我，悄声说，你千万别进去。这不是圣桶，是魔桶。你想，要真是圣桶，她是不会要钱的。这世上，哪有圣人贪财的？

我悄声说，不是她贪，是我在供养。人家在乎的，不是钱，是我的态度。

男子说，这桶，只见进去的，没见出来的。定然有古怪。

我说，这正是它的神奇之处呀。你想，它要是不通往一个大的所在，哪能盛那么多人？

那人悄声说，要是它通往地狱呢？

我说，我又没发去地狱的愿。这世上，正的发心，不会有负的结果。

那男子还要唠叨，女子冷笑了，对我说，你见哪个赤脚的，不忌妒穿鞋的？他想去，可你问问，他有五块铜板不？穷得屁眼里拉二胡，夹不住屁，你想去，也没那个资粮。

男子赤红了脸，嘀咕道：我只是说我该说的话。他要去，去便是了。

我安慰地拍拍那男子，说，你的心我领了。但我知道，我该去的。我知道天上有无数的云，但我不知道哪块云有雨。我能做的是，只要见云飘过来，我就呈上雨具。

我朝那男子笑笑，便钻进了桶。

5. 美丽的女子

当我的身子钻进桶时，便感觉那不是桶了，而是一个隧道，一个黑漆漆的隧道。我像进入了真空，听不到任何声音。在那个隧道里，没有时间，没有空间，我当然也不知道经过了多久。待我觉得出时间时，已到了一个所在。那是一个很像梦的地方。我看到的太阳跟外面不一样，它是由一晕一晕的光环套成的一个图案，有赤橙黄绿青蓝紫七种颜色，很是美丽。还有无数的花，很像外面的，只是显得更大更美。其中最扎眼的，是罂粟花。我知道罂粟花本来不大，没有气味，但这儿的罂粟花却大如钵盂，喷着一股股叫我陶醉的香气。我甚至将这种陶醉当成了瑜伽中所说的空乐，这种联想叫我信心百倍。我认为自己真的到了圣地。以前，我也看过许多外道的书籍，他们也有这种陶醉的说法，其描述，也跟空乐很相似。

我很高兴。心想，我真的到圣地了。

我相信，那女子，定然是空行母的化现。

我发现，即使我不修炼，只是闻那种香气，也会叫我忘了世上的烦恼，进而产生安详和大乐。我想，圣地就是圣地。

在那种香气中，我甚至忘了自己来这儿的目的。

但心中的那缕牵挂已渗入灵魂了，我开始像以前那样呼唤奶格玛。

奶格玛千诺——

奶格玛千诺——

我确信自己能见到奶格玛，因为我确实感受到了以前从来不曾有过的那种安乐。

在我的呼唤声中，一个美丽的女子出现了。

我发现，她既像莎尔娃蒂，又像我期待中的奶格玛。我不知道，是不是在我期待的心中，奶格玛便是莎尔娃蒂的模样？她顾盼生辉，美丽无比。只是她没有传说中的第三只眼睛。也正是这一点，更让我有亲近感。虽然我一直在观想三只眼的奶格玛，但要是真有一个三只眼的女人出现在我面前，我定然会觉得不习惯的。我发现，那女子的眼中溢情流彩，融化了我心中的所有块垒。

我问，你是奶格坞吗？

她盈盈笑问：我不是奶格玛吗？

我又问，你咋像莎尔娃蒂？

她说，愚者的眼中，她们是有分别的。但在智者眼中，她们是一体的。

那一刻，我坚信，她就是奶格玛。

奶格玛伸过手来，我一握，那柔若无骨的感觉融化了我的心。

6. 那你娶我吧

奶格玛带我去了一个更加美丽的所在。那儿鲜花更美，一丛丛的花喷着迷人的香气，像一个个美丽女子在朝我笑。我的体内和心里，涌动着陶醉和大乐，那是我向往了许久而不得的乐。只是我分不清是禅乐还是欲乐，似乎是多种乐糅合到了一起。

奶格玛问我：你拿什么供养我？

我马上掏出了金子。

奶格玛笑了，说我不需要这个。这儿的人，用不着这些废物。

你有没有更好的？

我于是说，那我将我的身口意供养你吧。

奶格玛说：你知道身口意供养的真正含义吗？

我说我知道，就是我的生命和灵魂从此都属于你了。

奶格玛说，那好，我们结婚吧。

我马上想到了以前司卡史德说的那种胜义的娶。我想，我不能再犹豫了。只有傻子，才会在同一个地方跌倒两次。我于是干脆地说，好的。我的生命都是你的，你愿意做啥，我都愿意的。

我马上看到无数的美丽女子云集而来，她们带着各种世间罕见的珍奇。我在许多圣者的传记中看到过类似的情形。我很高兴，我想，想来奶格玛所说的娶，便是双修的另一种说法。我早就知道这是证悟的捷径，司卡史德就是这样一夜间证悟的。说真的，那时，我其实渴望得到空行母的青睐。

那些女子忙碌之后，一间洞房出现了。

我无法跟你说那洞房之美，那是人间不会有的、只能感受、无法描绘或表述的美。我仅仅是看了它一眼，就被它融化了。我甚至觉得自己进入的，是一种殊胜至极的境界。当然，关于它的真相，你以后就会明白了。

就是在那种陶醉状态中，我娶了奶格玛。

7. 漏乐之事

我没有说双修，而说“娶”，原因很简单，我跟奶格玛享受到的，真的是五欲妙乐，而不是清净的禅乐。当然，那时的我，是没有办法分辨的。要知道，对于一个没走过迷宫的人来说，你叫他说出走出迷宫之法，显然有些勉为其难。那时，我只有一腔的虔诚和信仰。我想，既然我将身口意供养了她，那她叫我做啥，我便做啥。

开始，我还能想到那个等待中的莎尔娃蒂，但我的心中没有歉疚。因为，在我的眼中，奶格玛是我的上师，而不是妻子。正是这种宗教情感，消解了我对莎尔娃蒂的歉疚。而且，在另一种潜伏于心中的情感中，奶格玛已跟莎尔娃蒂合二为一了。那个等待我的莎尔娃蒂渐渐淡了，成了渐走渐远的影子。在魔桶的多年里，我没有得到过莎尔娃蒂的任何讯息。

有时，我甚至认为，那个莎尔娃蒂，其实也是奶格玛的化现。

就这样，遗忘的大雪覆盖了莎尔娃蒂的许多痕迹。只有在一些偶尔的不经意的瞬间，我才会想起过去的岁月里，曾有过那样一段醉人的柔情。

我跟奶格玛在洞房缠绵着。我同样分不清时间。那时候，时间似乎消失了。奶格玛的身上同样散发出一种迷人的香气。我跟她在无尽地缠绵之后，感受到的，只有陶醉的大乐，而不是厌倦和疲惫。你知道，对于一个男人来说，那真是人间最美的享受。

按老祖宗的说法，女人是有各种类型的。有些女子，是不可碰的，任何男人一碰，其生命之精，便会被吸走或是流失。而世上有一种玉女型的女子，任何男人跟她接触，都会得到无上的益处。奶格玛便是这种女子。于是，在很长一段时间里——虽然我不知道过了多久，那时是没有时间的——我将跟她的结合，当成了传说中的双修。

不久，我们的第一个孩子出生了。那是一个可爱至极的小女孩。她聪明万分，善解人意。她有着羊油一样滋润的肌肤，有着金色的头发，有着百灵鸟叫一样欢快的笑声。

女孩的出生，给了我更大的快乐。你不知道孩子朝我笑时我有多陶醉，她第一次叫爸爸时我有多惊喜，拥她入怀时我有多满足。那真是天人才有的乐趣。

那时节，得到女儿后的喜悦让我忘了过去的许多经历。它像一柄刷子，扫平了记忆中的许多痕迹。

女儿三岁时，儿子出生了。我享受着儿女绕膝的天伦之乐。我觉得，这时节，我的人生才算真正圆满无憾了。奶格玛给了我男人的感觉，儿女们给了我父亲的感觉。此前的一切经历，给我的，只是一个行者才有的生命体验。没想到，以前我视为畏途的红尘生活，竟让我如此销魂……是的，销魂。这个词儿，真是最恰当的形容了。

但我仍然没有忘记我的信仰。我甚至认为自己一直生活在信仰里。因为我仍在诵经，仍在跟奶格玛双修——那时，我其实分不清双修和俗乐的界限。

我在那种自以为是的双修中乐此不疲，充满着崇高和情欲混合成一体的感情。那时，我忘了一个标准，信仰的本质其实是破执和利众。我不知道，那时我其实已陷入了另一种执著。

我老是用过去似是而非的宗教概念解释我的生活。我老是陶醉于现有的一切里。我其实是在自己安慰自己，用自己能接受的方式说服着自己。我甚至被自己感动了。我不知道那感动其实是在作秀，是自己对自己的一种作秀。我沉醉在自己秀给自己看的那种信仰里。

正是在我已经变异的话语体系中，我将那两个孩子当成了投胎的菩萨。要知道，在密乘的说法里，当那些投胎的菩萨需要时，你是可以放出自己的精液的。当然，即使不是为了生下菩萨，我也愿意为了奶格玛献出我的一切。几乎在每次“双修”中，我都愿意供养出我的“甘露”。

正是在这种语境中，我虽然知道自己在行漏乐之事，但还是有种为信仰献身的崇高感。

8. 骄傲的儿子

在儿女很小的时候，我就开始教他们一些宗教仪轨。教他们念诵，教他们观想，教他们画各类坛城，教他们打坐。我认真地教他们修习大礼拜、百字明、生起次第和圆满次第。那时，我只想培养自己的儿女。我甚至不想回

哪里听得进我的话。要知道，证得神通的人，他最大的障碍便是那神通本身。

儿子老是表演他的那些神通。他甚至时不时跟人斗法。那时节，跟他齐名的，是一个婆罗门的女儿。从外相上看，两人的神通不相上下。

但我那时便知道，那女子，其实是个食肉的罗刹。

她早想收拾我儿子了。

第二十四章 亲爱的琼

1. 父亲老矣!

在琼波浪觉享受圣地的幸福生活时，莎尔娃蒂却在经受着相思的煎熬。

她的心中，老是出现那些咒士们抖狗皮的声音。那种奇怪的声音时不时就响起，包裹了她。莫名其妙的烦恼也老是袭上心头，她变得越来越抑郁胆小了，远不似以前那样洒脱。

从她留下的文字里我总能读出一种落寞和伤心——

午觉醒来，神情恍恍惚惚，房子里静极了，喧闹的世界似乎遗忘了这个角落。我躺在床上，身心还很疲倦。一只大大的苍蝇不知何时闯了进来，在房间里嗡嗡叫，为这寂寞的空间更平添了几分寂寞。我突然急躁起来，焦急不定。侧耳倾听院中，也是一派死静。我一骨碌爬起来，想下床可又不愿挪动身子，只任那发狂的情绪在心中流淌……

突然我想到琼，那个熟悉的影子就一直在眼前晃动。多少个日月了，一想起他，心中才不发慌。某个瞬间，我十分肯定地认为他必定在某个所在等我了，肯定。他已等了很久。这种想法催促我快快穿衣，快快动身，快快去见他。刚穿了一只鞋，又觉出了自己的荒唐。我想，他也许早忘了我。于是，心成了一座孤寂的坟，不再焦急，不再彷徨，仰面一跤，重重地倒在床上……

恍然间，秋风又凉起来了。那凉意，为父亲的身影添了萧然。我站在门口，送父亲上路，深秋的黄昏更使我泪流满襟。我看见父亲那凄然的转身中，映衬着多少风雨沧桑。父亲蹒跚的身影被秋风吹得冷冷清清。

父亲老矣！如霜的白发，刺得我满眼伤痛。我只能面对泣诉的秋风转过身，擦去满眶的无奈的泪水。

2. 青烟缭绕的香炉

天空润润的，像要下雨。我喜欢下雨的日子，冷冷清清，淅淅沥沥，仿佛是诉不完的悲凉、剪不断的幽情。多少违心的往事，多少心底的烦恼，都被雨丝梳散了。

卷起裤管，撑起素色的雨伞，陪着母亲，漫步在雨雾里，去女神庙，寻找那埋掩了千年的梦……细碎的雨丝打湿了我的双眼，睫毛朦朦胧胧，朦胧里又映出你的笑颜。唉，不想他了。

小时候，每逢下雨的日子，母亲总要炒上喷香的豆儿，我们偎依在一起，听父亲讲那永远也讲不完的大成就者的故事……多少醉心的思念，伴随着我成长的脚步，风风雨雨中，这份记忆竟毫不褪色。

虽然一切的希冀都仍是泡影，我不忍心伤害母亲，总是强颜欢语。

女神庙很是热闹，我的心更加烦躁。眼前的一切，都是灰色的影子。这时，我想起那一个个在大街上流浪的疯子们。在他们的脑海里，天地间所有的东西是不是也这样若有若无、虚虚幻幻呢？我想，我快要疯了。

在青烟缭绕的香炉边，母亲的白发牵着傍晚的阳光格外醒目，那是饱经风霜的见证。女神庙内，人影绰约。母亲拉着我的衣袖，像拉个孩子，不容我离开她半步。在大殿门旁，趁母亲仰望古槐的当儿，我恶作剧似的溜开，在静处偷偷回望，见她一副惊慌的样子，不住地往人群里张望，好像不慎丢失了一个刚会走路的孩子。寒风中的母亲，显得那么瘦弱、孤单。在那一刻，我明白自己已成了母亲的依靠。看到我，母亲重重地舒了口气，润湿而委屈的双眼里闪出一丝欣慰。母亲又拉紧了我的衣袖，我的泪像决堤的海水汹涌而来……母亲也老了。现在，她离不开女儿了，一会儿不见，也是牵肠挂肚的思念。如今，母亲最害怕寂寞、孤单，只要我能伴在她身边，她就有了无形的力量。归来时，母亲仍然孩子般地拉着我的衣袖，我也紧紧依偎着她，一种古老而永恒的感觉轻轻地叩击着我的心扉，很遥远，却又那么熟悉……

3. 难解的网

……年老的父母，掐断了我寻觅的心。

这是一份怎样的心情，我不知该怎样说出。苦恼烦乱拧成一张难解的网，网里罩着命运的狞笑。我举目远眺窗外的天空，那里是滚滚翻腾的乌云，它正满腹心事地洒下无穷尽的雨，我能把哀怨、忧伤寄予它吗?

雨缠缠绵绵、淋漓尽致地洒下来，一阵紧似一阵，仿佛是乌云向远离的爱人哭诉的悲声。这使我黯然泪下了。想起曾经令我心碎的那个人，那段情……可是到头来，所有的承诺、所有的等待都是镜花水月……突然间，觉着心中那坚固的东西轰然倒塌了。我的每一根神经都在迅速衰老，每一滴血液都在迅速干涸……

没有料想到，人生竟是这般难以逆料。一路上有谁？是风？是雨?

桌上的那瓶鲜花也败了，每片花瓣都浸透了苦涩，像一只只绝望的蝴蝶，忧伤地停在枯草上，等待最后的风雪……我的心好痛。我想，虽然我深爱鲜花，却不应断送它们的红颜，而应把它插在灵魂深处，和我一起浮沉，共渡潮来潮往，直到我颜容失色、血脉无息的那一日……

回头看看昨天的故事，才发觉真情是一段姻缘的结。千轮万回里，彷徨的脚步踩碎了多少个季节，你我在追寻着什么？我惯看了韶华的寂寞，竹篱边，对酒当歌，多少感慨，多少悟，冬季已惨然褪色！留住你的脚步吧，无奈双眼容不下；装下你的身影吧，为何心情不融化？刻下你的笑容吧，不慎已被风吹化；拥抱你的爱意吧，泪花无语，飘白发！

走过了许多个日子，寻寻觅觅，却再也找不回昨日的那片云……

昨日的那片云啊，是谁把你吹散在风里，蓦然回首，只剩下千丝万缕的伤感。总是在万家灯火的时辰，梦见你褪色的足迹，踏着一路欢笑一路心雨……昔日的云儿啊，我与你邂逅在白色马鞭草浪漫的季节，为此，绿了杨柳，枯了白沙。

4. 无法形容的心情

房间里寂静、沉闷、空虚。我打开窗户，等待你的归来。

五月的阳光淡淡地洒在窗外的黄麻叶上。清风阵阵扑来，深情地吻着这些阳光下的叶子，它们在阳光里快乐地手舞足蹈了。看着它们，我觉得自己像是早已残败枯死的秋花，只等偶尔的一阵振动，便要惨然落地，被人踏在泥里，永远销声匿迹了。

母亲蹲在阳光下，借着这暖洋洋的日子，清理一些花椒之类的作料。她抖抖闻闻，仔细看是否被老鼠打搅过。看着她的身影，我突然感觉到生命的空虚、无聊，一种焦急、狂乱的感觉直向我涌来……

我立在屋内，把头完全伸出窗外，清灵灵的世界又回来了。我盯住一片散落在黄麻叶上的阳光，它闪烁不定。我仿佛置身于孩童时的一个亘古的梦中，那里是一片残墙断壁的旷野，黄色的土中生长着一簇簇寂寞的花。记得，在一段矮矮的土墙下，身心疲惫的我蹲了下来，从泥土里挖出各种各样的小泥碗，打量着，打量着……

5. 化不开的情愁

月色朦胧，我心凄凉。对你的思念，仍在月下撞击我的心。我不敢正视镜中那苍白的憔悴不堪的面容。有时夜中，也会出现你寻觅的眼眸。我却没勇气正视，我怕我流泪。那双眼睛像清泉，荡漾着永不干涸的清凉，也像是在诉说那些地老天荒的誓言。我怕被那眼中的情思缠绕，就尽量不去望它。我把眼神停留在夜的尽头，心却是奇异地疼痛。

窗外直立的高树没有灵气，那被窗口切割的一片天空倒是很吸引人。天空润润的，像要下雪了，我一凝眸，心就骤然潮湿起来……

我为什么一定要去追赶你沧桑的梦呢？这沉重的思索令人好疲惫。难道仅仅为了一个不经意的回眸？或是为了一次无谓的邂逅？我心如蚕茧，裹在厚厚的壳里，早已领略不到清凉。

总是心痛，总是在心痛之后万念俱灰。

太阳，你为什么总躲在你的世界里？太阳，也许我错了，我真的追不上你沧桑的眸子漂泊的心。

你的天空也在哭泣吗？在这个经过变迁的冬季，一切话总是多余。每每在痴呆里晶出的，总是你憔悴的面容和孤独的心。黑夜里独自彷徨的你呀，可知，你是我命中无休止的歌。我的情为你停留，心为你等待，你为什么不回来牵我的手呢？

你会想我吗？没有你，日子一片空白。伫立月下，想你孤独跋涉的身影，心便禁不住地痛，牵扯出一缕缕浓得化不开的情愁。

雪丝儿无声无息地飘着，落在地上融化成水。雪花等了一冬了，难道也没等到所爱，便只能绝望地哭泣吗？

6. 在寒风中呼唤

冬季的夜晚静得让人打盹儿，推开半掩的小门，一股寒流扑面而来。我浸泡在黑夜里，深情地思念你。

如果你仍是我昨日清爽的风，那绽放在心头的玫瑰花就不会凋谢了。而今，情也许是纯情，却左也伤痛，右也伤痛。生命中的真爱就一天天憔悴吧。琼，你是否觉察到，你的人生路上将要失去什么了？

连月来常常失眠，灵魂被一种无形的爱恨日夜纠缠着。心是那样的疲惫，往事直向心砸来。我如同佛陀苦行般地艰难回味着，思索着。夜半的月光白孤孤地照着整个院子，我的小屋破落萧条地裹在寒气里，像一座坟墓。生命是无常的。一切繁华远去了，剩下的只是荒凉、苦涩。我是坟墓将来的主人。

往日的温情折磨人。我以为死了倒还干净，挣得个痴情种子的名分，强胜于浸泡在失落凄惨的心境里。

夫君，许久都不曾这样呼唤你了，今夜却异常想这样呼唤你，一直呼唤到天明，一直呼唤到永远。

我是一颗孤独的寒星，常常在凄凉的月色里呼唤你。爱人！爱人！你在何方？你的梦里可否有我的笑靥。我想你是很累的，你早已静静地走入梦河了吧？

我的琼，我很想变成一只萤火虫，轻轻飞进你的窗口，去吻你熟睡的泛着神光的脸庞。我想停在你的耳边，对你唱一夜的情歌，消去你所有的疲倦。

爱人，想你的时候，热泪就会打转。想你的时候，空行母就在我眼前飞翔。

老是叩问命运，为什么酿成了一段无法聚首的苦恋？那前世的约定，为何化作了今生这场无法期待的风……

爱人，我的琼，我在寒风中呼唤你！

第二十五章 纠纷的起处

1. 奶格玛的分歧

孩子，莎尔娃蒂在冬夜的寒风中呼唤我的时候，我正沉浸在跟奶格玛的幸福生活中。

……不久，我们便陷入了一场纠纷。那纠纷不是来自外道，而是来自佛教内部。

距我家不远，住着一个同样有修有证的密咒士。她跟我的奶格玛来自同一个也叫奶格的部落，人们也称她为奶格玛。需要强调的是，奶格玛并不是人名，几乎所有奶格族的女子，都可以叫奶格玛，意思你已经知道了，就是“奶格家族的女子”。就像所有琼波家族的男子，都可以叫琼波巴一样。你来自凉州，当然也可以叫“凉州巴”，意思是“凉州男子”。要是你在樟木头待久了，人们也会称你为“樟木头巴”的。

但你要知道，虽然“雪”与“漠”是两个寻常的字眼，它们的组合也很寻常，但到了一定时候，这两个字就能代表一个“人”。要是别的作家用“雪漠”做笔名，你定然要跟他打官司。“奶格玛”也同样，也有相似的性质。虽然奶格家族的女子都可以称为“奶格玛”，但那瑜伽行中的奶格玛其实是一个特指，它仅仅指那个成就了无上正等正觉的奶格玛。

明白了吧？

按你们现在的标准看，另一个自称“奶格玛”的人，其实是在侵权，或是在欺世盗名。我的奶格玛当然受不了。开始，她仅仅是表示了不满。她叫儿子告诉那个奶格家族的女子，叫她不要用这个名字。哪知，几乎是同时，那女子也叫她的女儿来我家，叫我们别再用“奶格玛”，换成另一个名字。

最初的纠纷，其实就是这样一件很不起眼的小事。但要知道，这号小事，在重视外相的世人眼中，就是大事，几乎涉及到了根本。

儿子于是愤怒至极。

他妈劝道：不要紧。既然人家也是奶格家族的人，我们叫她别用这名字，似乎也没啥道理。名字仅仅是名字。既然一切都是幻化，那名字有啥实际的意义？

算了算了。她想叫啥，随他们叫去吧。我也这样劝儿子。

但后来发生的事，却叫我有些受不了。那个奶格玛竟然公开对外宣称，她才是奶格玛瑜伽的正宗。而我们，她说是假冒的。

那奶格玛俨然成了奶格玛瑜伽的一代宗师。无数的人拥向了那边。

后来，我派一个弟子冒充求法者前去打听，发现对方的见地跟我们不一样。我不能说它对还是不对，至少，她讲的，不是奶格玛瑜伽。因为奶格玛瑜伽的根本是大手印见地，以破相破执为主，而她讲的，却是叫人著相。

那时节，我的明妃——我更愿意叫她“我的女人”，女人是个很好的词——她也不喜欢叫我勇夫，而愿意叫“我的男人”。当她叫“我的男人”时，我感到一种巨大的快感和满足。我发现，有时候，名相也很重要。虽然从心底里我仍是将她当成了明妃，但我却更愿意叫她“我的女人”。我不知道，这是不是我宿世的习气使然。

我的女人给我讲过奶格玛瑜伽。我发现，其实她讲的道理，我在以前的求法中，早已得到了。后来，我的经历证明了一个真理：任何人的世界，高不过他自己的心。

两个奶格玛在修证上的分歧较多。比如在对待分别心的问题上，她们就有着如下的分歧。那个奶格玛强调警觉，而我的女人——我仍然喜欢这个词——强调放松，这一紧一松间，就出现了争讼。

我派去“盗法”的弟子，这样告诉我另一个奶格玛对他的教诲——

你要将所有的分别心杂念当成贼。它一进来，你就一棒打死它。你不用去观察，也不用去分析，当它一出现在你的心中，你马上就一棒打杀了它。我说的打杀，是指提起正念。用那正念之棒去杀那烦恼之贼。只要发现它一出现，你就提起正念，将那专注力维系在你的所缘境上，也就是说，你一有杂念，便专注于你心中的上师，那么，杂念就自然而然地没了。我们不去管它是怎样的分别心，别去管它该不该生起，你只要主动地专注于你的念想，分别心就没了。

我的女人却这样说——

不对，你不能这样修。你要是一味强调警觉，你就会紧张，而紧张是禅定的大敌。你需要的不是警觉，而是放松，你的拳不要握那么紧好吗？瞧你，额头都出汗了。你太紧张了。你一定要放松，我叫你用正念来赶跑杂念，是为了叫你更好地禅修，可不是为了叫你紧张的。你一定要放松。你紧张的原因是你强调了警觉，就是说你观的力量过甚，影响了止的效果。这就叫喧宾夺主。你的“观”本是为了更好地“止”，但此刻你的“观”反倒破坏和影响了“止”。永远记住，止观之中，“止”是主导，“观”为辅助。你的心力应主要用于你心中跟你的自性无二无别的上师。要是你没有分别心和杂念，那观就变成了一丝警觉。当你的心过于紧张时，观的力量过强了，你就丢弃了你最核心的观修内容。因此，你一定要放松。你一定见过弹琴，那琴弦不可太紧，太紧则易断，你的紧张就是那琴弦太紧了。你一定要放松，但你的放松也要有度。你千万不要放松到懈怠和懒散的地步，因为琴弦太松时，琴师是弹不出调的。观得太紧，会损伤到止；观得太松，那分别心和昏沉就会乘虚而入。你一定要做到松中有紧，紧中有松，松紧适度。要是过于松懈，你的正念正知正思维就没有力量，就无法生起观照心和监督心，你就很容易流于散乱，流于昏沉，流于懈怠，流于懒散了。那情形，就像你握了一只麻雀，你握得过紧，会捏死麻雀；握得过松，麻雀就会脱手飞走。

你就在那种松紧适度的状态下，安住于心中的种子字上深入禅定。

2. 公开的辩论

正是紧与松的问题，成了两家纠纷的导火索。它直接引起了后来的大纠纷。

一天，在当地贵族的倡议下，两个奶格玛进行了公开的辩论。辩论焦点，就是紧与松的问题。

强调警觉的奶格玛认为，所有的念头都是贼，一定要杀了它。她说念头是轮回之根，是烦恼的由来，是堕落的起处，是无明的表现。念头无所谓正负，无所谓对错。念头是行为，有行为便有行为的反作用力即业力，有业力便有轮回。解脱的本质是消除念头和所有行为对心灵的束缚。所以，断除念头是修行的第一要务。它是起点，也是终点。它是手段，也是目的。

但我的奶格玛却说，修行的目的只有一种，断除分别心。对念头的拒绝，其实也是分别心的一种。

那天，她的演讲非常精彩。她几乎将辩论变成了一次传道。现场气氛很是热烈。至今，我还记着她的演讲内容。记得，她是这样说的——

正因为我们的心被各种各样的分别心捆缚着，才得不到解脱。因为解脱的字面意思就是从那束缚中解放出来，所以，一定要放松。你只要做到真正的放松，再放松，你就会得到禅定。在这种状态下，你再观察那分别心的本质，你就会发现分别心跟世上任何一种事物一样，是没有自性的，它其实不是实有的。当你明白了这一点时，那分别心就会消于无际。你就这样一次次观察，一次次地消解生起的分别心。你甚至不用着意去对治，它只要生起，你就观察其自性，你就会在发现它了不可得后进入禅定。这便是般若波罗密的修法。那情形，很像渔家船上的鱼鹰。我们把你的真心比喻为船，再将那鱼鹰比喻为分别心。船一入海之后，鱼鹰虽然也会时时飞起，但它们飞呀飞呀，无论飞多高，无论飞多远，终究还是会落到船上的。就这样，我们只管将自己和专注系念于跟上师无分别的心中，任它那鱼鹰一样的分别心识去飞，只要我们明白那分别的本质，不去执著，那么所有的分别心便会消融于心中。因为无论怎样的分别心，究其实质，也是水中月、镜中花，觅其实质，是了不可得的。

那次辩论还有一个重要的分歧，就是目的和结果上的不同——

对方的奶格玛说：

你只要这样修持，久而久之，你就会进入一种全新的境界，它朗然空寂，一片光明。你不再有任何障碍，你的智慧会像虚空一样无边无际。这光明跟你心中的上师无二无别，但你同时也明白，你心中的上师虽然也充满光明，但究其本质也归于空性。你不再执著于自我，也不再执著于密法，更不会为世上万物所迷惑，你就会感受到一种无云晴空般的光明和空寂。

她认为这便是修行的终极目的。

而我的奶格玛说：

你虽然也能达到那种静定，但你不要执著于此，因为虽然你可能明白了心性，虽然你也能安住于这种境界，但你一定要记住，这仅仅是第一步，距离究竟之境界还很遥远。你还有漫长的路要走。

她认为，前者所说的那种境界，只是开始，不是结果。

最后，两人谁都没有说服对方。

虽然现场气氛上我们占了上风，但支持对方的人也不少。

所以，很难说谁胜谁负。

不过，我那时却生起了一点疑惑，我发现她们争论的，其实不是问题。但由于我很爱我的女人，也知道她们的争论，其实是一种较量的话题。那话题是啥，并不重要，重要的是，她们在借这个话题而亮相。

3. 宗教狂热分子

再后来，两人在有与空的问题上也争议很大。

此外，还有渐修的次第、智慧的渐顿、生圆二次第的轻重，以及父续和母续的区别，几乎在各个方面，两人都有了争议。那争议的内容，也同样出现在我以前的修道历程中。有些问题，我以前觉得已得到了解决，但在那种特定的语境下，我竟然也觉得已成为一个很大的问题。在某些恍惚间，我甚至将它们当成了生死存亡的大事。

两个家庭，本来是互不相干的所在，现在，竟然成了两个敌对的阵营。两个阵营里，各有无数的信众。每日里，各家都在宣说自家的教义。

一天，我发现，对方的信众竟然越来越多。一打听，说是对方请来了一位精通经论的大师，他的名字叫班马朗。

你别笑。真是这样。我听到这消息时，竟然也不敢相信。但在某个黄昏，我散步时，竟真的发现那个奶格玛跟班马朗一起散步。

你可好？一见我，他主动打起了招呼。

我很好。虽然他出现在对方的阵营里，我有些不快。但因为他乡遇故知，我还是感到很亲切。

你呢？我问。近些年做了些啥？

我很好。他说。我学遍了流行于印度的几乎所有经典。我跟几乎所有的大师都辩论过。他们都输了——不，只有一个，我没有赢他。因为他记忆力超群，他一字不差地重复了我的辩论内容。只有这一局，我们是平局，别的辩论，我都赢了。

是吗？我对他说的内容不感兴趣。我于是说，解脱跟知识无关。我看重的，是修行的内容，而不是那些佛教知识。

班马朗说，难道那些知识不是在指导人修行吗？

他说，你求到的那些仪轨，用观想在熏染心灵。我学的智慧，是用知识在熏染心灵。这两种熏染的目的，其实都是一个。

这一说，我倒是对他刮目相看了。

我说，问题不在于知识和实修哪个重要，而在于如何去做，如果你学的那些知识不能应用于你的行为，你的学习有啥意义？

班马朗打个哈欠，说，我的学习，便是我的行为呀。还有比学习更好的行为吗？

我们谈话时，那个奶格玛在一旁冷冷地看着我。我发现她也是个美丽的女子，只是因为过于执著，让她的面部显得有些坚硬。她的脸上，有着奶格家族独有的特征，高鼻，深目，轮廓清晰，十分美丽。

不一会，一个小女孩前来找她。那女孩刻毒地望着我。我知道这定然是她的母亲教调的结果。那些年，我老是遇到这类眼神。他们是典型的宗教狂热分子。他们认为只有自家碗里的杂碎是真理，别的钵中盛的，定然是谬误。他们拒绝所有跟自己见地不一样的知识。他们打着护法或是卫道的旗号行事。他们义正辞严，崇高无比。他们一腔热血，毫不妥协。他们一手拿着他们视为真理的经文，一手举着消除异己的屠刀。他们眼中最好的胭脂，是异见者的鲜血。

那时，我并不知道，正是这个小女孩，毁了我那时的幸福。

4. 诅咒和屠杀

纠纷首先在各自的信徒间爆发了。

一天，对方的一群信众来到我家门口，他们呼起口号："假奶格玛滚出去！假奶格玛滚出去！"其声如雷，喧嚣无比。我们的弟子们也一涌而出，呼起相同的口号。那相同内容的声响此起彼伏，震动天地。

自那以后，我发现房前屋后的鲜花都渐渐萎死了。它们像没有爱情滋润的怨妇那样干瘪，像没有火焰的蜡烛那样呆板，天地间不再有鸟鸣，不再有花香，只有那惊天动地的噪音。

那天，我的儿子第一次使用了恶咒。对方的一个弟子口吐白沫，栽倒在地。那外相，就跟你们后来说的心脏病一样。

我马上制止了儿子。我不想叫他把密法用于诅咒和屠杀。

儿子反驳说，我的诛杀是另一种意义上的慈悲。我在杀他的同时，已将他度往空行佛国。

不行！我对儿子说。无论结果如何，我也不同意外相上的屠杀。

儿子很不高兴。我知道，我说服不了他。那时候，他快十八岁了。你知道，这正是一个自以为是的年龄。我只希望，无论有什么样的纠纷，都不要介入杀心。我知道，杀心一起，永无止息。冤冤相报，何时得了？

我不知道我家的奶格玛那时有啥想法。她没有制止儿子。但也许她知道，她制止也没有用。面对一个十八岁的自以为是的儿子，母亲的影响力是很有限的。

后来，我们知道，对方的那些信徒，其实是那小女孩煽动的。

也许，她以为，只要将自家的奶格玛辩论成真的，将来她就可以坐享其成，以奶格玛继承者的身份登上宝座。

5. 女子发出的黑咒

儿子的寿难降临于某个黄昏。那天，他路过一个果园。那女子正在摘果子。跟她一起摘果子的，还有那一大帮弟子。他们一边摘果子，一边诅咒我们。其诅咒的方式是在一句恶咒后边加上我们的名字。有意思的是，他们并不知道我妻子的真实姓名。于是，他们只好在恶咒后面，加上一句“假奶格玛”。

我儿子于是笑了，他说：你们不是在自己咒自己吗？

那些人停止了诅咒，一起训斥我儿子。

儿子恼了，一跺脚，一树的果子落地了。

那女子显然也不是吃素的。她嘿了一声，那些果子又上了树。

儿子便放出了恶咒。

我儿子放出的恶咒是一束束愤怒的意念。它依托语言和观想，承载着诸多的你们后来称为暗能量的那种物质。

任何修炼有成者，都知道，意念是有能量的。人的思维同样有能量，它会构成一个思维场，波及它能够波及的区域。

你说恶咒是一种巨大的能量波？你当然可以这样认为。你说它调动的是一种有摧毁作用的暗能量？也没错。这世界，本来就是一个象征，可以由你随意解释。你可以用任何你愿意的语言去解释。只要你解释得通，并且得到世界的认可，你就是大哲学家或是大科学家。至于真相，那是另外的事。这世上的真理便是无常。你的所有解释，其实都离不开那真理。

那一次，是儿子先放出恶咒，咒力直达那女子的心轮。那所在，安住着不坏明点。它是灵魂的寓所，也是转世的物质基础。只要恶咒击中那所在，便会摧毁其本有的程序。

于是，女子吐血了。

对方的那些弟子又惊又怕，面如土色。一个大胆的汉子吼道：呔！琼波巴的儿子，你老子咋教你修菩提心？你咋能这样对待一个女子？

儿子不好意思，马上收回了咒力。

但他却忘了保护自己。要知道，许多瑜伽行者都要观修一个防护轮。那防护轮，由观想完成，是由心轮发出的许多金刚杵相垒而成，密不透风，烈火炽燃，除了佛的智慧之外，任何邪魔都进不来。儿子观修的防护轮非常坚固，如同无上的铠甲，但在那个被人谴责的瞬间，他忘了观修防护轮来保护自己。

于是，他中了那女子发出的黑咒。

儿子大叫一声，口吐鲜血，倒在地上。

6. 疯狂的女孩

那时节，我正跟奶格玛画坛城。我们准备闭关修增法火供，以增加自己的影响力。那时我们已经感到了危机。由于对方增加了有着“大师”之称的班马朗，从而赢得了无数的信众。要知道，对陌生的畏惧，也是人类的本质之一。班马朗口中吐出的那些叫人们如坠云雾的词汇，让那些浅薄的众生目瞪口呆、如痴如醉。

此外，他讲了许多顺应人们根性的内容。他借助大量的知识，阐释着跟我们不一样的教义。他反对无身空行母讲的大手印智慧。他否定人顿悟的可能性。他认为，人是不可能顿悟的，人必须从凡夫经过严格的修学，由次第而入，一步一步苦修，才能达成觉悟。他坚决反对大手印。他建立了一套严格的修学制度。正是这套制度，填充了许多行者的生命空间，也满足了那些渴望尽可能多地学习佛教知识的人的愿望，对方于是赢得了越来越多的信众。

说句心里的话，班马朗的那套做法，我也是首肯的。众人根器不一，病根不一，药方当然也不一。但他否定无身空行母传的大手印，也是不对的。

我家的奶格玛讲的道理，跟我从无身空行母那儿学到的如出一辙。我不知道究竟哪个是源头。虽然我没完全究竟离欲，但我已看到了真理之光，我已经知道了方向。所以，对于班马朗一棍子打死的做法，我也是不随喜的。

更叫人不能接受的是，班马朗的那些弟子个个擅长著述，皆是著作高手。他们写了大量的文章，印成了传单，到处散发。他们甚至凭借风筝之类的方便，将那传单撒到我们的上空。每天清晨，我们的院落里就有雪片似的传单。那些文章旁征博引，论证严密，有着很强的煽动力。不久，我们的二十多位弟子便对自家的教法没了信心。有更多的弟子，既舍不得我们的密法，又愿意接受对方的哲学。你知道，一种教法必须要有一种宗教世界观作为支撑。大手印有大手印的见地，而班马朗的哲学只适合于修习班马朗教法者。由于班马朗哲学的干扰，我们的许多弟子已经丢失了修习时的觉受。那些觉受如重宝般珍贵，一旦丢失，是很可惜的。要是他们对自家的教法产生疑惑，就等于坏了信根。从宗教角度来看，那灾难，真是毁灭性的。

我们想做增法火供，就是想借火供之力，调动神秘的护法力量，来遏制对方疯狂的势头。

那时节，我们也知道，对方也在念诵一种仪轨。他们也在以自己的方式，向一种比人类更伟大的力量进行祈祷。

我们还知道，那个疯狂的女孩，还在煽动更多的力量，想用暴力手段将我们消灭，或是将我们赶走。他们人数众多，十分狂热。他们打着真理的旗号，召集了很多热血青年，准备了棍棒、刀具和皮鞭。要是拼人数，我们是比不过他们的。

我们只能凭借法界之力。我们准备了非常丰盛的供品。你一定要知道，任何法界的神灵或是菩萨甚至佛陀，他们定然喜欢那些丰盛的供物。他们有的在乎实物，有的在乎你的态度。无论如何，你的供养要十分丰盛，才能代表你相应的虔诚。你别想供一个铜板，却想得到金山。那不叫供养，那是贪婪。

但就在我们刚画好增业坛城时，儿子捂着胸口，踉踉跄跄，进了屋。

儿子口角流血，面色青紫，很是危险。我做了息灾法事，虽然减缓了许多症状，但我解除不了那恶咒。

夫人入定观察，发现这世上只有一个人能解除那种黑咒。那是一个空行母，名字也叫“班蒂”，我不知道跟莎尔娃蒂说过的那位，是不是同一人？她的外相是一个裁缝。她是一个密修成就的大师，最擅长息灾。她可以延续具缘者已断的慧命和寿命。

夫人告诉我，那位空行母正在吠舍离。那是佛陀第一次接受女众出家的地方。以是因缘，那儿集聚了无数的空行母。

于是，我叫夫人照顾儿子，自己跟女儿一起，前往吠舍离。

第二十六章　吠舍离的妓女

1. 追赶僧团的女子

我赶往吠舍离的时候，步履匆匆。虽然走了多久记不清，但在我的印象中，路途是十分遥远的。

我看到了另一拨同样步履匆匆的人。她们是一群女人，打扮得十分华丽，却显得狼狈不堪。她们来自释迦族的王宫，有着高贵的血统，并亲耳聆听过佛陀的教法。她们已经明白，世间的一切犹如幻化，并泄洪般遁向未知的虚空。她们看破了那种虚幻，不想再混日子了。就像你在《西夏的苍狼》中写过的那个叫紫晓的女子一样，她们不想再混下去了。虽然享受着五欲妙乐，她们却感觉不到一点儿快乐，找不到一点儿意义。她们想过另外一种生活。她们明知道那种生活在世俗人眼中苦不堪言，却仍然义无反顾地走出了华丽的宫门。

我从人群中发现了一个年老的女子，她是佛陀的姨妈，叫摩诃阇波提，意思是“大爱道”。佛陀的生母死后，正是这女子养育了佛陀，她是佛陀真正意义上的母亲。她有着温柔的举止和善良的天性，她是真正能母仪天下的人。在她的丈夫净饭王离世后，她失去了在红尘中混下去的兴趣。她想出家，想远离五欲妙乐，去追随自己心爱的儿子和崇敬的导师。

一天，佛陀来到他的家乡布道，摩诃阇波提和宫中许多女子一起，聆听了佛陀的狮子吼声。清凉的法音震去了蒙在她心头的乌云，她产生了极强的出离心，便想出家。她向佛陀提出了出家的要求，但佛陀拒绝了她。她提出了三次，佛陀拒绝了三次。佛陀说："你们用不着出家。你们只要有一颗清净之心，在家修行，照样能离苦得乐。"

我知道，摩诃阇波提夫人请求出家的那时，女众出家的条件还不具备。佛陀跟其弟子一样，大多时间在行脚，出则荒郊，住则坟地。要是女子这样，会招来无数歹徒的。此外，那时的印度，女子地位低下，是男子的附庸。《摩奴法典》中如是规定了女人的行为："女性幼时在父亲的监督之下，青春期处在丈夫的监督之下，老年时处在儿子的保护之下，女性绝不可任意行动。"要是佛陀收留女子出家，纷飞的唾星会淹没僧团的。

于是，佛陀不准她们出家。

摩诃阇波提召集了几百名愿意出家的女子，想一起去佛陀的住处，向佛陀祈求。但等她们赶到时，佛陀已经离开了。

我看到的，正是去追赶佛陀的释迦女子。她们娇弱的步履溅起无尽的尘埃，模糊了间隔一千多年的历史时空。我听到了她们的吁吁娇喘，看到了她们粉汗如雨。我很是感动。我的女儿当然无动于衷，她正沉浸在仇恨之中呢。她恨那个伤害了她弟弟的女子。仇恨的目光总是很短浅，它当然穿不透千年的烟雨。

我还看到了一个美丽的女子，叫耶轮陀罗。这名字虽然陌生，但我要是换一种说法，你定然会想起她的故事。她便是佛陀出家前的妻子。每当我想到她在某个清冷的早晨，一觉醒来，发现自己心爱的丈夫不知何往时，我的心总是抽疼不已。我总能体会到这女子抽肠碎心般的疼痛。那时节，她只有二十多岁。虽然车匿带来了丈夫已出家的消息，她却总是不死心地等待着。她每天都在保护自己的容颜，用牛奶洗面，用香草净身。她期待着另一个早晨醒来，在枕旁能看到丈夫那张俊美的脸。

她就是在那种期盼中度过了多年。

一天，她听说佛陀成道了，要回到家乡。她很高兴，心中溢满了甜蜜。

那时，她还不明白成道的含义。她觉得丈夫找到了他想找的东西之后，该回家了。就像外出打渔的渔父总是会满载着收获回家一样，丈夫既然找到了他需要的东西，就该回家享受天伦之乐了。于是，她甜蜜的心中溢满了陶醉和期待。

那时，她的手头还有一个宝贝，便是她的儿子。儿子很可爱，有着天使般的品质，洁白的眼眸里贮藏着母亲无尽的幸福。她相信，佛陀定然会喜欢他的儿子。定然是的。她想，佛陀可以不在乎她，但不能不在乎儿子——那是多么可爱的儿子呀。

她甚至相信，在儿子的一声呼唤之后，他便会长叹一声，息了那远行之梦。

她终于看到了梦到过无数次的那张脸，那张脸上写满了慈悲。她很喜欢这慈悲的气息，但她找不到她所期待的东西。她希望看到哪怕一丁点儿的心照不宣的暗示，可是没有。这张脸上的微笑像晴空般纯净透亮。同时，她还听到了一种从来没有听到过的从容安详的声音，其内容她似懂非懂，只觉得清凉无比。

她轻轻地吁了一口气，将目光转向儿子。儿子很听话，真的扑向了父亲。她期待父亲张开双臂，拥抱儿子。她希望他像无数的父亲那样，将儿子举过头顶，发出一种含糊的幸福的呻吟。她当然想不到，儿子在扑向父亲的时候，居然有着另外一种心思。

在距父亲几米远的地方，儿子竟然跪了下去——像无数前来朝拜佛陀的人一样。最令她意外的是，儿子竟然也发出了请求——

我要出家！

我看到，那一刻，她如遭雷殛。

这一刻，我也如遭雷殛，我忽然想到了莎尔娃蒂。我想，莎尔娃蒂经历的相思之苦，定然也不逊于耶轮陀罗。我的心一阵阵抽疼。

我不知耶轮陀罗如何度过儿子离开她的那些日子。直到她也打定主意出家时，我才松了一口气。

我发现她在追赶的人群中很扎眼。她真是美丽无比。路旁有无数的外道望着她们。等他们得知她们追赶佛陀的目的时，外道们发出一声声喝彩。那当然是倒彩。那时的僧侣，大多跟外道同处一个密林或是尸林。你想，即使到了你的时代，若几百个女子像疯了一样追你时，人们会如何看你？更何况，两千年前的那时。那倒彩声，真的是惊天动地呢。

那些女子挥汗如雨地追着。无论她们如何用力，却总是距佛陀和他的僧团有一天的路程。她们的身上溅满了泥泞。她们的头发已散开，在风中彗星般飘舞。她们饿了吃一点零食，渴了接一点雨水。她们追了千里万里。她们追了千年万年。终于在一个时刻里，追进了历史。她们只希望历史给她们一个陌生的名字——比丘尼。

我看到佛陀慈悲的脸上溢满了冷漠。那冷漠是岩浆上面的地壳。他同样听到了沿途外道喝倒彩的声音。他多次听到过这样的声音，其中最大的倒彩声是他将优波离收为弟子的时候。优波离出身贱民，是“不可接触者”。按当时的规矩，贱民踩了贵族的影子，都要处以极刑。当时的人认为，“不可接触者”是世上最不吉祥的生物，跟他们接触，会一生倒霉，甚至堕入地狱。所以，当佛陀将优波离收为弟子时，整个世界一片哗然，一些弟子甚至因此而远离僧团。

这一次，要是佛陀将女人收为弟子，那真是一出更好看的戏呢。

大爱道夫人再次祈请，佛陀仍漠然拒绝。佛陀这样说：你们可以剃除头发，披着无条缝的袈裟，在家清修，一样能得到清净的身心。

大爱道老夫人绝望至极，失声痛哭。几百位释迦女子也失望地抹泪。

这时候，一个僧人走了过来。直到千年后的今天，他仍然受到无数尼众的敬仰礼拜。

他便是阿难。

我去试试。他说。

他走向佛陀。

他一次次地用他独有的智慧和语言跟佛陀交换意见。佛陀先是拒绝，最后首肯了。他制订了一系列非常严格的行为准则之后，允许那些女子出家。

以是因缘，我女儿最敬重的人，也是阿难。

虽然她修的是我传的密法，她常常供的，却是阿难。

2. 芒果树的保护神

我还看到了一个妓女。由于她的存在，吠舍离显出了别样的温柔。那女子俨若天人，盖世无双。没有一个男人能挡得住她的体香，没有一个男人能经得起她的软语。她亮起歌喉时，所有的百灵鸟都会哑了。她的门前有无数的车马，各种身着华服的男子进进出出。

没人不知道她的名字，她叫庵没罗波利，意思是“芒果树的保护神”。她住在芒果林中，那儿离吠舍离约一个时辰的路程——按你们现在的算法，大约有八公里。其住所富丽堂皇，豪华无比。那时节，所有的女人都痛恨这女子，因为她们老是听到丈夫的梦话，内容都跟这女子有关。据说，连那时的国王，都想醉死在芒果林中呢。王后一提这女子，便喷出无量的醋意。

谁也想不到，这个在世人眼中肮脏的妓女，却有着世上最干净的心。一天，她外出时，佛陀行脚到她的芒果林。那时节，佛陀已年过八旬，垂垂老矣。女子听说佛陀来了，她马上从外地赶往芒果林，想聆听佛陀的教诲。佛陀像父亲一样微笑着，向她讲述终极的真理。妓女感到十分清凉，生起了极大的信心。于是，她希望佛陀给她一个机会，让她能在次日中午，供养佛陀和他的僧团。对此要求，佛陀默然受请。

这消息传出之后，同样是一片哗然。无上尊贵的佛陀，怎能接受一个妓女的供养？许多人很是愤怒。他们想了很多办法，最后他们提出，希望由贵族们给妓女十万金钱，来换取这一次供养佛陀的机会。

但庵没罗波利拒绝了。

正是从这拒绝之中，我看到了她无与伦比的高贵。

庵没罗波利将华丽的住处拾掇得无比清洁，并置办了许多美食。她尽了最大的气力，将自己对佛陀的敬仰化为美食和行动，在历史上留下了一个美丽的瞬间。

佛陀接受了她的美食。她接受了佛陀的真理。她终于明白，她的美丽其实是炎阳下的露珠。于是，她向往更永恒的真理。她将自己最心爱的豪华房舍供养给佛陀，作为僧尼们修道用的精舍。不久，她便剃去乌云般的美发，成了一名如法的比丘尼。

按当时流行的说法，这比丘尼，便是我找寻的那位空行母班蒂的前世。

她虽在佛陀住世时就证得阿罗汉果，但她发了大愿：要在无量的大劫里，以女子相度化众生。

我跟女儿跑遍了吠舍离的每一个巷道，去寻找班蒂。据说自佛陀度化她之后，她生生世世虽以女身度众，但不再卖淫，而以缝纫度日。你曾在凉州街头看到过许多的缝纫女，对，就是那种缝纫女。她们露宿街头，烈日当空的时候，她们捂着口罩。但在千年前的印度，人们并没有戴口罩的习惯，于是，风吹日晒之下，班蒂的肤色显得十分黑。

我们走遍了一条条巷道，观察着一个个缝纫女。她们都是寻常的缝纫女。女儿也观察着，虽然她俱足了多种神通，但本质上还是个孩子。不经历人世的沧桑，孩子永远只是个孩子。

我终于在一个缝纫女身上发现了神奇。那所谓的神奇其实是很容易忽略的。我发现所有的女子在线断之后，都要用手去接。只有那个瘦弱的女子，只用眼睛一扫，断线便连成了一体。

我上前去顶礼。那女子冷冷一笑，说，施主，你何必行此大礼?

我说，班蒂空行母呀，我终于找到你了。

女子道，你找我做啥?

我于是讲了儿子的事。她冷笑道，这世上，有一种规律，叫自作自受。没人能逃脱这一规律。你儿子做了的，还得你儿子去受。

我知道她说得很对，没有为儿子辩解。要知道，在面对这类空行母时，任何辩解都没有意义。我只是忏悔，既代我儿子忏悔，也忏悔自己教子不严。此外，我只是希望她发菩提心，解除我儿子的寿难。

她的脸色才渐渐和缓了。

她入定片刻，观察了一阵因缘。她说，你儿子的寿难，非寻常寿难，也非寻常解药可治。她说，我得去那灵山脚下，找一个巨大的石头。那石头中，有一个千年没见过太阳的金蟾，它的肚子下，捂着三粒冰雹。我必须杀了那金蟾，将那冰雹装入金蟾腹中，带回来给你的儿子吃了，他的寿难才会解除。只是，你儿子的时日只剩下百天了，在百天之中，我既要赶到那儿，还要破开石头，更要赶回来，我不知时间够不够用?

望着我一脸的沮丧，她安慰道，你也不用担心。尽力吧。你可能不知道，你的儿子，也曾三次当过我的儿子，我跟他有缘。他的事，我非管不可。百天之内，我会找到你家的。

说完，她便离开了我们。

3. 毒蘑菇的助缘

我叫女儿回家，跟她妈一起，守护弟弟。

我则在吠舍离继续寻找奇人。我想，多一位奇人的保护，儿子便多一份安全。你也许能理解做父亲的心。

我真的在吠舍离发现了一些奇人。我看到一个没头的人，他的眼睛是两个乳头，他的腹内传出诵经声。我甚至能听出那是《大般若经》。我还看到一位奇人，他的心口处有一个木塞，拔下那木塞，就能看到他心轮上的佛国。他点灯时，根本不用火柴，只消拔了木塞，一束光明就会激射而出，点亮灯烛。而另一个奇人的胸前挂了一面镜子，任何人都可以从镜中看到自己的未来。你要是觉得不满意那未来，就可以走入镜子，修改那情节……还有很多，我不一一说了。你别问我是不是真的，我眼中，已没有真的了。一切皆真，又一切皆幻。

我向他们乞求保护我的儿子，他们都说因缘不在他们那儿。

但那个胸带宝镜者却答应让我回到我的过去。他没有要我的金子。他说在千年前的某一天，我跟他同在一个僧团，以是因缘，他不要我的任何东西。

我进了那镜子。

我发现自己行进在前往千年前的吠舍离行伍中。跟我同行的，还有许多僧人。我看到两树间有一张吊床，床上卧着佛陀。看上去，佛陀已经很虚弱了。那时节，他老是说：阿难，我背疼。每当看到这时，你总是会流泪。这是《阿含经》中常见的内容。你虽然也喜欢神通广大的佛陀，但你更喜欢这位虽为背疾困扰但仍在行脚教化的老人。

我看到阿难在流泪。那时他还没离欲。他老是担心佛陀会离开自己。他像没成年的孩子那样，最怕佛陀不告而别，辞世而去。望着佛陀，阿难流泪不止。他说，佛陀呀，你患病的那时，我最怕你离开我们。不过我想，佛陀绝不会不留下最后的教言就离开我们的。正是这一点，才伴我度过了那段可怕的日子。

那时节，我也有着同样的心绪。每次想到佛陀终究会离开我们，就觉得日月无光了。我不能想象没有佛陀的日子。我想其他僧人也定然这样，他们的眼中满是期待。他们当然希望佛陀能永久住世。但他们同时明白，这世上，只有永恒的真理，没有永恒的生命。

佛陀慈爱地望着阿难，也望着我们。他当然知道我们的心思。那时节，佛陀说了很长的一段话，它既保存在巴利文《大般涅槃经》中，也保存在我相对永恒的记忆里。

垂老的佛陀越发显得慈爱无比。他的声音越加祥和，仿佛黄昏时日光的轻拂。那是吠舍离最难忘的一段时光，佛陀在此留下了最后一次开示。

佛陀的声音和缓而温柔。他说，阿难呀，你们虽然希望我留下最后的遗教，好指导你们脱离苦海，直达涅槃之城。我理解你们的心。要知道，我的真理已或隐或显地全部讲给你们了，我没有一点点的隐瞒。在对真理的弘宣上，我没有一点儿吝啬之心。

阿难，世上有人会认为自己能够成为僧伽永远的依怙，我可从来没这样的心。要知道，如来的色身也是无常的。现在我年已老，体已衰，寿命渐尽。我的身体像一辆破车那样快要散架了，即使我勉强地护理，也使用不了多久了。阿难呀，如来的身体尚且如此，你哪能找到永远的依怙呢？

阿难，要以自己的真心为明灯，要以自己的真心为依靠，不要依靠外物。要以真理为依靠，不要依靠其他无常之物。只有以真理、真心和佛法为依托时，你才会有真正的皈依。此外，世上找不到真正的能永恒依托之物。要安住真心，精进行持，你才有可能到达安乐之彼岸。

但佛陀的开示，仍然解除不了阿难的惶恐。那时节，阿难还没有离欲，一想到佛陀会永远地离开他，他便会痛苦地流泪。他不敢想象没有佛陀的日子。是的，没有太阳的天空还算天空吗？阿难的泪不停地流，不停地流。佛陀于是想，连常在身边侍奉的阿难都这样，那些入佛门时日无多、修证尚未窥到门径的比丘，会是怎样地不知所措呢。于是，佛陀叫阿难召集吠舍离附近的所有比丘，进行最后一次开示。

于是，吠舍离以佛陀的最后一次转法轮而为历史铭记。

佛陀说，诸比丘，我在三个月后将要入灭，我所说的法，你们要善思、善修、善行、善传，以便法轮久住，利益无量众生。要知道，世间诸法，皆是因缘和合之法，没有永恒的本体，它们是定然会坏灭的，不可执著。现在，我的寿命将尽，终将会离你们而去，你们要依靠自己的真心，精进修持，守持戒行，思维真理，就能超越轮回之苦，证得寂静之乐。

我看到佛陀慈悲的脸上充满了期待。

为了纪念佛陀的最后一次集中说法，多年之后，孔雀王朝的阿育王在这儿竖了一个石柱，高约丈余，顶端有莲花，莲花上蹲着一只狮子，面向西北方，威风凛凛地发出吼声。这石柱已矗立了两千多年。由于其工艺极美，超群绝伦，引起后人无穷的猜测。那些学者甚至认为，当时的印度，不可能有如此高水平的雕刻。

吠舍离的风卷着落叶。高远的天空上，有一轮白日在风中瑟索。

不久，一个铁匠得到了一些很美丽的蘑菇。他舍不得吃，要供养佛陀。佛陀不忍拒绝铁匠的好意，就随缘应供，但他叮嘱别再叫其他僧人吃。此后，佛陀就便血了。我发现铁匠懊悔万分，佛陀安慰他说：这世上，有两种人功德最大，一种是佛成道时供养他的人，一种是佛涅槃时供养他的人。

借着这次毒蘑菇的助缘，佛陀示现了涅槃。

4. 耶舍尊者

在那面能够穿越时空的镜子中，我看到了一位老人，他便是耶舍尊者。他是上座部的长老，德高望重，成就非凡。他净守着心中的觉悟，走了过来。

跟着那老人的脚步，我看到了吠舍离的地貌。我发现，它是一个平原上的村庄，天高云淡，一马平川。你也许听过一部史诗，叫《罗摩衍那》，书中有个善良的国王吠舍罗，便是吠舍离人。

吠舍离虽是古印度的六大古国之一，但我看到的它，早已没了往日的繁华。它更像一个草原，昔日的辉煌早化为遗迹了。这儿古遗址很多，但没人在乎了。驴子们在草地上吃草，为了防止它们逃远，主人将缰绳拴在它们的腿上。这样，它们就只能低头吃草，很难奔驰了。

耶舍尊者也看到了那些驴子。他想到了世上无数被欲望的缰绳拴着的驴子。那缰绳，多像轮回啊。

老人走过一个巨大的水池，长方形，水很清，倒映出天空的白云。微风拂过，水起涟漪，透出无穷的清凉。这里曾来过许多国王，他们在当国王之前必须行加冕礼。他们先在池中沐浴净身，并涂抹香油，经加冕之后，他们才有了为世俗认可的合法权利。

老人看到了一座佛塔。那只是一座小砖塔，很像一个覆钵，约有两丈多高。老人向佛塔合掌顶礼。我知道那便是佛的舍利塔。一百多年前，八个国家分取了佛的舍利，离车族也得到了一份。他们就在此处建塔，供养佛舍利。老人并不知道，多年之后，这塔也会毁于战火。他更想不到，千年之后，佛教也会在这块神奇的土地上濒临绝迹。

老人又向另一个小塔顶礼。这便是阿难舍利塔。佛陀入灭后的多年里，阿难也是行脚四方，传播真理。一日，行到某处，听到一沙门正在诵经文，经文义理混乱，错误百出。阿难纠正，却叫那沙门抢白了一番，嫌他老糊涂了。阿难便想：众生愚昧难化，正法不能清净。以前诸多的同修大多入灭，只剩下我老朽一人，与其讨人嫌，不如入灭吧。于是，他离开行化的摩揭陀国，想渡过恒河，到吠舍离去。不料，两国国王闻讯，在恒河两岸各布兵马，都想请阿难到自己国家去圆寂。阿难怕引起战火，遂使神通，飞在恒河上空，用三昧真火，自焚其身，更将舍利分为两份，一份落于摩揭陀国，一份落在吠舍离。吠舍离国于是建塔供养。

老人又走过一个水池，那便是佛经中讲过的猕猴池。佛陀曾在此宴坐禅定，诸猴很是高兴，大家一起努力，用爪子掘地成池，供养佛陀。一只猴子更取了佛陀的钵，到树上取了蜂蜜供养佛陀。佛陀应供之后，猴子很是开心，上蹿下跳，不料失足，落地而死。但因供养的功德，其神识马上升天，成为天人。

最后，老人的步履停在一座巨大的僧院前。

他看到了一件他不想看到的事，一位僧人竟向信众要钱。僧人在钵中盛了水，告诉人们，只要把钱放入水中，便是净施，就会得到巨大的福报。

老人愤怒了。

因为在佛陀的戒律中，是绝对不允许僧人收受金钱的。

老人步履匆匆，走向四方。他批评了那些明显犯戒、收受金钱的僧人，却受到了很多人的嘲弄。他还发现了十件不可饶恕的事。佛教史上，称之为“十事”。

在耶舍尊者的倡议下，七百多位僧众来到吠舍离，进行了佛教史上的第二次结集。上座部的长老们将所谓“净施”等十件事判为非法，但那些一般僧众却不服气。从此以后，佛教分成了两大系统，一个是“西方上座部”，另一个是“东方大众部”。

这是佛教历史上第一次大的分裂。从此之后，佛教进入了部派时期。朴素的原始佛教，渐渐淡出了人们的视野。

5. 不死之药

我在吠舍离寻觅了很多天，虽然见到了一些奇人，却没有找到真正能解除我儿子寿难的人。

我只好回了家。儿子仍是萎靡，一副失魂落魄的模样。女儿很愤怒，时不时就咆哮不已。她很想去复仇，但我和妻子劝阻了她。我想，时下，首先应该做的，不是复仇，而是救儿子的命。

我陷入了巨大的焦虑之中。这是我近些年从来没有发生过的事。儿子的病，占据了我生命的时空。

在遇到此事之前，我还以为自己修行有成了。自司卡史德为我开示心性后，我一直觉得能控制自己的心。我甚至将那种安详当成了成就之后烦恼的息灭，没想到，一遇到事，我仍是把持不住自己的心。这一事实本身，很是让我难受。

我一直在做息法火供，希望能息灭儿子的命难，但我发现收效甚微。儿子有种被抽干了精髓后的萎靡。他木木地坐着，眼珠许久也不见动一下。以前那个调皮骄傲的儿子不见了，只剩下一个活死人——这个词让我的心一抖——似的躯壳。

除了做一些息法火供外，我们一家都在焦渴中等待班蒂空行母的到来。

那时节，忧愁和焦虑笼罩着我们一家，我这才真正体会到那“红尘如火狱”的说法。我昼里夜里都想着儿子的病。我想，我不能没有儿子，我不能眼睁睁看着爱子萎靡而死。我拼命修我以前求到的息灾法，但因为失却了心的清净，所有的修法都没有感应。妻和女儿也做着息灾火供，家里老是乌烟瘴气，更增添了心的热恼和烦闷。

但很快，我的幻想就被打破了。

班蒂空行母倒是真的找来了药。她渡过九十九条河流，翻过八十八座大山，终于找到了能解除寿难的不死之药。它藏在一块从亘古的大荒里留下的石头里。那是像金刚座一样坚硬神圣的石头，有着花岗岩的坚硬，有着钻石的尊贵，也有着水晶的玲珑。那石头没有缝隙，浑若天成。石头中间有个洼处，洼处有一只金蟾。那金蟾常年禅定，已定了亿万年之久。金蟾的腹下，是三粒冰雹状的不死之药。

听说，能打开那石头者，必须是证悟了空性的圣者。在圣者眼中，无论是花岗岩还是别的，无不如梦如幻，毫无实质。当世间的执著消解于圣者的智慧，且因缘俱足时，那石头才会被打开。

就这样，空行母得到了那三粒不死之药。

空行母将药装入金蟾腹中，持着宝瓶气，日行千里而来。她找到了我的村庄。但那天因缘不顺，我们正好去了一家神庙许愿。以前，我是从来不做这种事的。我眼中，所有求神许愿者，其实是一种执著和愚痴。但自打儿子病了后，我也变了。我发现，有所爱，必有所痛。佛陀提倡僧侣出家，自有其用意。自打我有了老婆——哪怕她有着“奶格玛”的标签——我便有了世间的许多烦恼。

你当然能理解我的心情。

由于这个原因，空行母没有见到我们。

我不知道，要是她找到了我，救了儿子，我的生命会有怎样的变化？

是的，你可以这样追问：我的儿子要是不死，我的女儿要是没有后来的灾难，我的家庭要是没有后来的变故，我是不是还是你所熟知的那个琼波浪觉？

世上的一切，都在变化。有时候，一件小事左右的，可能是整个人生。

许多时候，世界历史的改变，甚至也源于一件件小事。

你不是老讲那个故事吗？某次大战前夕，马夫去给国王的坐骑钉掌，由于马夫性急，一枚钉子没钉好。战事正炽时，马掌脱落，国王因马失前蹄，摔下马来。士兵们以为国王阵亡了，就四散溃败。兵败如山倒，该国因此灭亡，世界史也从此改变了。

是的。许多事，就是这样。千里之堤，也溃于蚁穴呢。

我想，要是没有那变故，我定然会沉浸在温柔乡中不能觉醒，我定然会以为自己已找到了究竟真理——要知道，找到究竟真理的含义是改变自己的心和行为，而非仅仅是道理上的明白。虽然那诸多的空行母为我讲述过许多真理，但要是它们不能在我的生命中放出光明，照亮我的人生，那么，一切的所谓真理，就仅仅是一种知识。一个人无论掌握多少知识，要是那知识不能成为他的智慧，他就仅仅是个书橱或图书馆。无论多大的图书馆，在一场大火之后，都会成为一片废墟。那大火，可能是贪婪，可能是愚昧，也可能是仇恨。所以，老先人说："火烧功德林。"

由于遗忘的存在，那所有能够放入你心中的知识，也会在某一天离开你。只有当知识化为智慧，成为你无法离开的呼吸时，它才会融入你的生命体本身。

所以，对于我的一生来说，空行母的那次错过，很难说是一个悲剧。

6. 狮面空行母

你顺着我心灵的净光，跟我进入那个时空。

是的。你看到的那个相貌十分丑陋的女子，便是班蒂空行母。她也被当地人称为狮面空行母。后来，在流行于藏地的唐卡中，你会看到那形象。她是许多成就者的大护法，在日后某一天，她也会像小女子对待主人那样听命于你。你别被她的外相迷惑……是的，她显得很凶，但那凶其实是一种无畏的情怀。是的，她显得丑，但那美丑的概念其实是人们的分别心。在我眼中，她确实像天仙一样美丽。在无数被她拯救了性命的人眼中，她是光彩四射，美丽无比的。

她属于世间空行母。当然，这并不是说她不能证悟空性，而是说她发愿以世间空行母的形式利益众生。

她正走向我们家。

瞧，那个隐藏在美丽林阔中的木屋，正是我那时的家。

别问我它是不是真实存在，对于那时的我，它当然是真实的存在。但对于我们此刻的叙述，它仅仅是一种记忆。

要知道，世上所有的存在，都会化为记忆。

至今，对那个木屋，我还是心存感激。虽然在我的生命中，它代表一种过去，而且，这过去在世上许多人的眼中，是一种负面的经历，但它何尝不是促使我明白的另一种助缘？没有这段经历，我便不是琼波浪觉。同样，没有你被别人诋毁的那些经历，你也不会成为雪漠。

有一天，你的妻子会对你说，你是世上最“恶”的男人。她会说，她二十多岁时，你叫她等待；她五十岁的时候，你仍然叫她等待。你会说，这是你的选择。你选择的，并不是一个不需要叫你等待的人。她选择了雪漠，也就选择了雪漠的全部。是的。真是这样。同样，你的弟子选择你的时候，也等于选择了你的全部，他们选择了你的荣耀和辉煌，也同时选择了别人对你的诋毁。这光明和黑暗的两面，构成了你的全部人生。

同样，我也一样。当你面对琼波浪觉时，其实是面对着我的全部人生。你选择我做你的上师时，也选择了我的全部。这全部，就包括了我在木屋里的那段人生。虽然那是我很遗憾的一段时光，但你要知道，许多时候，我其实别无选择。

我们接着看那净光。

你瞧，那狮面空行母遇到了仇人家的女子。

空行母问，你知道琼波巴一家去哪儿了吗？

那女子撒谎道，他们一家去尸林了。他们的儿子三天前去世了。他们去送尸。

空行母一听，失望地大叫，我来晚了。她懊恼地扔了金蟾。

那金蟾划着弧线，才到空中，就被环伺的非人吞了去。

在当时的印度，老是发生这样的事。那时节，世上流行密教，也流行很多传说。你当然也可以将我的经历当成一种传说。有时候，传说便是真实。当许多真实存在过的生活场景消失之后，传说便占据了时空。传说其实比真实的生活更真实，也更有力量。要是一种生活没能成为传说，对于世界来说，它便没有存在过。世上流行和能够传下去的，只能是传说。它以口头、文字或是影像等多种形式，以“传说”的形式，承载着一种逝去的存在。

你同样别问那金蟾的真实与否。这世上，传说便是真实。我当然没见过那金蟾。但狮面空行母说她见过，便是见过了。

世上许多人也没见过狮面空行母，但你见过，同样也便是见过了。

难道不是吗?

记得某一天，一位记者说你在《大漠祭》中的那些方言不一定准确。你说：不管准确不准确，以后就以我的为准了……呵呵，确实是这样。凉州的诸多存在消失之后，能留下的，只有你的文字。世人是找不到逝去的存在的，他们能找到的，只是你的文字。他们当然会以你的文字为准。

那金蟾和不死药的故事，也是这样。

若是有人要问，它们是真的还是假的?那问者定然是个愚人。因为智者都知道，这世上的一切，都是一个巨大的幻化游戏。那生者，那死者，那流动的一切，无不示现着一种飞快消逝的虚假。一切，终将成为记忆。大部分被遗忘了，留下的，就成了传说。

7. 信仰殿堂的倒塌

后来呢?

后来，是一连串的血腥。班蒂空行母追杀那女子，那女子的家族进行了复仇。冤冤相报，血腥满天。我最心爱的女儿，也死于一场相互的诅咒中。

关于那诅咒，你已经留下了许多文字。你当然熟悉那些诅咒的仪轨。记得你说过，虽然不同的教派有着不同的诅咒，但其实质，多是借助某种神秘的仪轨，激发行者心灵的仇恨，调动宇宙中跟它频率相若而能达成共振的暗能量。这当然是你的解释。我知道，你的解释是一种顺世的方便。你会想，既然科学家承认宇宙中有百分之九十六的暗物质和暗能量，你就不妨这样来解释。但要记住，世上所有的解释——包括科学和宗教——仅仅是一种解释。解释永远代替不了真相。解释的作用是帮助人们了解真相。解释不是真相。每个人的心中可以有不同的解释，但真相是无相的。那真相，也叫实相。

记住，能说清楚的，永远不是真相。

真相是永远说不清的，但你可以用智慧接近它，甚至融入它。

对于那一场场血腥的诅咒，我有着噩梦般的记忆。

先是儿子死了。

儿子死得很惨。他面如黑炭，骨瘦如柴，弓着身子，抽搐多日，才断了气。

妻哭得也差点断了气。

虽然妻有着天人般的容貌，很像我心中的奶格玛——在儿子被诅咒之前，我一直将她当成了奶格玛。你要知道，我心中的妻，其实是我按自己的心灵需要塑造的。

在你的生活中，不也老是遇到这种事吗？那些善于幻想的女孩总是将骗子和小人塑造成心中的艺术家和修行人。骗子们四体不勤，五谷不分，更不靠劳动养活自己。他们的生存，完全依托女孩们的辛勤劳动。那些可爱也可怜的女孩，以为自己在为艺术和信仰做着贡献，但她们根本不知道，她们用青春、生命和爱情——更有将对方对自己的控制和占有当成爱情而陶醉自慰者——供养的，其实是一个懒汉和骗子。要是再遇上一个没有理性的暴徒，或是那女子发现了欺骗却不能自我救度，再或是由于发现真相、抑郁入心，进而恶病缠身、丧失健康，这一生也就白耗了。你眼睁睁看着那些充满向往的女子，正扑向打着“信仰”和“爱情”旗号的骗子怀抱，你心痛如刀绞，却徒唤奈何。你知道，在被“信仰”和“爱情”美酒冲昏大脑之后，她们是连爹妈都不要的。你纵然吼破嗓门，也无济于事。待得真相大白，生米已成熟饭，儿女绕膝，沧桑入心，只能自认命苦，自咽苦酒。或有不甘心者，便选择了离婚，将命运苦果抛给可怜的孩子。

这世上，总是充满着这类遗憾。这遗憾，也成为佛陀发现的真理“有漏皆苦”的最佳注脚。

是的。那时的我也一样。在那时的我眼中，奶格玛光彩四射，智慧无双。我甚至将她的一句句寻常话也当成了智慧妙语。我和她进行着自以为是的双修，还修出了一对可爱的儿女……呵呵，你别笑。

在儿子病了之后，我才发现，这奶格玛，并不是我找的奶格玛，因为她并没有离欲。她为儿子被诅咒而痛苦无比。她为盼望儿子康复而望穿双眼——她也做了许多祈福禳灾的火供。因为我也这样做了，倒没觉得她有啥不妥。我仅仅是觉得，她似乎有些控制不了自己的心。

但在儿子死了的那天，我却对她产生了怀疑。儿子刚一落气，她便扑上前去，发疯般地撕扯儿子，想扯回他逝去的生命。你知道，这是不对的。这时节，她应该做的，是安静。儿子需要安静而有尊严地离去。这时，任何作用于他肉体的行为，对他来说，都近乎屠杀。他虽断气，但神识还未离体，每一次被触动，都如刀割，痛苦无比。而那痛苦，定然会让他生起嗔心。而那嗔心，是会感召他堕入地狱的。而我的妻子除了撕扯，还大声哭叫，泪水流溢在儿子身上。这一切，都是让儿子堕入恶趣的恶缘。

若她真是奶格玛，不会不知道这一点。

我还想，她若真是奶格玛，绝不会这样失态。她的失态，是因为心没能自主。要是心不能自主的话，她还会是奶格玛吗？

那一刻，我的心中翻江倒海。对我来说，这一发现给我的打击，比死了儿子还重。

我花费了多年生命找到的奶格玛居然不是奶格玛。

于是，我万念俱灰。你想，还有比信仰殿堂的倒塌更可怕的事吗？

就在那种幻灭之中，我将僵硬了的儿子送进尸林。当那些狼吞食了儿子的尸体之后，我忽然有些恍惚了：我是不是真的拥有过儿子？

8. 可怕的魔桶咒法

再后来呢?

再后来，我像你常常提到的那个托尔斯泰一样，逃离了自己的家。

需要强调的是，我的逃离，首先源于我的发现。在发现那虚幻的同时，逃离便产生了。

我梦游般离开了那个村庄，万相虚朦，我也虚朦。虚朦的我，离开了虚朦的世界。但怪的是，我同时又觉得，自己并没有离开啥。在那个瞬间，我忽然发现，自性的本质，其实是无来无去的。

要知道，真正的逃离有两个阶段：一是发现虚幻，二是开始寻找。

我又开始了新的寻找。

对于那个奶格玛来说，这也许有点残忍。但我告诉她，待我找到真正的奶格玛之后，我会首先来度她。

我不知道，她是不是也会变成另一个莎尔娃蒂?我同样不知道，要是我真的跟莎尔娃蒂结了婚，会不会掉入另一种意义上的魔桶?

当我开始寻找的时候，司卡史德找到了我。

她告诉我：上师找到弟子的前提，是弟子已经开始了寻找。在我放弃了寻找的那些日子里，她也是不想找我的。信仰只存在于寻找信仰者的心中。所以，老祖宗说："佛不度无缘之人。"

她告诉了我真相。我才知道，我陷入的，是一种可怕的魔桶咒法。在上师的智慧之光的映照下，我发现，跟我生活了二十二年的奶格玛，其实是一个寻常女子。我跟她的双修，也是一种打着信仰标签的欲望。后来，我没有像奶格玛那样成就虹身，就是因为这段时间漏失了太多的明点。

在那咒法的魔力中，我营造了自己貌似信仰的生活。

在那可怕的魔桶中，我度过了二十二年的时光。跟那个"一枕黄粱"不一样的是，那人梦中的几十年，仅仅是一顿饭的时间。这就是说，那人虽然有了几十年的梦幻经历，却没有浪费生命。而我在魔桶中度过的，却是实实在在的二十二年。

在我一百五十岁的寿命里，当然也包括了这二十二年。幸好有司卡史德上师，我才终于逃出这个魔桶。要是逃不出魔桶，我的一生就耗尽了。据说，以前进入魔桶的人，都没有再出来。他们在貌似信仰的魔桶中，耗尽了自己的一生。

至今，仍有无数的人，生活在魔桶之中。

雪漠，我的孩子，别这样望我。

你不能按你作家的意愿来要求一个古人。

要知道，那时，我是不知道莎尔娃蒂的心事的。我的心已叫魔桶生活填满了，再也容不下过去。这当然很可怕。但许多时候，我们是不能左右自己的。我们总是被命运的某种惯性裹挟，像滚下山坡的石头那样身不由己。

许多时候，我甚至也将那奶格玛当成了莎尔娃蒂。

你当然可以用埋怨的眼神看我，但你应该知道，你无法改变过去。同样，你也改变不了未来。你能把握的，只能是一个个当下。

你当然读出了莎尔娃蒂的痛——我的心也在痛呢。虽然那痛早已成为过去，但每一念及，我的心仍有一种抽丝般的疼痛。但要知道，正是那份痛，构成了我生命中的巨大诗意。

同样，那些能读懂你文字的朋友，也定然会产生相似的感觉。那份痛，还可以换成另一个词：感动。

9. 最殊胜的咒子

司卡史德对我说，那魔桶，虽因外力的诅咒而显现，但其实质，仍源于自己的无明。那些自作聪明者，总用一种貌似信仰的理由来欺骗自己。那空耗生命的魔桶，便由此而生了。

在魔桶中，你用自己的貌似信仰的聪明，重新创造了那个女子。她的一切，其实是你的期待。这世上，许多人找到的寻觅，其实已被自己的期待异化了。

记住，切勿将生活中的女子，当成你的向往对象。信仰的本质是向往。能让你向往的对象，必须是不可亵玩的存在。

信仰必须是升华的爱。没有升华，便没有爱。

儿呀，千万不要把你寻觅的奶格玛，当成是寻常女子；更不要将寻常女子，塑造成奶格玛。奶格玛就是奶格玛，她其实是一种不可亵渎的存在。

日后，你的修炼达到一定境界时，你会需要明妃。那时节，我可以当你的明妃，但奶格玛不可。因为，要是你跟奶格玛过于亲近，会损伤你对她的敬仰。益西措嘉的勇夫阿扎拉沙雷，虽然根器很好，就因为跟上师过于亲近而生了轻慢之心，最终没能证得大成就；密勒日巴如月的弟子惹琼巴，根器很好，就是因为跟上师过于亲近，一再违背上师教言，虽苦修一生，仍需转世再修。

儿呀，对奶格玛，你不要太过于亲近，只需敬仰，只需祈请，心中不要离开“奶格玛千诺”。上师是太阳，你离得太近，会烤坏你；你离得太远，又得不到智慧的光照。你跟她的距离，要恰到好处，能亲近，但不可亵玩。

儿呀，在所有修行人中，最易得度者，有两种人：一种是上智之人，一种是下愚但虔诚之人。上智之人只要精进修智慧瑜伽，就能证得实相得到解脱，许多大手印成就者就是这一类；下愚之人虽然智慧不够，不容易明心见性，但他们的所谓“愚”，其实是一种执著。当这种执著变成虔诚时，就容易契入虔信瑜伽，有善缘者也能见到实相，稍弱者也能因信得度。

所以，对奶格玛生信心者，也会是这两类人。上智之人容易明白了义，持念“奶格玛千诺”，容易跟上师相应，并得到上师果位证量的加持，明白实相，见到空性，契入大手印，最终证得究竟。那所谓的下愚之人其实并不愚，许多时候，这种人其实也是上智之人，但因其不愿用世人所谓的谋略和心机，便被讥为“愚人”，却不知他们是真正的大智若愚。他们不愿投机，不愿取巧，不愿算计，不愿走捷径，而一味老实用功。他们能督摄六根，净念相继，因为净信，祈请上师，因信生定，由定生慧，或见空性，或得往生。儿呀，你虽是上智之人，却一定要效下愚之行，扎实用功，多念诵“奶格玛千诺”，才能跟上师相应。要知道，无上师便无成就。

儿呀，许多时候，信比啥都重要。没有信，就没有宗教。所以，我将那些有慧无信者称为狂慧。表面看来，那些狂慧者缺的是定力，其实他们缺的是信力。因为真正有信者，是很容易得定的。所以，多祈请上师，多念“奶格玛千诺”，胜过修千万座禅定。因为千百年来，因信得度者多如牛毛，而修禅的外道却照样执幻为实认假成真。他们哪怕证得了四禅八定，照样改变不了他们的外道本质。所以我说，念“奶格玛千诺”一句，胜过修千万座禅定。

儿呀，你也许会问，我为啥不叫你念“司卡史德千诺”？告诉你，虽然表面看来我跟奶格玛有显现上的不同，其实我们是一体的。所有名相上的差异，在证得究竟者眼中，都是一味的。所以，当你念“奶格玛千诺”时，也等于在念“司卡史德千诺”，自然也会得到我司卡史德的加持。同样，在后世的你的传承者中，当我们在安排法位的接班人时，有时是以奶格玛的形象出现，有时会以司卡史德的形象出现。我们名相虽二，其性为一。明白吗？

另外，告诉你个修证秘诀：当你修智慧瑜伽不得要领时，或者说难以相应时，你就修虔信瑜伽。换句话说，当你修本尊很难相应时，你不如多祈请上师。因为虽然从了义上看上师本尊本为一体，但有时候，因为行者的分别心作怪，总在不经意间将他们二元化。若将上师跟本尊看成两个不同的个体，是很难相应的。要是遇这种状况，你就多祈请上师。所以，“奶格玛千诺”应该像空气一样融入你生命的时空。

不过，虽然你时时行虔信瑜伽，但你一定要明白，当你认知真心并证得空性时，你跟上师和本尊就无二无别了。在许多教法中，将这种行为称为“胜解作意”，但这个词，仅仅是非常勉强的一种表述，真正的行为不是“作意”，而是“坚信无疑”，甚至是“本来如此”。

儿呀，你跑遍整个印度，你找到的所有教授，也不会比我说的这些更为殊胜。

不明白此理者，就没有契入真正的密乘。

所以，你一定要告诉你所有的弟子，只要念诵“奶格玛千诺”或向我祈请，一定会得到我如影随形的加持。跟观音菩萨的循声救苦一样，这也是我发的金刚大愿，直至轮回未空，我的愿力是不会消失的。

于是，在你的《光明大手印·实修心髓》中，你记下了司卡史德空行母的这一大愿：“在香巴噶举的教法中，司卡史德是和奶格玛空行母有同等地位的具德上师。她与香巴噶举有个大因缘，得其加持而成就者不可计数。她传下了空行心滴‘司卡六法’，上根者闭关八月即可成就。此外，她曾发愿，帮助虔诚弟子成就，每遇虔诚祈祷，无不全力成办。”我说过：“具缘弟子，凡殷重乞请，或七天，或百日，必能亲见智慧空行母。”

是的，上师。在实际修证中，祈请奶格玛和司卡史德其实一样，我从来不曾将自己和她们分开过。所以，我觉得总能跟她们相应。许多时候，一种大善就是这样熏染而成的。

第二十七章 莎尔娃蒂的相思

1. 独自在寂寞里

亲爱的琼，虽然我没法将信带给你，但我还是忍了疼痛，坚持给你写信——就当是一个孤老婆子的朝圣之旅吧。

我觉得我老了，至少，我的心老了。我觉得自己走不动了。

半夜里，我又被梦中的诅咒声和抖狗皮声吵醒了。近来的噩梦中，那些咒士老是入梦。在梦里，他们总在抖那张狗皮，声音很是难听。

这段日子，老是这样。心境惨淡。

下雨了，就凝了神，听那夜雨打瓦的声音。

又是一夜风雨，催我泪下，沾湿了耳边的枕巾。那熟悉的雨声，越敲越紧，我有些恐惧。记得不？就是在这样的雨中，你曾忘情地为我唱过一首忧伤而美丽的藏歌。

偶然间想起昨天的故事，我又禁不住泪流满面，无力的双手捻起思念的长线。吾爱，你在他乡还好吗？

也是在这样的雨季，在这样的雨中，我曾眯着笑眼，咀嚼着甜甜的玫瑰花瓣，度过那段最快乐最幸福的时光……无法说出的感觉，飘在夜半的雨里。

暮色苍茫，飞雪飘零，踏着一路萧瑟的寒风，我独自在寂寞里辗转徘徊。

心爱的人，你为什么还不回来？难道要我化成雪夜的一株寒梅？我的梦里不会出现你的柔情，我的眼里可还有一丝温柔为你等待？心爱的人，想起你，就会让我想起一些歌，想起你我相处的岁月，在片片回忆里，我勉强地活着……

我是飘零在夜中的一朵雪花，一路寻找熟悉的影子，一路思念，一路展望……

你是我心底深刻的烙印，你是我眼中唯一的身影，你是我梦里重复的故事，你是我耳边辗转的叮咛……你走了，你总是让我等，这样渺茫的守候到何时才是尽头？吾爱，我这一辈子是不是就像金丝鸟那样被关在精美别致的笼子里，一生等候，永远孤独？！

2. 流放的引子

琴声悠扬地荡漾在除夕的夜，雅静，忧伤，仿佛在为我心头凝结的思念作一曲流放的引子。

心如断线的风筝，飘飘荡荡，随风起落，牵扯着心弦上的风景，很是沉重，很是伤痛。暮色里，遥望苍穹，月如钩，星如碎银，似乎都为思念所累，一派忧伤、孤寂，和着我相思的泪痕，一切都在长长的等待里坐化。

吾爱，你也想我吗？你能不能心有灵犀跟我说句温馨的话？

暮色中，我偎依着那间亲切的小屋，心中却一片空白，那漆黑的窗户犹如你憔悴的眼……莫名的怅惘，令我心中一片苦楚，泪水决堤似的汹涌而来。离开了你，我几乎做了寂寞的俘虏，一口清淡的茶都无心思咽下，只有紧紧靠住这温馨的小屋，才会感到一点点安慰。这间小小屋啊，你曾凝聚着我多少梦幻、多少深情！在你的微笑中，我度过了二十多年的相思，在你的臂弯里，我欢笑，我哭泣。是你，为我遮挡了世俗的风风雨雨，是你，为我舒展了青春的长发。

我的小屋啊，你与我息息相通，不管人心如何变迁。寂寞时，只有你默默陪伴我，给我依靠，给我温暖；孤单时，我只对你诉说心声。小屋啊，你的怀抱溢满斩不断的柔情、无法拒绝的温馨。纵然在雪花飘飞的冬季，你也灿烂如昔。我忘不了你的眉、你的眼、你的沧桑和改变。小屋，你永远微笑在我的生命里！

3. 彷徨的心灵

这等悲凉，这等缠绵，窗外飘的是清明雨。

疼痛已成了我摆不脱的梦魇。

忍着肉体被撕裂般的疼，我从屋里慢慢踱出来，心中冷清。每当飘起这断魂的清明雨，我便是雨中断魂的人。步入雨帘，凝眸四顾，我在雨雾里找寻你的精灵。

今世你会不会再来？我至真至纯的爱人。你踏着历史的风尘走入另一个世外桃源，我也曾经历一千次的生死轮回，你总该明白我今生等待的心情吧？

至爱，请你静悄悄来罢，乘着这三月清明的雨，来到南窗下看一看我，你已让我的红颜在春光里凋零了。尽管我知道你坚硬如岩，但我仍爱你沧桑的额头憔悴的心！

空气是这样沉闷，我烦躁不安地在院子里徘徊，泪水缓缓流下来。何时我才能结束这样的生活？小屋空了，我还是去看看它罢，我最深的爱就藏在那里。打开房门，熟悉的气息迎面扑来，令我惊喜，令我伤心。这里不再有我心爱的花草，这里不再有小巧的书桌、简单的床铺……这里的你到哪里去了呢？再没有温馨的人为我冲一杯淡香的清茶了，再没有人与我共读那淡如清茶的岁月了！伫立斗室，无数个美丽的红尘日夜一齐涌来，浸满我彷徨的心灵……

潮退了
海边的贝壳
已被人拣拾
从此
那段风化的往事
你是否还会提起……

第二十八章 奶格玛的坛城

1. 空行母的心髓

本书草成之后，我请一位精通藏汉文字的大德审读。看到书中的内容，他大惊失色，问："你写的许多内容，皆是空行母的智慧心髓呀！你是如何得到它的？"于是，我给他讲述了发生在我生命里的许多故事。我讲了跟金刚亥母和奶格玛的相遇，讲了慧光中出现的那本神奇的书，讲了清晰地充盈于我生命时空里的空行母的歌声，还讲了许多我称之为宗教体验却可能被世人斥为"精神病"的诸多经历。

生命之路如飞逝的箭窜向我的身后。从那时起，十六年过去了，我已非那时的我。那时种入我心田的火种，早已燎原成智慧的大火。无论遇到怎样的邪风，都不能吹熄它了。相反，风助火势，火愈加蔓延成了充盈于宇宙的劫火。

在净境之中，我常跟奶格玛、司卡史德和金刚亥母相遇。她们灿若云霞，有着不同的形貌，但在体性上，并没离开我的自性。她们是大善的源头，是我生命激情的由来，也是我生命中的太阳。正是在她们母亲般的注视下，我才不怕被人诋毁写完了本书。哪怕这世上充满了假，但只要有一个人读懂了书中的真心，我就没有白写。

对本书内容，信者自信，疑者自疑。万象纷繁，随缘自解于当下。连轮回涅槃都是巨大的梦幻，我们何必为争一点文字的真实与否影响你内心的清明？

琼波浪觉跟奶格玛相遇于九百多年之前。

在一次次了义的净境中，我也经历着跟琼波浪觉一样的相遇。

于是，我已无法分清，后文的“我”，究竟是雪漠，还是琼波浪觉？因为，本书中“他”的奇遇，其实也出现在“我”的生命秘境里。在智者眼中，那两个名字，其实源于一体。

当一条河汇入大海之后，它也便成了那大海本身。

要知道，本书中的“他”与“我”，其实是一幅织锦的两个侧面。

2. 奇怪的变化

我回到了那个河湾。我决定不再四处寻觅。我相信，见不到奶格玛的原因是我的业力障蔽。我想，还是净除业障吧。于是，我一边诵“奶格玛千诺”，一边做大礼拜。

我没日没夜地祈祷和顶礼，说不清过了多少天。我渐渐没了执著。我想，无论能不能见到奶格玛，我都不再执著了。我想就这样一直祈请下去。我发现，那祈请带给我的，是跟念诵仪轨不一样的觉受。我的心变得像天空一样，一碧万顷，不惹纤尘。我感到一种从来没有过的清明。

就是在那种静的极致里，我祈祷：奶格玛呀，请显现你的秘境！

忽然，我发觉，一种奇怪的变化出现了。这变化先是从身体开始的。我感到自己变成了水晶体。我发现千万道光芒从天际射入自己，而自己也射出了无与伦比的光明。虽然我感受到了光明，但又发现，那光明不是物理光，而是源自心灵。

那秘境，就是在这时出现的。

3. 什么是资粮？

那秘境，出现在头顶的天空中，有七株香蕉树那么高，灿若云霞，若梦若幻。我怀疑那是梦境，掐掐大腿，却觉出了疼。

那秘境初如梦幻，渐渐清晰了。我看到了一个女子，俨若天人，美丽无比。那女子，既像是莎尔娃蒂，却又依稀是司卡史德。

我高声问：你是奶格玛吗？

她笑吟吟道：我不是奶格玛吗？

我又问：在我以前的生命里，也出现过自称奶格玛的女子。你跟她们，有哪些不同？

女子答：那些女子，仅仅是你心头的幻相。她们的本质，是你的妄心。她们的所有智慧，都高不过你自己。她们的那些见地和知识，其实早存在于你自己的心里。她们的发显和表露，仅仅在重复你自己。你知道的，她们也知道。你不知道的，她们也不知道。她们只是你欲望的另一处表达。跟她们的接触，无论你有着怎样的名相，比如双修或是信仰，你都无法破执，无法解除烦恼，无法清除习气。她们的出现，只是你的烦恼换了面孔。你不可能得到真正的清凉。高不过你自己的她们，无法帮你达成真正的超越。而我，带给你的，是你从不曾发显过的宝藏。你得到的，是你从不曾体验过的清凉。你品尝到的，是打碎了执著后的那种宽坦、安详和光明。

明白吗？

我豁然有悟。

有时候，你也可能会遇到一些魔鬼冒充奶格玛，出现在你观修的时空里。你可以问你真正的疑惑，看能不能得到究竟的解答。你也可以引了护轮上的智慧之火，焚烧那恶魔变就的幻相。真佛，是不怕智慧之火的。那假的，却像霜花儿遇到炎阳一样，很快就消融了。

明白了吗？

4. 有趣的对话

琼波浪觉告诉我：他跟奶格玛之间，有一段十分有意思的对话：

第一次对话：

奶格玛问：你去了哪儿？

琼波浪觉：圣地。

奶格玛：去圣地干啥？

琼波浪觉：求法。

奶格玛说：求法当然很重要，但更重要的是真正的修行。

第二次对话：

奶格玛：你求了法干啥？

琼波浪觉：观修。

奶格玛：观修当然很好，但更重要的，是真正的修行。

第三次对话：

奶格玛：你观修为了啥？

琼波浪觉：为了成就。

奶格玛：追求成就当然好，但更重要的，是真正的修行。

第四次对话：

琼波浪觉：什么是真正的修行？

奶格玛：真正的修行，是放下对今生的所有执著。

有些读者笑了，因为相似的提问，也出现在另一次重要的相遇里。

5. 无量的净境

在那无量的净境中，奶格玛手持骷髅钵和三叉杖，似笑非笑地望着我。若梦若幻中，我看到，那云霞般的幻光之中，她忽而是司卡史德，忽而是莎尔娃蒂，忽而呈立姿，忽而显坐相。虽然她有着诸种显现，但我的智慧告诉我，她便是奶格玛。

众里寻他千百度，蓦然回首，那人却在灯火阑珊处。

我喜极而泣，顶礼多次，合掌祈求，请传妙法。

那女子似笑非笑地说：你认错人了吧。我可不是奶格玛。我是夜叉女，是食肉空行母，惯于吸人血、吃人肉。你赶紧逃走吧，不然，我的眷属一来，你的小命就难保了。

我叩曰，为得妙法，不惜身命。

女子微微笑道，传法可以。可是法不能轻传，你有金子吗？没有金子，你是啥也得不到的。

我忙说，有，有。我取出金子，抛向空中。女子接了，微微一笑，手一挥，那些金子都飞向了密林深处。

这一下，也分明是司卡史德的翻版。

我一见，大喜。我想，她要真是食肉空行，会对金子生贪心的。但同时又想，她为啥不珍惜我的供养呢？

女子娇笑几声，游目四顾，目光所向，山石土木，皆变为金子，发出金光。我想："这是不是幻术？"女子笑道："真金也是幻化，幻化也是真金。轮回与涅槃，诸法如梦幻。你若能了知此理，则世间一切都是黄金，又何必可惜你供的这点黄金。"

我于是确信，她便是奶格玛。

我问：上师呀，我祈请了你这么多年，你为啥现在才出现？

奶格玛笑道，我一直跟你在一起呀，是你业障深重，看不到我。你经过多年的求索和苦修，消净了业障，才见到了我。

她说，从你念第一句“奶格玛千诺”起，我就跟你在一起。同样，日后的千百劫里，任何人至诚念它，我都会随缘出现。不过，他那时看到的，也许是一缕清风，也许是一朵彩云，也许是不经意的一个善念，也许是远在云端的一声鸟鸣。但你必须认知，那便是奶格玛。

她说，真正的奶格玛，对具缘者来说，一直是如影随形的。

她告诉我，只有清净了诸漏，积累了资粮，才会见到奶格玛的真容。

我问，什么是资粮？

奶格玛道：资粮者，信心也。信心有三，一是对上师的信心，净信上师如佛；二是对教法的信心，净信依此胜法，可得佛果；三是对自己的信心，净信自己本来是佛，但因业障所覆，难见本来面目。

她又说，行百里者，只备数日资粮；行千里者，得备几十天的资粮；行万里者，得备几年的资粮。奶格玛五大金刚法，非寻常密法可比。资粮不够的人，连名字也难闻呢。

我又问，上师，你为啥也会显现司卡史德的形貌？

奶格玛笑道，儿呀，我便是司卡史德，司卡史德也是我。你经历的人和事，皆是我的化现。要知道，奶格玛是一种境界。她既是目的地，更是那寻觅本身。你从产生了寻觅之心的那一刻起，就跟我相遇了。

我恍然大悟，屡屡叩首，请传妙法。

奶格玛说，你已成熟了心性，不再需要外来之法了。但为了缘起上的考虑，我还是教你一种有相之法。但要知道，真正的奶格玛瑜伽，是无相的。它的最高体性是无为之法。它便是真理本身。要知道，真正的真理，是无形无相的，是超越语言的。它便是光明大手印。它是远离了所有概念、远离了所有分别、远离了所有名相的一种境界。

说着，她四下里一望，便有无量无数的空行母云集而来。

奶格玛吩咐道：我得到了具缘弟子，你们尽快修筑坛城。

6. 奶格五金法

趁着空行母修筑坛城的间隙，奶格玛说，奶格玛五大金刚法，简称“奶格五金法”，它虽是有相瑜伽，但跟你求到的那些瑜伽不一样。它是一种神奇的无上瑜伽。

她说，你虽然学了一百多位上师的教法，法门无数，十分殊胜。但奶格五金法更为圆满。此法非比寻常密法，是诸佛的心髓。它的起点极高，功德也不可尽数。它像一棵大树，包括了所有密法。它的根是奶格六法；光明大手印是树的主干，三分支法是华严树枝，白红空行母法是华严树花，身心无死无灭修法是华严树籽。

奶格玛说，诸多教法，都有其见和行。奶格五金法的见地，是光明大手印。其教法，是大手印见地指导下的修行。任何离开大手印见地的修行，都难以真正契入奶格五金法。

这是奶格五金法的殊胜之处，故称大手印为主干。主干者，贯穿始终者也。

那么，何为见？见者，正见也。大手印以《般若经》为理论主旨，以空性为究竟，破除诸名相。法中虽有诸多有相瑜伽，但现而无自性。虽有种种显现，但无不合于大手印之空性见。不明白此理者，是很难契入奶格五金法的。

奶格玛说，我不重你的行履，我重你的见地。无高超见地者，定然无高超之行履。

月亮渐渐升上了天空，尸林显得十分静谧。那秘境越加光艳四射了。空行母们已筑好了坛城，前来复命。奶格玛笑道，缘起甚好，我的传承和智慧，定然会像满月一样，给世界带来无限的光明。

我感到一阵战栗。那坛城庄严无比，色彩缤纷。奶格玛立在一座庄严的金山之上，金山上流下清凉的泉水，发出汩汩的声音。

我问：上师呀，这金山，是真实的呢，还是你神通所现？

奶格玛朗声笑道：儿子呀，当轮回的大海倾覆，当所有贪婪执著都化为云烟的时候，你的生命里无处不是黄金。那时，虚空与手掌无别，牛粪和黄金相若，垢净一如，消除二元，万象莫非真如，真如不离万象。那所有轮回和诸般现象，不过是梦幻游戏呀。当你证得此验相时，你便已超越那轮回的大海了。儿子呀，若想有此成就，别无他法，你只消对上师有最大的虔诚。当你真正无伪地视师如佛时，那觉悟的花，就会朝你微笑了。儿子呀，现在，你闭上眼睛，去抓你的梦吧！

我遵奶格玛的开示，渐渐进入了净境。那净境，比现实更为清晰。我已进入坛城。身边是色彩缤纷的诸多法物，我看到八吉祥，看到了诸多供物和法器。我同时也看到了尸林。这时的娑萨朗尸林，已成了遥远的模糊的幻影。

7. 生命的坛城

我的孩子呀，请进入你生命的坛城。

你将你的身心，化为三千大千世界的珠宝，来供养我们伟大的佛陀，没有他的苦修和觉悟，便没有我们生命的清凉。儿子呀，世若无佛陀，万古如长夜，我以身口意，尽供大医王。因为有了佛陀，苦海成了净土，荒漠有了甘泉。我们顶礼，我们赞叹，把我们的生命化为一缕光明，我们用那光明去庄严佛土吧。

瞧呀，光明里显出了上师，显出了本尊，显出了空行护法，他们本是一体，我们何必区别？我们皈依他们，皈依那三宝，皈依那胜法典籍，皈依那二十四境的空行勇士们。此后，你传承中的所有弟子，都已成空行佛国的眷属，只要俱足信心，不堕根本戒，我们都会往生二十四个空行佛刹。

瞧呀，我的三轮发出了光明，顶轮白光，喉轮红光，心轮蓝光，它们游动着，进入你的三轮。那三轮，代表你的身口意。三光相融，你便跟我无二无别了。你的三门业障已经清净，你的密乘根器已经圆满。一轮明月开始在你心间的莲花上显现出来，那是你的世俗菩提心。那莲花光呈七色，清凉无比；那月亮清明皎洁，不惹纤尘。一个五股金刚杵直立于月轮之上，发五彩光，光射三界，那是你的胜义菩提心。儿呀，从此你的菩提心便如金刚般坚固，不可动摇，无法摧坏。儿子呀，那是你永不退失的金刚心。

我的心子，你跟我进入生命的坛城。这坛城，以五大金刚名之。你跟我从东门进入吧。我们的步履在闪光，光中有点点莲花。我们往北，往西，再往南，我们依次拜过我们的父母。瞧，他们在三门加持，那道道智慧光明，正进入我们的三轮。瞧呀，你的步履在闪光，那光明来自遥远的亘古，那是清凉的智慧光明。我们沐浴着光明，端坐在东门的五色莲花上。你的心里溢满了快乐。因为你知道，从此，你就成了五大金刚的眷属。

你别问什么是眷属，眷属就是眷属，也是一个不了义的词。

了义的说法是：从此，你便与本尊无二无别了。你已成为无上瑜伽部的行者。当你严守戒律的时候，护法会荷承你的事业。瞧呀，那是百部玛哈嘎拉，那是五部空行，他们都爱怜地望着你，像母亲望着从远方归来的游子。

我端给你一汗清凉，名字却叫狱水。别怕，你只要严守戒律，这水便是甘露，在它的帮助下，成就是你囊中的宝物。但它也是你命运的管子，你要么超升佛国，要么堕入地狱，其分界线，便是戒律。

儿子呀，我已成为你的上师。听，上师，一个多么尊崇的词。我是三世诸佛精神的载体，我的身，承载利众精神；我的口，传播智慧教言；我的意，无非是利益众生。我是三世诸佛的总集。没有上师，成就只是个遥远的字眼。

瞧，我已请来诸佛，融入你成熟的清净之体。儿子呀，他们雨一样密，已渗入你无漏的清净心。他们风一样骤，已吹去你心头的热恼。他们是上师，是本尊，是空行，是护法。他们来自佛国，他们承载着诸佛的功德和慈悲。瞧呀，你的三脉五轮，你的所有毛孔，都成了他们的坛城净土。儿子呀，你已不仅仅是儿子。

睁开你的智慧之眼，我的儿子。你于是看到了一座金塔，它用米做成，高入天际。上面有坛城，是本尊五大金刚的居所。你看了那焕发的光明。你的眼业清净了，看到了无量无边的本尊。

8. 五大金刚的赐予

儿子，你继续虔诚了心，净化了意，接受母亲的赐予。

你看到本尊向你飞来，他们是五尊。此前，你求的法脉里，曾看到过他们。那时，他们在单一行动。他们有着各自的法脉和传承。但这次，他们一起来了，他们举着甘露宝瓶。你当然知道，那瓶中有五种甘露。当甘露进入你的顶轮时，你的粗分业障便消融了。儿子呀，这预示着，你会得到粗观生起次第的成就。

我看到了你心中的欢喜。我也欢喜了。你的心中化出了白光，供养坛中诸佛。瞧，他们的心中生出甘露，发出空乐无别的清泉声，流入我手中的托巴，再流入你的喉轮。儿子呀，它净化了你的语粗分业障。你于是看到了一位手印母，她很像司卡史德，那是你出世间的妻子。你们相融了，生起大乐，那大乐融入大空，那大空显着大乐。那大乐中，消解了你的意粗分业障。以此因缘，你会证得幻身。

别丢了那空，别丢了那乐，那是五大金刚的赐予。它们无二无别，相融于一。你的三门业障从此消解，光明顿现，清凉无比。

孩子，你是我的心子。我的教言，你当视如诸佛命根。

瞧呀，那坛城中央，出现了二十四个圣地的所有空行母，她们舞蹈着，来到你前面的虚空中。天降花雨，彩虹铺路，空行母手持各种乐器，授记道：你的弟子，及对奶格玛有信心的众生，常持诵“奶格玛千诺”，那么，当他们临终时，我们必来迎接，沿着那虹光之路，抵达那空行佛国。

第二十九章 莎尔娃蒂的疼痛

1. 萧瑟的雨后

就在奶格玛为琼波浪觉灌顶的时候，莎尔娃蒂却在跟生命中最可怕的疼痛较量着。它跟相思纠结在一起，像恶魔一样，扑向了弱小的莎尔娃蒂——

琼，昨夜又下雨了。

清晨醒来，夜色还没散去，窗外仍一片灰黑，但我知道天快亮了，因为止痛药的药力已经退去了一段时间。那疼痛像涨水一样，在不知不觉间一层一层地漫了上来，一层一层地驱走我的睡意。我已经习惯每天以这样的方式醒来，每天这个时候，我就会知道，新的一天又开始了。

窗外时不时吹来清凉柔和的秋风，窗帘也被吹得迷迷欲醉，像姑娘随风摆动的裙脚一样，伴着风的节拍幸福地一飘一荡的，真是舒服极了。要是没有病痛，这会是多么惬意美好的清晨！不过即使有病痛，这样的清晨还是美好至极的。若是在以前，这是我睡意正浓的时候，迷糊间被这凉风拂扫几下，我肯定会裹紧一些身上的被子，再翻个身，让肌肤和柔软的薄被摩挲出一片温柔，然后心满意足地进入另一个梦乡。

但这已经成为过去了，现在我要赶紧起床，开始紧凑又忙碌的一天。疾病让我真正意识到生命正像电光火石般地飞快消失，意识到光阴稍纵即逝。光阴就像我握在手里的水流，无论我怎么紧握拳头，都抓不住它，也留不住它。我不想等到有一天睁开眼时，忽然发现自己已成了阴间的一缕清风而空余憾恨。

我想做的事情有很多，首要的就是让自己恢复健康，这样我才能陪你走一辈子。我想，等我身体好的时候，到了春暖花开的季节，你也该回来了，我们可以一起去雪域高原，这是多么诱人的梦想。在我的期盼中，还有很多很多地方等着我们呢。

所以，为了战胜病魔，让自己健康起来，我几乎放弃了其他的所有追求和目标，我也不再像过去那样，要求自己要变得多么出色和完善了。我将全部生命和精力，都倾注到延长生命当中。每天我都很忙碌，但所有的事情不过就是熬药、喝药、练功、做饭、吃饭、睡觉和看看书而已。

日子每天都在单调和琐碎中周而复始地过去，心仍有不甘的时候，想到要陪你一辈子，我就甘了。还有什么放不下呢？我的心愿不就是把整个世界都从心里清扫出去，只留给你一个人么？

你说利众先从身边的人开始，先让自己身边的人开心快乐。你确实是这样做的，我看到你身边的每一个人，都因为你的慈悲和智慧而得到了清凉、快乐和满足。待在你身边的时候，我也总觉得自己没有一点热恼，只有安详；没有焦渴，只有清凉；没有欲望，却有涌动的喜乐。我相信，这世上，无论心里心外，都没有比这更殊胜的净土。

雨后的秋美得有点萧瑟，既清明又忧郁，既柔弱又坚强——怎么像在说我自己呢？呵呵，看来世界果然是心的折射，不同的心，看到的世界必然是不一样的。不知道此刻你看到的又是怎样的秋呢？

耳边萦绕着若有若无的药师佛心咒。这咒声，已经渐渐随风潜入夜，常常潜到我的梦中去了。深夜半睡半醒间，尤其是在药力作用下身体最沉最重的时候，所有生命的气息都寂寥息灭了，唯有两股生命力，我能感觉到它们像地下的暗流一样汩汩地蠢动。一个来自那疼痛的邪魔，它并没有被消灭，它只是被暂时催眠了；而另一个便是伴随着药师佛心咒，仿佛是从很遥远的地方传来的爱的呼唤。

这是你给我传的心咒，在我心中，你和药师佛是无二的。这世间，没有比你的爱更好的药了。心咒和那缥缈着虹光的莲花灯，在我空寂的世界里，已经成了你余留下来的气息，陪伴我度过一个又一个漫漫长夜。

记得以前，你常常叫我开心些，尽管开心对我来说不是容易的事情，但只要每次你对我说，我都觉得很甜蜜，因为我知道这世上还有一个真正在乎我开不开心的人。

谢谢你为我做的一切！包括我所知道的以及我不知道的，每每想及，心里都会抽疼……

健康和快乐也许就是对你最好的报答，还有，永远爱你！

2. 逼近的死亡气息

今天仍是很想你，很想给你写信——我怕万一我走之前来不及给你写信，告诉你我的心里话，我会后悔死的——心中忽然汹涌起千言万语，它们毫无逻辑，毫无秩序地往外喷涌，我这才知道原来自己有那么多的话想对你说。随之想起这么多年的等待，还未动笔就忍不住大哭了一场——因为，我知道，我一生也离不开你了。没错，你曾说过同样的一句话，这是最让我心醉的话了。

其实，我也不知道要跟你说什么，该说的，我都说了。现在我想说，有你陪伴和爱的那段日子，是我一生中最幸福快乐的时光。

以前我觉得最幸福快乐的时光是童年，但我现在已经不这么认为了，童年并没有那种满足和甜蜜。光是想到你的言笑和我们在一起的任何一个细节，都足以让我陶醉很久了。

谢谢你！让我尝到了人世间最美好真挚的爱。我现在明白，如果活一辈子都没有真正爱过，那真是很可悲，那真的是白活了。没有爱过的人，不知道爱的美。为了这美，怎么活，怎么死，都是值得的。

与你相遇，让我认识到生命中的浪漫。促成这浪漫的，是缘分。它让我们，竟然跨越了这么长、这么宽的时空相遇，并且相爱了。“缘分”真是一个不可思议和充满无限可能的生命链条，它对我来说，甚至抵消了“一切都在迅速消失”的消极和惆怅，因为“缘”有它自己的生长轨迹，并不跟随“一切”消失而消失。正因此，我才对命运有了期盼和向往，我才不再害怕死亡把我们分开。我相信“缘”一定会让我们永远在一起的。不过尽管不害怕，想到死亡的逼近——我越来越能感受到死神的虎视眈眈和逼近的气息了，也许，这也是让我尽快放下执著和珍惜每一个当下的提醒吧——还是会让我心寒了，因为无论以何种形式与你分开，我都舍不得。

你曾告诉我，有牵挂就走不掉。请你告诉我，如何让我放下对你的牵挂，开心快乐地离开？我能做得到吗？

我现在才知道，爱上一个人，是会让自己随时产生钝石钻心的痛的。当我想起你的某句话，某个眼神，或是我自己臆想你的某种想法而常常产生这种痛感时，我就知道自己在真正爱着你。

这种痛感太熟悉了，但过去它只出现在我的幻想中，那时的对象都是虚幻的。空虚的时候，我想让那痛的情感出现很容易，息灭它也很容易——就像吹灭一根蜡烛那么轻而易举——这些情感从来不曾占据我的内心，它们只是情绪的过客而已。现在却完全不一样，内心已被它完全占据了，这种占据是霸占性的，它想占据多少空间，占据多长时间，怎么折腾，都完全在我的控制之外。

爱上你后，除了痛，我还品尝到一种前所未有的甜蜜，它让我有了存在感。我才明白，为什么说一个人得到真正的爱后，这辈子就死而无憾了。只有深爱过的人才能读懂这句话背后巨大的满足和幸福。我已将这爱当成赖以呼吸的空气，我不知道这种依赖和成瘾的后果是什么。当然，我再不愿去考虑什么后果，我不要它扼杀这份爱的真挚和甜蜜。但是，我却依然怕自己失控，一直以来习惯了理性和压抑自己的我，总是担心自己会失控在对你的爱中，总怕它会给我带来痛苦——一种我无法自制和终结的痛苦。你说在我的背后总是带着一双窥视的眼睛。是的，我也看见它了，但它其实是一个强撑坚强的孩子，它伪装出的淡然和世故都不过是为了掩饰它的脆弱和胆小。我知道，正是这道自我保护意识的壁垒，阻隔了两颗本来可以自由相拥的心。

忽然很想大哭一场，说不清为什么，也许是想释放一些情感，一些长久的压抑，也许没有目的，只因为胸堵得慌，泪和清鼻水自己就渗了出来，它们也矛盾在压抑和释放之间。我深深吸了几口气，试图把它们牵出来的酸意吸回心头去。

我不知道这算不算是一封情书——虽然我仍感到压抑，不知道怎样才能完全释放内心的情感，因为理性像一根看不见的细绳时不时就勒一下我的心。我相信你比我更能体会这种压抑的难受，尤其是它无处释放、无法释放又面临极限的时候，它快让我窒息了。

爱你！让我说吧，让我尽情地投入这爱吧，让我完全地失控吧——这是我心底的呼喊。可我仍需要战胜那囚禁我天性的理性，你说得对，那是一种习气，那是我的女神生涯给我留下的习气——当我意识到这一点时，那涌动着无穷生命气息的大乐焰火似乎已雀跃在我眼前。

让我继续说爱你吧。我发现每次鼓起勇气说“爱你”时，总能牵出荡漾在心头的甜蜜。虽然那钝石钻心的痛因为我的矛盾和压抑，常常被我压制下去，但为了迎接自己对你的敞开和对你失控的爱——我打定主意让自己跳进那大乐的欲火了——从现在开始，我愿意它随时随地降临。

真的很期盼那大乐的欲火把我烧成灰烬。

这些好不容易吐出来的话，既然流出来了，我还是记录下来吧，作为我爱你的凭证。

爱你，生生世世！

3. 没有尽头的疼痛

我的琼，每晚，我都要静静地躺在床上，耐心地等待药力发挥作用。有时候，我会想，如果今晚药力不起作用怎么办？

这问题的背后是心的无底深渊，里头藏着病魔得逞的狂笑。

我并不愿意往那漆黑的深渊里头张望，那只会削减我战胜自己的信心。你常叫我多想想健康，多想想我们的诺言。奈何健康和诺言离我的距离是那么远，不但远，我还感觉它们正朝我的反方向奔跑着，它们铃铛般悦耳的笑声，只有你在身边的时候才显得触手可及；疼痛和死亡却老在眼前晃，像两座黑压压的大山挡在我的面前，把健康、诺言和一切快乐阻挡到我看不到的地方。

当疼痛像海啸一样铺天盖地地啸卷而来时，我经常会陷入到悲观中不能自拔，因为这时候我既无处可躲，也无处可逃，如同死神网中的猎物。我尝试观修，但专注不到片刻，那冲晕脑袋的痛便把我绞得心神不宁，心感觉被疼痛挤压得快喘不过气，半个身子也烧得滚烫。想起你说一切很快就会过去，和你在一起的时候，无论我怎么珍惜和尝试捕捉每一个当下，快乐的时光总是过得飞快，但在这除了疼痛之外一切都显得百无聊赖的时刻，时间却像停滞了下来，哪怕是一会儿，也变得非常的漫长……

这个时候，我多么希望有你在身边，即使不能消解疼痛，起码我不会觉得孤寂；但我又不想告诉你我的难受，我希望自己带给你的，永远都是快乐和吉祥。

我总是夹在矛盾当中，就跟吃药一样，我一边要吃治病的药，一边却要吃对身体的伤害程度犹同慢性毒药的止痛草药——它已经让我上瘾了，但我别无选择。命运就是这样，在可以选择的时候，我和很多人一样，不懂得选择，到明白时，通常已没有选择的余地了。看着身边还在挥霍身体耗费生命的人们，我真替他们感到着急和心痛。我想，我终于能理解你的孤独了，当这个世界只有一人清醒的时候，就算你喊破喉咙，别人也是听不见的。

当没有尽头的疼痛日渐成为我生命的常态时，我总是想到死亡，我带不走一切，包括你曾送我的、我视为比生命还珍贵的一切，无论我怎么珍爱它们，我都不过是保管它们的其中一个过客而已。所以，对于一切外物，我都从心里把它们放下了。唯独放不下舍不得的是你，但你算外物吗？然而我又能留下什么呢？生命还有多长时间能让我给世间留下一些痕迹，即使仅仅是爱你的痕迹呢？对我来说，现在最有意义的事情，就是让自己在你的生命里盘根。

疾病的磨难，让我看见死神和我是如此的靠近，但它何尝不是如此贴近每一个人呢？就像你说的，死神是我们每个人的影子，自始至终都跟我们如影随形，但唯有光明出现的时候，我们才能看见它的存在。每当死神和那些诛坛中的魔出现在我面前，我看见它们咧着嘴朝我笑时，我就马上想起自己还有什么事情没做而要赶紧去做。我发现，自己还不得不感激它，尤其该感激让我时刻“清醒”于当下的疼痛，死神常常都是被持续不断的疼痛牵出来的。

麻药起作用了，我慢慢感到身体有点沉了，刚刚还很狂躁的疼痛不知什么时候开始已像退潮一样渐渐退下去。这种感觉真好，像海浪过后，海面上升起了一面朗月，心这时候才开始感到平静。我安详地让黑夜像水流一样漫进身体，我的身体于是变得越来越重，像一直往海底下沉……

4. 前路茫茫

琼，现在，我的喉咙脆弱得就像婴儿一样。

稍硬一点的食物如米颗子、菜叶子都会磨损它，带来巨大的疼痛。每一次咽津，都要提前做好抵御疼痛的准备，因为吞津这小小的动作，对于我的喉咙来说，都有如翻江倒海。口水的轻轻流过都会引发钻心的痛，所以我不能说太多的话，说得太快和大声说话都不可以。我需要时刻注意着尽量让津液缓缓地流过咽喉。但即使完全不咽东西，疼痛也不会消失，它会在我半边脑袋里的某个地方，深不可探处，一晕一晕地传出来。偶尔在毫无预备的时候，那本来还算平缓的疼痛还会像突击似的刺痛几下——我无法形容那种“恶痛”的感觉，既像伤口突然被钳子钳了一块肉的那种突然暴发的刺痛，又远远不止这么简单——我全身的神经都会被这恶痛抽动。这时候，再好的情绪都被痛搅没了。

对于疼痛，平时我能做的只有轻轻地揉压耳朵，像爱抚一个做了错事的小孩一样抚慰那痛处，不知道是心理作用还是真的有效，起码每次揉压后，我都感觉疼痛会稍缓一些。所以我总时不时就揉耳朵，这成了我和身体对话沟通的一种方式。

现在，我已经不能随意打哈欠了，即使是我困到极点，我感觉一个哈欠要泛上来的时候，就得马上调动全身的力量去抵御它，最好能把它压回去。要是压不回去，那好不容易保存起来的一点精力就会消耗在哈欠后整个头颅像被撕裂般的粉碎性、爆炸性的疼痛中。除了打哈欠，咳嗽以及打喷嚏的结果也是一样的，不过比较起来，最难受的还是打喷嚏，因为哈欠和咳嗽还能控制，有时候甚至能压下去，而喷嚏却不行——所以我常常担心自己伤风，我不敢想象连续几个喷嚏会是什么后果。

另外，我对食物也产生了抗拒，有时候甚至连水都不想喝了。每到吃饭的时候，我都觉得有压力。除了因为疼痛消解了我的食欲——虽然过去我很贪吃——吃的过程本身对我来说就是一个折磨，从入口到咀嚼到吞咽，每一个细小的动作我都得小心翼翼，但尽管再小心，都无法避免每一次吞咽引起的疼痛。而且如果稍不小心，一旦有一点食物卡在咽喉，就会好多天都下不去出不来，可能引发新的伤口和延绵不断的恶痛。

晚上睡觉，从几个月前就开始，我每天都得吃两服麻醉草药，刚开始好像还有点作用，但现在好像也越来越没效果了。而且，我不能侧睡，因为伤口在喉咙的右边，右侧睡正好会挤压伤口；也不能左侧睡，这样我的左边鼻孔堵塞，从右边鼻腔进出的空气会像刀子一样刮我喉咙上的痛处。我只能平躺，但有时平躺久了喉咙又会发痒，拼命想咳嗽……所以晚上睡觉我是很不安宁的，几乎每天晚上都睡得很浅。

过去常听人说“能吃能睡就是最大的幸福”，我从来没把它放在心上，现在才真正品味到这句话里的大智慧，但我不知道，说出这句话的人是否也有着跟我一样的感慨和无奈？

当一个人连基本的生存都很艰难时，信念和意志真的是会很容易被摧垮的。我也常常会想，这样活着有什么意思呢？若不是信仰和爱的力量，我想自己早对这种非人的折磨投降一百次了。

我深知，你定然希望我好好地活下去，库玛丽和其他的人也希望我很好地活下去。我没有权力结束这承载着无数人期待的生命。

活着有没有意思不要紧，因为活着本身就是最大的意义。

只是，前路茫茫，真怕自己熬不过去。

5. 黑暗中的孤灯

……黑暗中，我被那熟悉的痛叫醒了，它粗暴地把我从梦中拉回了现实——疼痛已经进入到我潜意识的深处了，哪怕在梦中，我也常常会忆起它平日狰狞的样子。很多时候，我是被痛的幻影惊醒的。

忘了从什么时候开始，我开始对这种粗暴的方式习以为常了，因为每夜它总要唤醒我很多次，慢慢地，我就学会了在黑的浓稠中分辨时间。

我最喜欢醒来后还在深夜，痛感仍在药力的作用下被麻痹着，昏沉着。我就像带了一整天镣铐的犯人，只有这个短暂的片刻，才能享受一下解开镣铐自由地舒展身心、让全身每个毛孔都愉悦自在地呼吸的美好。不过，这时候，药效使我的全身变得像石头一样沉重，即便是轻轻地侧翻也要用很大劲。身体几乎不听我的使唤，它和我好像完全分开了似的。但这样也好，这种既不痛又不容易动弹的感觉让我有充满安全感的快意。

不知不觉中，灵魂像脱离身体飘了起来，不动声色地融到了浓稠得像凝固了的黑夜中。和灵魂相比，我才知道，原来人的肉身真的是很粗重的。

借着黑夜的躯体，灵魂想去哪就去哪。回到过去，去到未来，或者，去到你的身边。

悄悄告诉你，我常常乘着黑夜跑到你身边。我在你身旁，凝看熟睡中的你，用身体包裹你，把你紧紧地搂在怀里。你像睡在母亲怀里的婴儿，微弱的鼾声均匀而细长，看上去又幸福又满足。但其实最幸福的，是这时正凝视着你的我。如果你这时候睁开眼睛，就会看见我陶醉的笑。

我轻轻地招来清风，让它温柔地拂扫你的脸庞，你是不是觉得更惬意了？我又招来细雨，把我的心里话化为淅淅沥沥的雨声滴进你的梦里。当你醒来的时候，我已经离去，轻轻地，不留下一丝痕迹。你是否也曾怀疑我来过？梦中无痕，我总是无法留下足迹。

也许，多年后，有一天你会忽然想起，我们常常相约在梦中，相拥在黑夜里。

其实等待我的，并不只是死神，还有你呢！

长路虽漫漫，但在无边的漆黑中，有你为我留一盏孤灯，心就暖了。

第三十章 奶格玛的甘露

1. 救心的良药

孩子，要知道，莎尔娃蒂的疼痛其实也是我的疼痛。在后来的多年里，一想到莎尔娃蒂，我的心总是会疼痛。你别以为成就者没有疼痛。不，成就者不是木石，他也会疼痛，只是那疼痛不会再给他带来烦恼而已。因为他已经安住在那个不疼痛的里面了。

就这样。

我们接着讲奶格玛的净土。

在那个光明净境之中，我得到了奶格五金法俱足灌顶。它们是：宝瓶灌顶、秘密灌顶、智慧灌顶和大手印灌顶。此外，尚有奶格六法灌顶、三支法灌顶、红白空行母灌顶、不生不灭灌顶……

当我走出净境时，我仍能看到眼前的金山和金山上的奶格玛。我身心愉悦，快乐至极。我问：上师呀，方才那净境，是不是梦的一种?

奶格玛笑道，儿子呀，这世界，还有不是梦的吗?

说着，她递过一颅钵甘露。我接了，一饮而尽。这甘露来自佛国，它的体性是空乐无别。奶格玛说，在净境之中，你圆满领受了灌顶，但为了打消你的疑虑，我可以再为你灌顶三次。

于是，奶格玛边给我灌顶，边传法，并对精要之处详加解释。

她说，儿子呀，此法来自神圣的金刚持，不曾广传，你善自受持。你当广传我的教法，可饶益无量众生。我会顾念你的所有传承弟子，加持他们得到究竟成就。凡对我有信心的众生，只要向我祈请，我定当全力成办。凡有临终的众生，若对我俱足信心，持诵“奶格玛千诺”，我会带领诸多空行母，将他接往娑萨朗净土。此土虽是化境，但跟密严刹土相通，凡往生此土者，必能得究竟成就。儿子呀，以上内容，也是我的大愿，你当广传。令不信者生信，令已信者坚固。我已证得究竟佛果，智不入轮回，悲不入涅槃，直至轮回未空，我都会顾念有缘的众生。

儿呀，奶格五金法虽然殊胜，但更殊胜的，是法脉承载的利众精神，它像雪山一样高洁，像沙漠一样浩瀚，你当善记。没有菩提心者，修法是得不到究竟益处的。儿呀，你永远记住，所有法的真正目的，是得到清凉，是离苦得乐，是得到究竟的解脱。千万不可本末倒置，将大好的密法，变成另一道捆心的绳索。

儿呀，你如瓶注一样得到了我的所有法脉。此后，你的事业将如日中天。你传承中的成就弟子会像天空的繁星一样多。我的所有法脉，如同你梦光明中在深海中取出的宝匣，一经打开，便放射出无量的光明。但道高一尺，魔高一丈，因为魔的作祟，会有无数人诋毁你。有时，魔制造的浓雾甚至能掩蔽了太阳。正如黑暗总是伴随着光明一样，违缘总是会伴随着你的法脉，但它们影响不了法脉的清净。就像提婆达多的恶行反倒映衬出佛陀的伟大人格一样，生命中所有的违缘反倒成就了你无量的功德。

随着世间人心的日渐险恶，我的智慧法脉，会成为一剂救心的良药。

儿呀，我的教法一定要发扬光大。不要故步自封，要与时俱进。在未来的污浊恶世里，物欲的诱惑越来越大，具缘弟子也越来越稀罕，千万不要设立很多障碍，将他们拒绝在解脱之门外。你告诉世人，只要对我生起信心、能日日持诵“奶格玛千诺”，便会得到我无量的加持。我的法身遍布法界，超越了时间和空间。凡至诚祈请我的众生，都定然会得到我无量的加持，进而契入光明大手印。

你告诉所有具缘者，念诵“奶格玛千诺”无须灌顶。要知道，诸佛菩萨绝不会为众生的离苦得乐设置任何障碍的。

任何对奶格玛有信心者，都是我的弟子。

2. 大手印见

儿呀，要知道，宇宙间没有永恒的本体，诸法皆无自性。

那么，什么是诸法无自性呢？这里所说的自性，意思是独立不变的本体，它永恒存在，永不变异，永不毁坏，永远长存。世上的万事万物，表面看来，它们是实有的，但你找不到一个独立不变的本体。无论什么事物，都是因缘的聚合，此有故彼有，此生故彼生，此灭故彼灭。它们依因缘而存在，忽生忽灭，忽存忽亡，忽好忽坏，幻化如水泡，所以其本质是空的。而且，这种空，不是我们认识上的空，也不是后来才出现的空，而是它本来的空。这空，是本质的空，也就是说空才是宇宙的本体呀。

儿呀，既然空是宇宙的本体，那诸多显现的有为法当然也是空无自性的，在现象上它们虽然有生灭，但它们仍然离不开空的本体。一切事，一切物，一切人，一切境，包括生死，包括轮回涅槃等法，无不如此。它们是空中的电，它们是水中的泡，它们是太阳下的露珠，它们是秋后的蚂蚱。它们虽然演戏一样幻起幻灭，而那空的本体并无动摇。万法都是那自然本体的智慧游戏，表面看来，它有诸般妙用，它有多种庄严，但那诸多显现却不可能永恒。它们现不异空，空不异现。那诸多显现，皆是空寂本体泛起的浪花。那所有的行为，那所有外境所现的诸法，皆是刹那无常，其性本空，如同幻化。

那本体觉性在显现上虽然能示现轮回涅槃，但从了义上看，无论是轮回，还是涅槃，都不离那本体空性，就是说了不可得。

儿呀，觉性即是空性。那诸多显现，其实是觉性的妙用功能，它显现了轮回和涅槃，显现了诸多幻化游戏，显现了觉性之庄严，但它们本质上是无生无灭不离本体的。所以，觉性应该超越善恶，超越因果，超越迷悟，超越苦乐。因为觉性无须修治，它不垢不净，不增不减，本自解脱，住平等界。

所以，真正的觉性本体空寂，不著诸相，全无所得。它不一定念经，不一定持咒，不一定修本尊，不一定观坛城。对于明白了心性觉性本空的人来说，生圆二次第皆属有相之法，三藏十二部也是闲家具。

儿呀，我说觉性即是空性，它灵明妙觉，自然圆成，明空不一，无成本净。那本体心性本来清净，本无一物。明白此理，安住于此，如如不动，即名为修。观万法如观流水，眼见诸相，心不动摇，不执著于勤行，不执著于有无二边，不生执著，不作分别思虑，诸相如恒河之水，滔滔不绝，我心则如明镜，不惹纤尘，不留牵挂。当我们的心与外境相遇之时，你便要明白，那诸多显现，其实皆是心的妙用呀。当你明白了这一点，了知万法皆是觉性妙用，心便不随境转，心境皆归隐没。

儿呀，你如何将那种理念贯穿于行住坐卧之中呢？告诉你，安住空性，明白实相，将那欲界色界无色界，都融入湛然如虚空的觉性之中。那眼观的诸色，那耳听的诸声，那鼻嗅的诸香，那舌尝的诸味，那身触的诸受，那意惹的诸念，那山川大地，那宫殿美景，那江河湖海，那盛开的百花，那欢跳的动物，那纷繁的世界……所有外境，所有内心，所有执著，所有牵挂，所有起灭之相，无不包容于那空性的自然智慧之中。那心外的各种境界，那心内的起灭心识，都包罗于自然智慧之中。要知道，那自然智慧，不是从心外求来的，它是众生心性中本来就有的。它不靠修炼而得，它是本来俱足。它等同于佛的法身。

儿呀，你在一切时中，都不要执著于有为的功用勤行。因为清净的觉性不假外求，非靠修善培福所得，它是无为法。正确的做法，应该是将你的身口意都融入觉性，要明白觉性无为，空性无执，自性无碍。你要想有为，便会有所执；有所求，便有所苦；有所贪，便有所失。所有有为造恶者，为善者，皆是轮回之根，故要超越善恶二元，放下一切，心中不著一丝一缕，任心自在，任运无为。儿呀，要知道，凡所有为，便归于缘起。所有缘起法，皆会归于生灭，皆是如幻无实，故应无为。无为而无不为。

儿呀，究竟什么是无为呢？无为就是明白抉择一切法皆无自性，你不要安住于有，也不要安住于无，不要安住于常，也不要安住于断，要不论是非，无取无舍，无分无别。世上的愚夫，正是因为有为的种种偏见，才生起执著，执幻为实，认假成真，取相著相，才漂流在生死轮回的大海之中。你要明白，只有无为之法则，才能超越因果。

明白了吗？我的心子。

奶格玛说，儿呀，你静了心，凝了神，放下万缘，来听我们的歌声吧。

3. 悟后的暖阳

空行母于是齐唱——

情器间也有至高的物质，被称为圣物或是甘露，
外道也许是别有名相，它们其实是助道的物质。

真正的最高物质是开悟的觉受，像寒冬的暖日能带给你安详，
你坦然放松如严冬里晒着太阳，但同时又没失去那觉悟。

要永远沐浴在觉悟的暖阳下，不要追问不要希冀，
你要享受那份觉悟后的放松，却又不是无记和愚痴。

放松里要体会警觉的日光，用光明应对眼前的诸物，
虽然光明朗然照遍世界，但不要丢弃那温暖的沐浴。

那沐浴暖的是身体与心灵，身心俱受用觉悟的光明。
道道光明渗入每一个毛孔，从里到外都坦然通透。

别再去寻觅心外的圣物，世上有许多真正的骗子，
他们故弄玄虚费尽心机，为的是借圣物满足私欲。

真正的圣物当然是觉悟，你不要执著也不要丢弃，
就像行进在晴空下的野外，虽不执著却享受着丽日。

那丽日的源头依然是心性，心外并没有殊胜的物质。
因为有了觉悟的光明，诸相便有了辉煌的色彩。

丽日下行动你坦然放松，心却朗朗明明犹如明镜，
镜中能照彻大千世界，那镜体却又如如不动。

当诸境来临时镜面纷繁，诸境离去时镜也澄寂。
虽然那明镜迎新送旧，那光明镜面却了无痕迹。

再犹如那利剑刺穿了水面，瞬息间水面便有了裂缝。
当你抽了那利剑出水，水中却看不出一点痕迹。

证悟的行者在世间的行为，便如那利剑斩向水面。
虽然有诸多的行住坐卧，那心体并无丝毫的动移。

当我们面对那纷纭的外相，一定要体会相似的明镜。
外境自可以白云苍狗，那心体却不可随它而去。

当你明白了这一真理，你便拥有了至高物质。
虽然你看起来庸庸碌碌，其实你心怀灵山之珠。

那宝珠光明朗然照破天地，炎阳下便没有六道影子。
痛苦热恼更是夏日的霜影，没有执著便没有痴迷。

光灿灿灵历历露地白牛，空荡荡明晃晃火中莲炬，
光洁洁明浩浩心头朗月，蓝碧碧净洒洒晴空万里。

到此时人世间不再求他物，天界也没有更妙的消息。
醉醺醺乐陶陶长养圣胎，扫除了万象也没了自己。

到这时你无须再求佛国，净土呀圣地呀皆在心里。
法身无处不在无时不有，到此时触目皆是净土。

奶格玛开示道，儿呀，你一定要记住，世上有许多殊胜的助道物质，它们被人们当成了圣物，它们可能是珍贵的草药和圣人的用物，但它们是三昧耶之物，只对守持誓约者有用。真正的圣物是深入法义，了悟本然。当你沐浴在本然之中，就等于得到了最高物质的滋养。要知道，了悟的明空不是虚无，而是充满了明晰的活性。

当你认知到本元心后，它就会磁化你的人生。你从此会无忧亦无惧。你的心已经变得像水一样，即使它受到利剑刺击，它也会不怀希冀，不生恐惧。那被剑刺穿的水面，虽也荡起了涟漪，但很快就会平息，不会留下任何痕迹。

儿呀，要体认你所经历的一切，其本质均是无生，你不应有希望或恐惧，不再去期待或焦虑。哪怕你在一夜间成了国王，你也不应狂喜。哪怕你在瞬息里变成乞丐，你也不应忧虑。因为无论发生什么事，你的心性本质都是无生亦无灭。

对你的亲人，你无须攀缘；对你的仇敌，你不必憎恶。你随缘而为，帮助他们，但却不要带任何的执著与期望。当有一天，你的亲人死去时，你也

不必哀伤地哭泣，也不要离开那光明证境。你可以随缘做些功德，为亡者的心灵带来利益。但记住，他们的本质，也是无生无灭的。

那真正的大手印成就者，犹如巍然的雪山，虽不动不摇，但在信日的照耀下，能流下滋润万物的雪水。他能随缘示现诸种境界，又能须臾不离本然。无论成为国王，还是沦为乞丐，他都能处变不惊，坦然欣赏所受的境况。他的行为任运自然，而不是造作模仿。他会在本然状态下，觉察自己在日常生活中的所作所为，他自信但又善巧，以避免不必要的误解。

当一个人圆满了悟时，已不再忧惧轮回，也不再向往涅槃。他的真心中，万法一味，万物一元，没有需要接受或被拒绝的东西。其心如镜，能朗照万物，却不假好恶。这时，他再也没有了能修和所修，因为他无时无刻不处于本元之中。

空行母们齐声唱道——

语言的功能已全部消失，就像盲者的视和聋者的听，
就像哑巴的话静默的声，没有语言可以描述什么是什么。

那至妙的大味无法用味觉描述，那至妙的声音无法用音符再现，
那至高的形象不再有色彩，那至大的境界没有了身形。

纵然是一口吸尽三江之水，也咂不出心中想说的滋味。
纵然能吁出万顷波涛，也无法道出那静寂的声音。

虽然我们唱了诸多的歌谣，但智者了然迷者依旧迷茫。
即便是有了万千的言语，那心头的觉悟依然离于言表。

只有你尝到那妙法的滋味，你才会梦中醒来恍然大悟，
你才知所有的真理不是语言，真理是概念之外的那个本体。

咿呀雪漠或是琼波巴呀，你智慧的心光已开始显发，
你要超越二元对立的牢笼，超越便是那解脱本身。

你智慧之烛虽然没有燎原，那粒种子尚待长成大树，
但你已窥到了修道的路径，你已经出世间顿超凡尘。

虽然你还有漫长的路途，但光明已显不会再迷路，
也不会心外求法四处奔波，更不会认假为真执幻为实。

你发现其实你证无所证，那光明你其实早已俱足。
你远行之路的真正目的，是发现了你自家的珍宝……

4. 发露的体悟

琼波浪觉说他豁然大悟，喜极而泣。以前的一切所学都顿时鲜活了。他说，以前所求的所有教法精髓，空行母们都涉及了，而且更加朴素明了。

他喜极而泣，顶礼多次。

奶格玛说，好了好了。你是真的明白了。

琼波浪觉笑了。我也笑了。

他问我，你笑啥，难道你也明白了吗？

我笑道：明白是啥？弟子愚钝，不知是否体悟到了那么高深的真理，但我愿意发露自己的体悟，请上师验证——

切断心纠结，成熟并解脱；
勿受心欺骗，此外无执著。

守护三昧耶，察吾心明镜；

非谓观诸法，本来无疑惑。

修炼气和脉，赋之以活力；
清净诸脉道，勤修微细身。

坦修大乐时，守护智慧宝；
大乐融诸心，体悟诸菩提。

静观明智心，本觉之光照；
空非死寂无，朗然如水晶。

自然解脱处，大印为依归；
犹如蛇解结，自然而解脱。

至高之物质，沐浴悟暖阳；
空中非虚无，明晰多活性。

在修行方面，犹如剑刺水；
超越世八风，无忧亦无惧。

在相似方面，观外相之镜。
游戏本一味，超二元对立。

如是如是。琼波浪觉欣慰地笑了。他说，儿呀，我已经点亮了你，你再去点亮他们吧！

我问，他们是谁？

他说：他们是一堆词语。

第三十一章　尾声也是开始

1. 渐去渐远的身影

经过多年如法的实修之后，琼波浪觉踏上了归途。

没人知道他用了几年时间实修。要知道，在明空之境中，是没有时间的。洞中方七日，世上已千年。

来路茫茫，去路迢迢。心却变了。因为多了一份经历，心也多了一点明白和觉悟。

同样没人知道琼波浪觉在印度寻觅了多少年，秘传中没有记载，这并不重要。在琼波浪觉一百五十岁的人生中，多待几年少待几年不是多么重要的问题，重要的是他如何待。去的时候，他只有一颗期盼和寻觅的心；回的时候，他成了许多密法的载体。他已见到诸多本尊，已证得了幻身和光明，并经过有学双运，达到了无学双运，证得了大手印的究竟成就。

当然，在大成就师的一生中，最重要的，还是他的菩提心。

琼波浪觉的脸上写满了风尘。他的额头已有了浅浅的皱纹，这很正常。谁都会有皱纹的。岁月绝不会因为他的信仰而不涂抹无常的印迹，正如发现因果法则者并不能逃离因果一样。但我明白，琼波浪觉还有很长的路要走。当然，就个体来说，他住世一百五十年，但相较于亘古的大荒，他的一生，仍是茫茫大海中一朵瞬间腾起的浪花。

琼波浪觉看到了绵延远去的大山，也看到了那烟雾状的云彩。风轻柔地吹来，吹进他的心。他的心仍没离开那些在命运中给了他觉悟的女子。他相信，无论她们栖身于何处，都会默默注视着他。他听到了来自亘古的悠长而苍茫的呼唤。那是他今生活着的理由。

匆匆的脚步溅起无尽的尘埃。蒙昧的心智已迎来智慧的光明。虽然疲惫，虽然正在走近久别的家乡，但他想，我并没离开她们，并没离开那些被人们称为智慧空行母的女子。

奶格玛，我生生世世的上师！

司卡史德，我生生世世的明妃！

莎尔娃蒂，我生生世世的爱人！

时不时地，琼波浪觉的心头就会响起这样的呼唤。

总是在不经意间，他就会看到一双双眼睛。它们明眸善睐，风情万种。你不要以为我用错了词，是的，风情万种。那万种风情，正是空行母的智慧。她们正以那智慧顾念着众生。你千万别将她们当成木讷的偶像。不，她们是鲜活的生命。她们像大海波涛那样涌动着生命的激情，她们像巍峨的山峰那样袒露出充盈着大乐的躯体。我总能感受到那洋溢着生命柔情的呼吸。她们已成了我生命中无处不在的光明。

“奶格玛，司卡史德，我生生世世的上师，生生世世的母亲！莎尔娃蒂，我生生世世的妻！”

每次想到这三位女子，我总是泪流满面。泪模糊了我的双眸，却擦亮了我的心。我的生命里，便有了一种挥之不去的氛围，有了一种淡然却浓得化不开的情绪，有了一种无所不包无处不在的明空。

琼波浪觉告诉我，他心中经常涌动的，不是上师们传他的本尊心咒，而是“奶格玛千诺”。从上百位上师那里，他虽然领受了上千种教法，学会了无数的心咒，但他生命的时空里，经常响起的，却是“奶格玛千诺”。因为，所有上师都告诉他，念诵本尊心咒万遍，不如至诚祈请上师一次。他将所有的上师本尊，都融入了奶格玛的智慧大海。

我曾问过琼波浪觉，你为啥有那么大的成就？

他答道：因为在生命的每一分钟里，我都在祈请我的上师。

九百多年后的某个夜里，他将那句生命里最重要的咒子传给了我。

奶格玛千诺！

琼波浪觉说，奶格玛是证得了究竟佛果的，她跟所有佛陀无二无别，她的法身遍布法界。只要至诚祈请，她无不应缘加持。

不过，在那个仿佛遥远到天外的时刻来临之前，奶格玛却仅仅是琼波浪觉心头摆脱不了的牵挂。他当然不知道，那牵挂本身，便是奶格玛的显现。

一句“奶格玛千诺”，一直伴着琼波浪觉，走过了漫长的求法岁月，又伴着他回到了雪域。

远去的尘埃里，我看到琼波浪觉渐去渐远的身影。

隐隐地，传来一阵歌声——

山，虽在巍然屹立，
但它高不过闪光的心灵；
路，虽在蜿蜒远去，
但它长不过跋涉的脚步。
我的步履虽然蹒跚，
信念却坚如磐石，
因为灵魂里炫目的光亮，
将化为夜行人手中的火炬。
那传递了千年的智慧之火啊，
将从你我的手中，
燎原成历史上最美的景致……

2. 凄婉的心曲

琼波浪觉在回到藏地之前，又去了尼泊尔，去找莎尔娃蒂。

但那时，尼泊尔人的平均寿命不到四十岁。没有任何一个女子，能禁得起他漫长的寻觅。更何况，莎尔娃蒂还遭遇了命难。关于那命难，都说是由那诛坛中的邪恶咒力导致的。对于这种说法，许多人深信不疑。

在以前他求学的那座小院里，琼波浪觉见到了库玛丽。以前，她曾为莎尔娃蒂提供那些咒士的诸多信息。现在，她也很老了。为了等琼波浪觉，她从班蒂那儿求到了“奶格玛长寿持明密法”，精进修习，不舍昼夜。以是因缘，她才住世百年。

库玛丽交给了琼波浪觉一些文书，说莎尔娃蒂已将她的所有财富换成了金子，存入一家柜坊。柜坊是专门替人寄存、保管财物的机构。凭着这些文书，他可以取走那些财富，作为他将来弘法的资粮。只需要付很少的一点佣金，柜坊还会帮他将财富运送到雪域。他们的马帮可以通往许多国家的商埠。

库玛丽交给琼波浪觉的，还有他以前写给莎尔娃蒂的信。此外，还有莎尔娃蒂的一些文字。

正是从这些文字中，他才知道，莎尔娃蒂承受了怎样的相思与疼痛。

后来，证悟后的琼波浪觉，请空行母将那些文字用空行语言保留下来，并嘱咐她们，请她们在千年之后，交给一位彻证空性、能洞悉空行文字的人。

正是借助那空行文字，我才看到了弥留的莎尔娃蒂——

在恶魔撕扯的疼痛的间隙中，那让我柔肠寸断、心血汹涌的敲门声又一次响起了。

我虽然知道你不会来，但还是心跳不已。以前，每次听到你独特的敲门声，我总是激动，心像春风吹皱的池水，又像大海在汹涌，它能唤醒我沉睡的千年，唤来一个个瑰丽的日夜黄昏。琼，是昨日的你又捧着一杯上好的茶来请我品味么？是昨日的你拿着好书来翻给我欣赏么？还是你兴冲冲地来邀我去沐浴星光？

在身体许可的时候，一听那声音，我总是一跃而起，兴冲冲开门，再灰溜溜回来。

我的太阳，为什么走不出那些尘封的往事？是你太美，还是岁月太美？一路上月光都老了，但我对你的感觉却如此年轻，经得起时光的翻阅。

你却终于走了，走入你的梦里了。心酸依旧，小巷依旧，你这一去，谁再为我站在路口凝眸？你一走，谁再给我些许的呵护和自由？你一走，我们何时在春光中牵手，把我沧桑的目光，融入你如水的眼眸？

今夜的雪花依然飘个不停。但毕竟是三月的天气，一丝凉凉的气息中牵扯着一缕落寞而凄凉的相思。好想你！在这样幽静的晚上，我不经意地路过那间曾经春意盎然、现已风雨凄凄的小屋，竟一下子怔住了，一种恍若隔世的感觉涌上心头。若此时小院里无人，我定会哭泣的。我要让这间温馨的小屋永远不要忘记那段真实而美丽的红尘故事。

站在曾经相约的窗下，轻轻抚摸着朴素的窗棂，心底的感觉遥远而清晰。吾爱，今夜又落在何方？这里的望夫崖早已望不回跋涉的你，空留下一段美丽和凄凉！

吾爱，你可看到满天的星辰，闪耀着寒光，在我的心头跳跃着，远逝着，引来那飒飒驿动的季节。冬季的月光告诉我：迟到了，迟到了，迟到的脚步，追逐着一个美丽的错……

吾爱，月色溶溶，你在困惑里游荡么？你也听见月儿的言语么？你可看到远在天涯的那颗明月般的心？它时时想抚平你紧锁的眉，它时时想拉住你远离的魂。谁说迟到了？谁说错过了？心与心之间没有距离。

雪下得紧，片片撞击着我千疮百孔的心。面对冷清的空间，我不知怎样少一些伤痛。

窗外的雪花依旧飘个不停，缠缠绵绵的，像我心底无穷无尽的相思。我渴望见到那个熟悉的身影，但眼前只是一片铺天盖地的雪花，遮断心与心的相逢。

我斜倚在墙角，接受寒风的拂凉。一只寒鸦掠过那一方被红墙切割的蓝天，悠然呈现在我的眼眸里，于是，那物是人非、恍若隔世的情感直向我袭来，我的泪水悄然滑落。

那赭红色的矮墙下，曾经有我伫立临风、眺望至爱的角落。风里雪里，我曾经一手遮着额头，一手扶着墙角，用一种平凡的姿态，站成了一线独特的风景，一直看到你洒脱可爱地从小巷的尽头迤逦而来……

一个人走在长长的梦里，咀嚼感叹，任凭褪色的往事拨弄肩头的白发。一样的天空，一样的风，憔悴的我茫然四顾，再也找不到回家的路。你的眉眼映在天边最显亮的地方，目光中写着我无法看懂的文字。也许，昨天多情的风和我做了场可爱的游戏，戏弄了我，戏弄了你，戏弄了那个粉红的夏季。

心茫然，脚步沉重得无法前行。我不知道怎样才可以解脱自己。一直期待你的守诺和归来，但风起云动，我仍在守候“一枕黄粱”后的寂寞。

心跌落了，如一片黄叶，在漫漫的大海中漂泊。岸上的渔歌在夕阳中响起，仿佛是一场梦。

四周的歌声，敲打着我空旷的脑海。二十多年的等待，终于冻僵我凄婉的心曲……

当我捡拾完人生中最后几片枫叶后，心灵终于放飞了那些曾经憔悴而甜美、愉快而沉重的相思。

远去了，别人对我的嘲讽……

那心底的冰块，也渐渐消融……

3. 秘密的相遇

在琼波浪觉回到雪域近千年后的某一天，我又跟奶格玛相遇了。我们的相遇，始于寻觅的起处，终于渡口的曙光。

在那光明境的渡口处，我见到了奶格玛。那是个寻常的女子。她没有传说中那么美丽，寻常得不像一个传说。

我不知道，我遇到的奶格玛，跟琼波浪觉遇到的那位，是不是同一个人?

但我想，真理是以不同的名相出现的，奶格玛也一样。她可能是一缕清风，是一抹晚霞，是一晕夕阳，是一点朝云，是一个含羞待放的花蕾，是一阵酣畅淋漓的鼾声，更可能是一个像司卡史德这样又刁钻又智慧的女子。

千年前的相遇，跟千年后的相遇，想来有了岁月的差异。但我已不在乎杯子，我需要的，是杯中的甘露。无论她有着怎样的外相，我都会窥破假象，看到真理的本质。

我们相遇在一种极静的境界中，她说她在等一个人。我不知道她在等谁。那时我想，她若真是奶格玛，其实已不需要等待，因为她已等到了我。

那女子告诉我，真正的奶格玛，其实是一个寻觅的过程。书中的司卡史德，那莎尔娃蒂，那无数朝拜的圣地，那本波的咒语，还有那吞天的精灵，那无量的魔障，那无尽的相思……那途中的所有风景、所有的人、所有的事，都是奶格玛。

她说，不明白这一点，那奶格玛，就真是一个传说了。

我微笑着发问：那么，我也是了?

难道不是吗?她笑了，笑声有金刚铃的余音。

我问，你在等人吗?

我又说，其实你不用再等，因为你等到了我。

她笑了，目光里充满妩媚。她说，我不是在等待，我仅仅是在陪你。

我告诉她，在这个净光闪烁的渡口，她没在等我，我却在等人。虽然我也在寻找。但我的寻，不知从何时起，已经变成了我的等。

我们都知道，那漫长的路的尽头，会走来我等待的人。

我们等候在巨大的静默里。从血色黄昏，等到夜色阑珊。因为有了这相遇，我们的心中都溢满了大乐。那大乐，无我无法，无边无际，无执无舍，无瑕无蔽。它像一晕晕光波，荡向了天际。

夜虽然十分漫长，但因为有了几颗质感很强的星星，我便觉得光明无限了。在星光下，那女子静默着，但我知道她是太阳。因为有了她，我不再期盼别的旭日。

我们浸泡在巨大的含蓄里，在静默中，说着想说的话。

在天边鱼肚白的微笑中，我终于发现，有一个人，正朝我们走来。我看不到他（她）的脸。我甚至不知道他（她）的性别。他（她）的身后，是黎明前微暗的天光。恍惚的天光里，有无数人的剪影。我在静默里发问：你们是不是我的部队？那些人不答。但对我静默中的演讲，他们发出了掌声。只是我觉得，那掌声，是更大的静默。

那一刻，我忽然疑惑了：不知是我在等他们，还是他们在等我？

在那遥遥而至的等待中，奶格玛欣慰地笑了。我们四目相对，甜蜜无比——我没有用错那“甜蜜”一词，我真的很甜蜜。除了“甜蜜”之外，我找不到其他的表述词语。

从相遇至今，我没有问她任何问题。因为，我本来就没有问题。

在无尽的甜蜜里，我心灵的光明显发了。我清晰地发现，那个叫奶格玛的女子，其实是我自己。我的所有寻觅，我的所有相遇，我的所有期待，我的所有经历，那天光中的所有剪影，其实是我自己。

在我智慧的生命中，真正的奶格玛，就是在这时出现的。于是，我心中的那一点净光，在黎明中溢向十方。

一个声音悄悄地说：你终于发现了真相。

是的。我说，现在我终于可以说了：那等待的我，那相约的她，那我们要等的你或是你们，其实都是我自己。在一个幻化的大游戏中，我跟奶格玛一起，一直在演着另一种游戏。

奶格玛并不曾离开我，我们也无所谓相遇。在我无垢的清净里，甚至不需要那寻觅的过程。虽然那过程也是奶格玛，但真正的寻觅，甚至不需要过程。

只是，要是没有那寻觅过程，我可能永远都会去寻觅。

正是在那无尽的寻觅中，我终于发现，我本来就不需要寻觅。

那女子却笑了。她说，是的是的，不过，你的见地，只属于你自己。它是你实现超越后的证量，而非凡夫的狂妄。对于没有踏上寻觅之路、没有经历寻觅之苦、没有经受灵魂历练、没有实现终极超越的人，他们还有漫长的路要走。没有寻觅，没有经历，没有历练，没有经年累月的实践，你就不会是奶格玛。

她说，只有在你到达目的地之后，那个奶格玛，才是你最后的自己。

就这样，我们相视而笑，相拥怡然，无此无彼，融入在对方的生命里。

笑声里，有歌声隐隐响起——

是千年的风霜侵入你的肌肤？
是百世的相思令你魂销神泣？
是大漠的风沙吹断你梦中的驼铃？
是过眼的烟云迷了你远行之路？

偌大个瀚海从此无一丝春色
沾衣的不再是带泪的笑
啸卷的沙尘
每每在梦中腾起

你总说寻觅已到了尽头
丘比特是命中的克星

那支箭不该姗姗而来
吁叹间
白发已替了青丝
谁叫你在天界贪玩呢
一流连
便迟到五百年

你总说冰冷的尸林没个温暖的怀抱
那个叫红尘的隧道定然是风雨凄凄
是怕寂寞你盈盈的笑吗
知否
真爱的生命没有尽头
爱是永恒的字幕

你老说下一世再来
圆你期盼了百世的梦
谁要成佛让他成去
你的正果叫虞姬
在霸王的乌骓马旁
问天下谁是英雄

英雄的名字又叫寂寞
江湖路长
更长的是英雄的情思
那张射雕的大弓
茫然千年了
漠风因之而起

沙卷乱石成十面埋伏
荒芜了
猎猎风中英雄路

霜风掠白了你的青丝
掠不老你的寻觅
点点梅花
夜夜射向天际
天涯路上无你的郎君
郎君是沧桑的雨雪
总是悄然而来
又悄然而去

莫非你因此而病
那轮月儿失色了
窥视的天狗定然在窃窃私语
还是入梦吧

梦中的你是消瘦的月儿
梦中的你是带泪的海棠
梦中的你是悲吟的古琴
梦中的你是啼血的杜鹃

这红尘
总不见衔羽的鹊儿
王母的簪子却舞个不停
轻轻一划

便有了传恨的飞星

昨夜里西风又起
一面血红的大旗
在残照里猎猎作响
黑马长啸
牵动边塞的烟雨
灵魂在西风里
声声呼唤——
归来吧，归来哟，
浪迹天涯的游子……

——2005年初稿于凉州

——2011年6月定稿于东莞樟木头“雪漠禅坛”

——2016年12月修订于沂山雪漠书院

●雪漠

要建立自己的规则（代后记）

1

若有人问："雪漠，你的小说中，对于你来说，最重要的是哪一部？"我会说："《无死的金刚心》。"

若有人问："那么，对读者来说，最重要的，是哪一部？"我仍然会答："《无死的金刚心》。"

为什么？

因为，我的其它小说，可以感动或改变你；而《无死的金刚心》，却可以"成就"你。这书是一块肥沃的土地，你只要用力拽那个露出地面的"智慧指头"，就能拽出一个有着喷薄生命力的"成就汉子"。也就是说，你要是能像书中的主人公那样历练，你定然也会得到证悟，成长为一代圣者。

不过，在一般人眼中，《无死的金刚心》却可能是个怪物。它根本不像小说，但我又不能不将它当成小说。它不是时下人们习惯或认可的那种小说，但由于写了一种神秘经历，我既不能说是"实录"，又不能说是"体验"，我只能赋予它"小说"或是"传记"的名相。

需要说明的是，笔者也是从琼波浪觉走过的那条路上走过来的。主人公的证悟过程和灵魂之旅，也真实地存在于我的生命中。

是的，明眼的智者可以看出，我写了一种最真实的存在。真实到啥地步？真实到若有人照着主人公的路走下去，他也会成为另一种意义上的琼波浪觉。

世上哪有比它更真实的小说？

2

《无死的金刚心》远远超过了人们对小说的理解，但它却是雪漠的小说中，最应该看的小说——其实，它更应该称之为"大说"。所以，你不要按"小说"的标准来要求它，你应该按"大说"的标准来欣赏。在我写的"大说”中，有大量的一般小说没有的智慧、思想和“说法”。它有时虽也有言情小说的缠绵，但更多的章节，却像用斧头劈下的根雕，非常粗粝，但有力量。我有个学生叫罗倩曼，她设计过《西夏咒》和《西夏的苍狼》的封面，我很喜欢。因为设计封面的便利，她初读我的文稿时，说是毫无文采。读完之后，她却说，雪漠老师写到这个份儿了，还需要文采吗？她甚至认为，正是那种斧头劈出的粗粝，才让文本显得非常有力量，虽然不乏粗拙，却有种其他读物没有的力量。

与此同时，一家出版社的编辑也读过此稿，他用“修忍辱”的耐性读完此稿之后，说小说不能这样写，说里面不该有许多他没法理解的教义。还有一些对我很好的朋友，甚至劝我悬崖勒马，紧急刹车，马上回到《大漠祭》《猎原》和《白虎关》上去。但我想，要是真的回去了，那我的写，不就是在重复自己吗？与其那样，我还不如扔了笔和电脑，去干一些更有意义的事呢。

还有些有见识的朋友，也在善意地向我传递一种信息：小说不能这样写。我当然知道他们是为我好。因为，在我的创作之初，许多编辑就这样教调我。

是的，小说是不能这样写，但雪漠的“大说”偏偏要这样写；小说不能大段议论，但雪漠的“大说”偏偏要议论；还有许多“小说”不能做的，但在雪漠的“大说”中，偏偏都能做。我想写的，便是这样的“大说”——是除了“雪漠”之外，别人写不出的那种。

于是，我就有了自己的标准。

契诃夫说，小说开始时出现的枪，要是在后来的情节中不能打响的话，那它就是多余的。他的意思是小说一定要有照应。

雪漠却说，那枪，为什么一定要打响？那情节，为什么一定要有照应？我偏偏要写一堆在后文没有照应的人物和情节——只要它们是我“说话”时需要的材料或营养。在我的规则中，不是我要照应它们，而是它们要照应我。在我们的人生中，许多事情，其实是没法设计和照应的。许多时候，我们根本不需要“匠心”，但仍然不影响我们人生的精彩。许多时候，有为的“匠心”

反倒显出了匠气和狭小。大道是朴素自然的，它没有说这不行，那不行，而是随缘而为，顺势而作，浑然天成，毫不造作。像李白的诗歌中，就有着许多一气呵成的意外“天趣”。它虽然不像杜甫那样推敲锤炼，但我们喜欢李白的，也许正是那一股自然喷涌无拘无束的“气”。小说亦然，有时的精雕或设计，反倒显出了虚假。像陀思妥耶夫斯基的小说中，就有许多没有照应的情节和人物，虽然被屠格涅夫斥为“痢疾”，却一点也没有影响作者的伟大。不精致的陀思妥耶夫斯基，甚至比强调“精致”的契诃夫更伟大。因为我们从陀思妥耶夫斯基的所有文字中感受到的，是他喷涌的天才、思想和大爱。

《无死的金刚心》就是我这种思想的产物。

《无死的金刚心》粗糙得十分有力，简朴得像块陨石，粗粝得像猿人用石斧劈出的岩画，神秘得像充满了迷雾的幽谷。要不是其中的爱情还算得上缠绵的话，读者会以为作者是个修了千年枯禅的干瘪罗汉。但只要你耐了性子读完，肯定会发现雪漠笔下的风景，真的是“无限风光在险峰”。只要你认真读完它——要是读不懂，你为啥不多读几遍呢——你定然会长舒一口气，说，我没有白读它。它确实有着一般小说绝不能给你的东西，这就够了。

我甚至发现，即使对于其中的一些可能被人称为“简朴”的语言，要是我再进行修饰的话，就会亵渎了这个文本。那表面的简朴之中，其实有一股大巧若拙之“气”。我每一修饰，就发现那“气”受到了损伤。正如我们不希望一个木讷的罗汉去成为“脱口秀”的主持人一样，有时的拙，其实是大巧；有时的简陋，其实是朴实；有时的粗粝，其实是返璞归真；有时的简单，更可能是伟大。

我于是想，索性，就让它保持“本来面目”吧。

瞧它，多像胡子邋遢、顶着一头乱发的雪漠。

粗糙之中，却不乏智慧和力量。

呵呵，是不?

3

所以，您千万不要希望雪漠拿腔作态地写一部四平八稳、循规蹈矩的小说。世上到处都有这种东西，要是想看它们，您可以走进任何一家书店，随便抽一本小说，它们都能迎合您的期待。

但要是想看《无死的金刚心》这类“大说”，对不起，您一定得先看看作者是不是“雪漠”。

这几年来，对我的创作，说啥话的都有。有说我是大作家的，有骂我不会写小说的，还有其他说三道四的。其实，若是按时下流行的那些标准去衡量，我真不知道自己算不算作家。对我的小说，爱的爱死，恨的恨死，虽然不合时宜，却怪怪地有了很多铁杆“雪粉”。正如对待我，或说我是佛，或说我是魔，其实我只是一面镜子，每个人看我时看到的，其实总是他自己。我的小说亦然，喜欢者总能从中找到自己需要的东西。

《无死的金刚心》是我的小说中最不像小说的“大说”，也许它犯了很多小说不能犯的忌——比如充溢于字里行间的真理和思想。对于传统的小说规则来说，写思想是犯忌的，都说思想会腐朽，生活之树却可以常青。但我的书中那些思想，却正是我着力想宣扬的东西。要是不犯那些“忌”，我也就不写作了。因为，在我眼中，那些“忌”，正是我作品的“魂”。要是没有那些“魂”，我就找不到写作的意义了，还不如扔了笔或电脑去晒太阳呢。我写的东西，一定要对人的心灵有用，甚至有大用。无论啥规则，要是做不到这一点，我便要打碎它。

再说了，对于某些思想来说，当然很快就腐朽了。但有些思想，却应该能伴随人类存在下去，如老子的，如庄子的，如佛陀的，如基督的，要是哪天它们腐朽了，人类也该没了。

我写的思想或是智慧，在我眼中，正是这种死不了的东西。以是故，我的文字定然会比我的肉体长命。雷达老师甚至认为，我的“光明大手印”系列的影响，定然会比我的小说大……嘿，还真叫雷老师说准了，那书一出，真的是好评如潮。我应邀去国家图书馆、中国科学院、中央民族大学、中央财经大学讲大手印时，那种热烈的场面，是我以往的小说带不来的。有许多读者，从外地赶往北京，为的是听我的大手印演讲。我的“光明大手印”系列，也真的为我赢得了更多的“雪粉”。它甚至还改变了许多读者的心。要知道，许多时候，能改变心，就能改变命。

对写作，我有自己的标准。我不愿意浪费自己的生命去遵循别人的标准，哪怕这种标准已得到举世公认，已成为文学不得不遵循的规则，我还是想建立自己的规则。我眼中的小说，它必须是我说话的一种方式。哪怕这个世界不认可它，但只要它能让我快乐或是充实，我就愿意写它。

北京大学文学硕士、人民文学出版社编审陈彦瑾曾在《中华英才》杂志撰文说，雪漠在文坛是个“异数”，因为他总是“不合时宜”——不能和时代“合拍”。她说：

> 1988年路遥的《平凡的世界》出来时，雪漠刚在《飞天》杂志发表第一篇小说《长烟落日处》，获甘肃省优秀作品奖。获奖后，雪漠就想为西部贫瘠大漠里的父老乡亲好好地写一部大书，于是开始了“大漠三部曲”的创作，没想到，这一念想，耗去了他二十年的生命。《大漠祭》出版时，已经是2000年了，而第三部《白虎关》写完时，已经是2008年了。上世纪八十年代一度引领文坛和影视歌曲创作的西部风和乡土风，到了二十一世纪，早已是被都市化和商品化大潮冲刷而去的明日黄花了。而《西夏咒》的创作，雪漠拾起的是上世纪九十年代的先锋叙事，于是有评论家指出，《西夏咒》是“中国的《百年孤独》”，是“东方化的先锋力作”；直到《西夏的苍狼》，雪漠才第一次正面写都市，而《无死的金刚心》，雪漠又回到了《西夏咒》式的“梦魇般的混沌”叙事——要知道，先锋叙事在上世纪九十年代中旬即已没落，随着市场化进程的突飞猛进，如今，文坛盛行的早已是欲望混合着猎奇的商品化写

作。雪漠在这样的环境下仍坚持先锋式的纯文学创作，尤其是在全民唯经济论、唯世俗享乐的时代，将目光投向被大多数人遗忘的西部贫瘠土地上的农民，书写他们“牲口般活着的”存在，探讨他们从泥泞中倔强升华的“灵魂”，甚至探讨整个人类对世俗欲望和历史罪恶的“灵魂超越”——这一追求，无疑是与时代潮流格格不入的。

是的，我承认，我的写作，确实“不合时宜”，因为我从来不在乎“时宜”——“时宜”便是这世界的好恶和流行规则。这世上，已有了那么多符合规则的作家，也不缺我一个。我写的，并不是好些人眼中的小说，我只写我“应该”写的那种。它也许“不合时宜”，但却是从我心灵流淌出的质朴和真诚。这世上的一切，从本质上看，都是一种游戏。不同的群体建立不同的游戏规则，再由不同的人去遵循它。小说创作也一样。那么，我为啥要去迎合别人的规则呢?

我的“大漠三部曲”，虽然在题材上吻合了曾经盛行的“乡土风”，但写法上却远离了评论家眼中以故事情节取胜的小说规则。曾经有一位名编辑读我的《大漠祭》时，读到十万字时，说我还没有进入正题。我说：“小说一开始，就进了正题呀！”原来她想找的，是一个故事；而我想写的，是一种存在。我的《猎原》和《白虎关》，想定格的，同样是马上就会从人类的视野中消失的生活。我的《西夏咒》《西夏的苍狼》《无死的金刚心》也一样。这三部作品，因为都涉及了灵魂和信仰，我称之为“灵魂三部曲”。它们让人们看到了一个新的雪漠。它们不是时下评论家眼里中规中矩的小说，它们只是我想说话时，从心中喷出的另一个生命体。

《西夏咒》出版后，引来很多的争议，有叫好的，也有骂的，《西夏的苍狼》亦然。可以预见，《无死的金刚心》出版后，定然也会招来一片嘘声，或者一片掌声。不要紧，对于它们，骂者骂，夸者夸，各随其缘，我也没时间去在乎了。生命太短了，我们没必要太在乎世界对你的看法。我说过，哪怕这世上所有的人都在乎和赞美你，等这一茬人死后，你仍是下一茬人的陌生。重要的是，你是不是真的能留下能让下一茬人也记住的东西——当然，我甚至也不在乎“留下”了。因为我最在乎的，是当下的快乐和明白。

我说过，我写《大漠祭》们，只是想定格一些正在飞快消逝的存在，只是想对那块远去的土地说一些我想说的话——但是，写完《白虎关》之后，我却忽然想说另一些话了，于是就有了“灵魂三部曲”。一些明眼人从这三部小说的创作中看出了象征和寓言，也有人看到了时下流行的叙述和“穿越”——但对于我自己来说，脑中其实是没那些概念的。它们只是从我心中喷出的话而已。写作时，我的心中并没有那些小说规则。我只是享受那份喷涌的快乐，仅此而已。

4

需要强调的是，我的那种写作状态，离不开我二十年如一日的大手印修炼。

在第二届香巴文化论坛上，我在北京大学中文系与一些学者进行了对话，我谈到了大手印文化对我写作的影响：

> 我的小说不是编出来的，而是与某个更伟大的存在相融为一体的清明中间，让文字从我的自性中自个儿喷涌出来。喷涌的时候，我心如明空，指头虽在跳舞，但脑袋里却没有一个词。我不知道啥时候会流出哪个情节，只感到有无数生命、无数激情向我涌来、压来，文字自己就流出来了——仿佛不是我在写，而是有一个比人类更伟大的存在，通过我的笔在流淌出“另一种生命”。北京大学的陈晓明教授说得非常好，他说我的写作是一种“附体”。当然，我认为那不一定是“附体”，但我确实感到有一种力量从我的生命里向外喷。那力量涌动着，激荡着，喧嚣着，从我的生命深处涌出，带给我一种巨大的快乐。那是从内向外喷涌的一种大乐，整个宇

宙、整个世界都在跟我一起狂欢，但同时，我却是心似明镜，如如不动，却又朗照万物。你想，在这种状态下写作的时候，我怎么能够考虑主题、结构、人物、情节……没有这些的，一切都在往外喷。我的“大漠三部曲”和“灵魂三部曲”，就是在这种快乐中流淌出来的。

这一点，也跟我写“大手印”墨迹时相若：“灵光乍现之后，我便远离了所有的书法概念，忘了笔墨，忘了美学，任运忆持，不执不舍。妙用这空灵湛然之心，使唤那随心所欲之笔，去了机心，勿使造作，归于素朴，物我两忘，去书写心中的大善大爱……那‘大手印’三字，便如注入了神力，涌动出无穷神韵了。一老书法家叹道：好！拙朴之极，但又暗涌着无穷的大力。”“我仅仅是去了造作，去了机心，去了一切虚饰，而流淌出自己无伪的真心大爱而已。”（《从我的“墨家”经历谈真心的“光”》）

简而言之，我写字和作文的要诀，便是“去机心，事本觉，任自然，明大道”。

我研修大手印的目的，也为的是消除自己的欲望，让自己没有任何心机，没有任何功用，只是让文字质朴地流淌出自己的灵魂。当你把欲望、贪婪、仇恨，以及外界对你的束缚打碎之后，让自己心灵的光明焕发出来，不受世间流行的各种概念、理论的束缚时，你就会进入一种自由境界。

真心光明的写作，是能够“以心换心”的，即能用我的真心去激活读者的真心。所以，很多人读我的作品时，总是会感到非常清凉。

究竟地看来，我的所有文字，其实是一条通向读者心灵的数据线，我想传递的，便是那份清凉和智慧。我说过，语出真心，打人便疼。从真心里流出的文字，丢到读者的心上，会引起共振的……你不妨试试，只要你有颗真诚的心，你就能在阅读我的作品时，触摸到文字后面正在激昂跳动的那颗真心。

需要说明的是，我说的作品，甚至包括了小说。复旦大学的一位博士在丢了证件和钱物后，心情很糟糕，但读了我的小说，他感到清凉无比，所有不快一扫而光，所以他说："向雪漠致敬！"还有许多读者也是这样。我的文字，总能给他们提供心灵的滋养。那文字本身，就能承载智慧和精神。无论它的标签是"宗教""文化"，还是"文学"，都掩盖不了从文字中迸溅而出的真心之光。

近些年，老是收到读者电话，他们希望我能将那些同样出自真心的、有着不同名相的文字出版，以期为更多的人带来清凉。

这需求，便成了我的后两部著作的缘起，因为它们同样承载了光明大手印的智慧，我便起名为《光明大手印·参透生死》和《光明大手印·文学朝圣》。

5

正是因为大手印智慧能打碎概念对人的束缚，所以，在创作中，我从来不在乎啥"主义"。我不想让任何枷锁，束缚住我真心的光明。

怪的是，我不要主义，反倒像是有了许多"主义"。比如，对我的《白虎关》一书，不同的专家有不同的看法：复旦大学人文学院副院长、著名评论家陈思和认为它是象征主义小说；雷达老师称之为现实主义小说；《文艺报》副总编木弓先生认为是浪漫主义小说。在第三届"甘肃小说八骏"北京论坛上，中国作协副主席高洪波先生说我是"神性写作"，李建军说我是"咒语叙事"，还有人说是"通灵叙事"。一些批评家也针对我创作的巨大变化发表了不同看法，艾克拜尔、胡平等先生也为我出谋划策，期待我有新的突破。选载于《中国作家》杂志上的《无死的金刚心》成了那次研讨的热点话题，评论家们或褒或贬，争论不休。而在中国作协创研部举办的《白虎关》《西夏咒》研讨会上，评论家也分为几派，北京大学中文系教授陈晓明先生，说我是被"严重低估"的大作家，有人却说我"文化犯罪"，其争论的激烈程度，充满火药味，为近年来少见。

在一次火药味十足的研讨之后，甘肃文联的马少青先生对我说："雪漠，创作上要认准自己的路，坚定不移地走下去，光明总是会出现的。不要人云亦云，文学的价值在于创造，在于另辟蹊径。许多时候，成功的探索者，就是世界第一。”

是的。我虽然不一定要当世界第一，但我一定要当那个“另类”。若是我写的东西，别人也能写，我何必再浪费生命?

虽然我会一如既往地坚守我自己，但我还是感激所有对我的批评。《文学报》曾连篇累牍地发了批评我的文章。我真诚地向《文学报》社长陈歆耕道了谢，感谢他和读者对我的关注。后来，他在《新民晚报》上著文称：“有的作家甚至对批评他的文章表示欢迎和称道呢！比如甘肃小说家雪漠，《新批评》发过李建军批评他长篇小说《西夏咒》的文章，新近又发过批评他一篇短篇小说的文章。近日，笔者去京参加‘甘肃小说八骏’研讨会，雪漠也是‘八骏’之一。‘狭路相逢’，我原以为雪漠会做出类似‘反唇相讥’‘冷脸相对’甚至更激烈的情绪反应，没料到他却笑呵呵地主动跟我提起最近批评他的那篇文章，连说‘写得好，写得好’，接着又说：‘这是有效传播。批评是现代传播学中有效手段之一。因为现在说好话的文章没人看，批评更能吸引读者眼球，扩大作品影响。’雪漠能如此大度地允许别人对自己的创作说三道四，难能可贵。”

看到此文后，我这样回复陈社长：“我仍然欢迎所有对我的批评！不仅仅是传播的需要，还因为许多时候，批评也是一种善心！我们要随喜所有的善心！我会永远感激《文学报》和那些批评我的朋友的善心！也愿意继续充当一个标本，供人们解剖批评，这定然会有益于当代文坛。”

我知道，善心的批评和理解的认可同样值得我珍惜。

其实，这世上最值得珍惜的，便是那份善心。

6

虽然我理解并感谢那些批评我的人，也明白他们主观上是为我好，但我还是不想轻易放弃自己的追求。

因为我明白，一切规则、一切话语的本质都是游戏。游戏短命，真心永存。世界本来就是一个戏论。所以，我并不在乎世界的价值体系——当我们在乎世上流行的价值体系时，就会被它所“控”。当我们洞悉那些游戏、并能保持心灵独立时，就能远离戏论，得到自由。我有两句话表达了这种远离，“静处观物动，闲里看人忙”。我的所有作品，也是为了享受和传递那份快乐和明白。

陈彦瑾在发表于《中华英才》的那篇文章中写道：

> 正是这份“不合时宜”，使雪漠略显孤独的写作姿态，成为了当今文坛不可忽视的一种存在。“不合时宜”的当然不仅仅指题材和写法，其背后，是雪漠自踏上文学道路以来从未更改的文学信念……雪漠的写作从不考虑世界的脸色，他只想贡献出他的所有，唱出最美的歌——他说，“世界，我不迎合你”，因为，“在乎世界的人，就会被世界所束缚”。而当他不管别人的脸色写作，只在乎自己是否给世界带来了明白和清凉的时候，他反而赢得了世界。雪漠作品不但在文学评论界日益受到重视，更赢得了他生活的那块土地的尊重、认可，赢得了一大批铁杆粉丝。在凉州，《大漠祭》家喻户晓。当时，他年少的儿子和同学上街的时候，好多次，同学一说他是《大漠祭》的儿子，开车的、卖冰棍的就不收他的钱。雪漠也是中国作家里拥有网页最多的作家，这些都是铁杆粉丝们自发建立的。在这些读者看来，读雪漠作品也是一种“救心”之举，许多人的心灵、灵魂，人生、命运，都因为雪漠作品而升华、而改变、而获救，他们想让更多的人与雪漠作品相遇，于是建网页、办读书会，还自愿购买所有雪漠作品，捐赠给全国各大图书馆。所以，有学者叹道：雪漠的影响，不仅仅在西部，也不仅仅在文学，“雪漠”已成为一个文化现象，他影响的是世道人心。正如《百年

孤独》的作者马尔克斯所说："一个作家能起到的真正的、重要的影响是他的作品能够深入人心，改变读者对世界和生活的某些观念。"雪漠作品的确超越了一般文学意义上的影响。在价值观混乱、写作过度商品化的今天，在大多数作家都为经济利益驱动而写作的时候，雪漠坚持的"救心"的写作，无异于在文坛高唱"灵魂的清凉"之歌。

信然。

我确实想走一条我想走也定然能走通的路。

7

在本文中，我还想重点感谢两个人。因为他们跟我的创作和命运密切相关。趁着我还有能自主说话的权利，我想说说想说的话，也想谢谢我想谢的人。免得将来有一天，我成了《西夏的苍狼》中的那个博物馆里的灵魂，想表达情感，却没了载体，那会很遗憾的。于是，借着这篇文章，我写了后面的文字。

我首先感谢的，是我的恩师雷达。

雷达老师是我在鲁迅文学院时的导师。他是我文学上的"贵人"，没有他的发现、推荐和宣传，我就不会有今天的影响。他直接改变了我的文学命运。我的小说能登上"中国小说学会2000年中国小说排行榜"，就是由于他的推荐，才为众多的评委发现并认可。

《大漠祭》出版后，雷达老师在《光明日报》上发表了他评《大漠祭》的文章。不久，我获得了"冯牧文学奖"。后来，陶泰中先生说：初评时，并无我，雷达极力推荐，其他评委一看书，认为不错，才补入名单，最终全票通过。颁奖会上，评委们对我说，幸亏有雷达的推荐。后来，为了把我推向全国，雷达老师又在《人民日报》《文艺报》《小说评论》等报刊上发表了多篇文章。

推我时，雷达老师是不遗余力的。那时，除了多发文章外，他一有机会，都要推荐我，总要谈谈《大漠祭》。后来，他在写其他文章时，也总要提到《大漠祭》。

一位作家对我说："时下文坛，有许多作家，就缺雷达这样的人推。他推你雪漠时，不是只写一篇评论，而是见人就说，逢会就讲。时下的评论家，哪有这样的古道热肠？"后来，我到京城，一见文友，他们便说："雷达待你真好！"但那时，我与雷老师只在山丹见过匆匆一面。在我去领"冯牧文学奖"时，雷老师"委屈"地说："别人还以为我和你有啥关系，你连我家的门都没上过。"确实，就在前往京城领"冯牧文学奖"时，我也没去雷老师家。那时我想，中国像我这样的人不知有多少，谁都打搅他，叫人家咋写文章？我第一次去雷老师家，是上了鲁迅文学院之后的事，那时，我已从一个名不见经传的小学教师，一夜间"成名"，当了专业作家，完成了《小说评论》原主编李星先生在一篇写我的文章中说的那个"神话"。

在鲁迅文学院，每个学员要选择一位导师。雷达老师多次劝我选别人，希望我能多认识一个能够帮我的编辑。他说："雪漠，你什么时候需要我，我都会帮你。现在，你要选择一位好编辑，让他能在创作上具体指点你。我跟你之间，别在乎有没有这个名分。"记得那时，我说了一段很狂妄的话："雷老师，您当然不在乎，可是历史在乎。您想，将来，作为雪漠的老师，您会是多么自豪啊。"从这话上，读者可以看出，那时的我，确实还是很自信的。不过，这也是我的心里话，因为我会用毕生的努力，让我的所有老师为我自豪。

雷达老师成了我的导师后，我发现，他是个很认真的人，每次和学员见面，他都要一本正经地设计研究专题，并一针见血地指出学员的创作毛病，全然不顾及对方是否高兴，仿佛心中有话，不吐不快，总是一片赤忱。正如王家达所说："雷达的本质，还是一个书生，他当不了政客。"

雷老师有个特点，他帮了我，却不告诉我。他在《光明日报》发评论后，我很长时间不知道有此事。《大漠祭》登上"中国小说排行榜"、获"冯牧文学奖”，都是别人告诉我的。我向雷老师致谢时，他反而装糊涂。他老说：“你最好的谢，就是写出更好的作品”。每次通电话，他都要问询后面作品的进展，总令我不敢偷懒。一日，雷达老师对我说：“我之所以推《大漠祭》，并不仅仅是因你是甘肃人，主要是关系到中国文学的走向。这不是我个人的问题。”

《猎原》和《白虎关》出版后，雷达老师对我说：“雪漠，你一定要在叙述上下功夫，你的描写功力很深，有种十九世纪经典小说的神韵，要是再在叙述上吸收当代的营养，前途不可限量。”

笔者后来的探索，便得益于雷达老师的点拨。

当然，我的探索还刚刚起步，以后，我会写出更好的作品。

8

第二个我要重点感谢的人，是我的妻子鲁新云。

至于鲁新云，我一直称她“鲁老板”。她一直不让我公开写她。但许多了解内情的人说，该写写你夫人了，别叫岁月掩埋了一段事实。

我说过，有近二十年时间，我是在凌晨三点起床的，后来的陈亦新也这样。但却没人知道，那时的我家，还有个比我们起得更早的人，她便是鲁新云。我外出闭关之前，先经过了几年的训练，才养成了后来的习惯。那时节，鲁老板总是在凌晨两点多起床，备好温开水，备好吃的，再叫醒我。她把我从小学教师叫成“著名”作家之后，又开始叫儿子了。

后来，许多人喜欢我的墨迹，收藏者日众，按心印法师文章中的说法，算得上“一字万金”了。但别人并不知道，每次我一执笔，鲁新云总是横挑鼻子竖挑眼，老想点石成金。也正是有了鲁老板的挑剔和“校正”，我的字才一天天进步着。一天，她半开玩笑地说，有状元徒弟，没有状元师父。写字的成名了，那个教他写字的人却没人知道。

鲁新云是《无死的金刚心》中女主人公莎尔娃蒂的原型之一。由于我近二十年的闭关修行，从青年时代起，“等待”便成了她修的功课，她将这一功课延续了一生，虽时有委屈，却无怨无悔。

儿子陈亦新在六年级写的一篇作文中，曾写过他妈在我闭关修行和写《大漠祭》时的等待（见本书附录）。但她的那种等待，并没有随着《大漠祭》的出版而终结。后来的《猎原》《白虎关》《西夏咒》《西夏的苍狼》以及“光明大手印”系列，对于我来说，几乎都是在闭关修行的间隙创作的。我的每次闭关，对于鲁新云来说，都是一轮新的等待。在《无死的金刚心》中，笔者借琼波浪觉之口，说了这样一段话：“有一天，你的妻子会对你说，你是世上最‘恶’的男人。她会说，她二十多岁时，你叫她等待；她五十岁的时候，你仍然叫她等待。你会说，这是你的选择。你选择的，并不是一个不需要叫你等待的人。她选择了雪漠，也就选择了雪漠的全部。是的。真是这样。同样，你的弟子选择你的时候，也等于选择了你的全部，他们选择了你的荣耀和辉煌，也同时选择了别人对你的诋毁。这光明和黑暗的两面，构成了你的全部人生。”

在一首诗中，我写过我恒常的生命状态：

挥挥手
还是到山上去吧
山高
高到太阳上去了
太阳里有个亥母洞
洞是我命中的乐曲

念珠握在手里
木鱼在心头敲响
黑夜是今生的袈裟
高屋是前世的岩窟

确实是这样。记者阎世德写过一篇《走近苦行僧雪漠》，记录了我的“苦行僧”生涯。在凉州，我有一间保留了二十年的关房。它远离闹市，少为人知。在那儿，我边修行，边读书，边写作，在近似与世隔绝的状态下，从二十五岁起，我度过了二十年最孤独也最精彩的人生。直到近年移居东莞樟木头后，我才在岭南的一个森林旁有了新的关房。

在我闭关的近二十年里，鲁新云无怨无悔地操持家务，教育儿子。她是一个自己站在火中、却提醒我“小心杯子烫手”的女子。她的生命中没有她自己。没有她的牺牲，便没有我的出离。为了我的事业，她几乎贡献了自己的大半生命——另一小半，她留给了陈亦新。

9

在《无死的金刚心》的出世过程中，还有许多朋友提供了帮助，和龑、安凤影、董巍、心印法师、蔡天贻、陈彦瑾、尹晓铭、林文俏、陶庆霞、詹加真、钱宏彬、庄英豪、田川等人，他们或策划，或编辑，或校对，或助印，或提供建议，皆代表了一种吉祥的顺缘。也感谢樟木头“99会馆”的李阳女士，以及陈亦新、陈思、王菲、古之草、王静、陈建新和许多读者朋友对我的支持，由于人数众多，这里不便一一列举。但他们的名字，我会铭记在心的。

感谢所有的老师，感谢所有的读者，感谢所有关心过我的朋友。我将写作此书的功德回向给他们，愿他们吉祥、快乐、明白、清凉，拥有一个健康、福足的人生。

此文完稿之后，正值2012年元旦，我写了一篇“新春寄语”，它代表了我的某种情感，略加删改，录在下面，作为本文的结尾吧——

回首2011年，世上多了一个词：“雪粉”——雪漠的fans。它是我最喜欢的一个词。它远离宗教名相，趋近利众精神，承载无数精彩，渗透无量真诚。

从新的一年起，我们能否相约在“神性写作”里?

何为“神性写作”？曰：远离兽性，战胜欲望，超越小我，证得智慧。

愿我们一起拿起笔来，用最真诚的文字，书写向往，传播真情，奉献真爱，定格真美。

下面，我胡诌打油诗一首，献给二十多万“雪粉”：

雪粉非雪粉，光里有光尘。真心待万物，不舍利众行。
知行更合一，悟空不偏空。积善成大德，无时不光明。
寄语诸雪友，八方有佳景。吾当化万物，聊伴诸君行：

雪漠是双鞋，穿了你不倭；雪漠拉头驴，你也可以骑。
雪漠是阵风，清凉你的心；雪漠化团火，让你不瑟缩；
雪漠成细雨，随风潜入你；雪漠是块地，容你开条路。
雪漠也是你，净中两相宜。会当融一味，滴水入大池。

咿呀好兄弟，姊妹或父母。人生转眼过，莫可太拘泥。
长夜须长歌，快乐无忧虑。明月照大夜，一宿奔千里。
千里在足下，白月映大旗。独唱大风歌，笑对浮云起。
浩气化文胆，把笔风虎虎。一笑扫残云，相融我与你。
此时光皎洁，无我亦无彼。君心当如月，返照我和驴。

——2012年1月写于东莞樟木头“雪漠禅坛”

●陈亦新

附录 我与父亲雪漠

1

从我懂事起，就知道，父亲在写一部“大书”。没想到，他这一写，竟是二十年。提笔时，他是风华正茂的青年；落笔时，他已年近五旬。在写这部“大书”期间，发生了很多事，现在想来，倒也有趣。

刚从老家搬到小城时，我们一家住在一间单身宿舍里。房子很小，仅能容纳一张单人床和一张沙发，后来又加了一组书架，书架满满占了一面墙。现在想来，那时的生活应该是清贫艰难的。可是，在我的记忆中，我们仿佛是世上最富有最快乐的人。在那时，我脑海里没有任何关于“贫”与“艰”的感觉，因为父母从没给我传递过这方面的任何讯息，于是，我傲气十足地成长着。

我们一家人常常谈笑风生，论英雄，论爱情，论历史，论成败……父亲对着一个七八岁的孩子谈这些时，带着所有的尊重和真诚。他经常给我讲些文学家的故事。还在上幼儿园时，我便知道了许多伟大作家的名字：托尔斯泰、曹雪芹、陀思妥耶夫斯基、巴尔扎克、雨果……对这些人，我满是向往。他们像是我另一个时空里的朋友，伟大而亲切。从那个时候起，我便立志要当作家，当个像父亲一样的作家。在我心中，他是和托尔斯泰一样的作家。

很多时候，我们之间更像是朋友。八岁那年，我这样问父亲：

“爸爸，八年算多年吗？”

“八年？应该是算的。”

“哈！那以后我们之间就不是父子了，是兄弟！”

“为什么？”

“你不是常说‘多年父子成兄弟’吗，既然八年算多年，那我们当然是兄弟了！”

父亲哈哈大笑。后来，他常把这故事讲给朋友听。

每天早晨，父亲三点起床，起床后，他首先打坐，然后才写作。每到我睁开眼时，都能看见他精神抖擞的样子。从幼儿园起，他便要求我每天五点起床，他说“三更灯火五更鸡，正是男儿读书时”。好多人听到我五点起床，都笑父亲“残忍”，对我充满了同情。那时候，我就暗暗笑他们，我每天比你们多起三个小时，一年就是好多天，这相当于我比你们多活好多天。

在十八岁那年，我开始尝试写长篇小说，我学着父亲也每天三点起床。那是我一生中最值得留恋的时光，我完全沉浸在自己创造的世界里，或喜，或悲，或爱，或恨……我把灵魂化作一缕云、一场风、一片雪、一首歌，它们交织在一起，清澈而唯美，演绎出沧海桑田的寂寞。窗外，一地星光。

刚开始困极了，我对自己说：父亲也是这样过来的，他可以，我也可以。就是这个念头，帮我支撑了无数个难熬的凌晨。那一年，我还在上学，每天睡眠不足四个小时，可就是在那时，我写出了很多让父亲称赞的文字。那一段时间，我觉得我的心灵是和父亲相通的，因为我总能在他的眼神里，找到我所需要的一切。

后来，我爱上了早起，母亲说我是爱上了“举世皆睡我独醒”的感觉。

父亲的《大漠祭》初稿完成时，我们家搬了楼房，欠了很多债务，迫于这些压力，父亲出了关房，开了一间不大不小的书店。刚开始很忙，父亲早上修行，上午写作，下午用来处理事务。他后来告诉我，下午应事的时候，也是他最好的调心良机，他说他行住坐卧，都不离本尊。他不拿念珠，却能记下一天里诵的所有咒子。他的身上常带一串硬纸片，每一片上都写着唐诗或宋词，稍有闲暇时，他就拿出纸片记诵。后来他说，他背会的大部分诗词，就是这样背的。

等书店的生意稳定后，父亲再次入了“关”，他刮了光头，剃了胡子，躲进了城郊的一处农房内，又开始闭关。我不知道他的关房在哪，从那时起，我便很少看到他。母亲除了照看书店外，每天给父亲送一次饭。此前，有四年时间，父亲是与世隔绝的，他自己做饭，也不叫母亲送饭。那时，父亲留给母亲的，是无休止的等待。在我小学六年级时，我曾写过这样一段话：

我敢说：如果没有母亲，就没有父亲今天的成就；如果没有母亲，大家绝对看不到那叫《大漠祭》的书。为了父亲，母亲付出的太多了。

在无数个黄昏和夜晚，母亲总会趴在窗口，痴痴地望着外面。我知道，母亲在想父亲。父亲在一个离城区很远的地方修行和写作。他与世隔绝地待了整整四年。

父亲走了。母亲承担了家里的一切，撑起了这个家。她起五更，睡半夜，为家庭奔波着。她不让父亲担忧，让父亲在那里安心创作。

父亲走了。这个房子空荡荡的，没有了往日的笑声，没有了往日的温暖，家一下子变得十分冷清。母亲忍受着孤独寂寞。但是母亲的意志十分坚强。她坚信，父亲一定会辉煌的。既然付出了，就一定会获得；既然耕耘了，就一定会丰收；既然努力了，就一定会成功。她全力支持自己的丈夫，再苦再累也不怕。她愿为丈夫付出一切。

母亲的身体本来就很虚弱，但她以惊人的毅力和坚强的意志，克服了一切困难。说实在的，我真佩服她。她是个坚强的女性。

每到夜里，家里就冷清得可怕，静得可怕，没有一点温暖的气息，空气似乎也凝固了。可母亲就这样，度过了一个又一个孤独的夜晚。在父亲写《大漠祭》的几年里，母亲老了许多。在这期间，她就像慈母一样关怀着父亲。如果没有那份等待的煎熬，她至少比现在年轻许多。她做到了寻常女性做不到的一切。

父亲闭关的四年里，母亲仿佛老了十岁。

一个又一个黄昏，一个又一个孤独的剪影。

记得有一次，我发高烧，整整一个星期无法退烧。从医院到家里，都是母亲一个人在跑。那几天夜里，母亲无法睡觉，她一遍遍用凉水浸透的毛巾放到我额头上帮我退烧。她没有告诉父亲，怕打扰他。可是，我无法忘记她被风吹乱的头发和一身的落寞。

现在，她开始照顾我，像当初照顾父亲一样。她帮我做完所有生活中的琐碎事，好让我有更多时间写作读书。她常说，用她的生命来节省我和父亲的生命，让我们有更多的时间做我们想做的事。她说这话时，总显得平淡与坚定。

有时候，当写作的灵感消失殆尽时，我总是很懊恼。每每这时，母亲就会说，能凌晨三点起床写作的孩子，怎么会没有出息？听到这句话，我心中所有的阴霾与懊恼都消失了。

每当我写东西时，家里就安静极了。母亲蹑手蹑脚地走路，轻声轻气地说话，生怕一不小心弄出的声响，会惊走我脆弱如水泡的灵感。母亲从不主动要求看我写的文章，我每次眉飞色舞地给她讲小说的构思与选材时，她回馈于我的，永远是满足的笑容和赞许的眼神。

支持完父亲支持我，不知不觉间，母亲老了，早已过了不惑之年。她头顶的白发再也不躲躲闪闪，曾经羞涩的皱纹，现在也大大方方地爬满了她的额头。写到这里，我特别想哭，我不知道怎么去报答我的母亲，我只有好好写作。

提起父亲，我满是骄傲；提起母亲，我满是感恩。

为了写那部“大书”——我眼中，这大书，甚至也包括了父亲自己——父亲放弃了许多别人眼里的好机会。无论是升官还是发财，他都放弃了。同事笑他傻，亲戚干着急，年少的我也不知道为什么，但我支持父亲的选择，就像后来他支持我的选择一样。

父亲每天待在那个残破的关房里坐禅、读书、写作，一日、一月、一年……十多年后的一天，我去了父亲的关房。那是一间狭小的房子，里面仅放着一张单人床和一张写字台，写字台上堆满了书。那屋子像山洞，很黑，很湿，没有严格意义上的窗户，只有尺把大小的一个天窗。父亲戏称自己在“坐井观天”。房子的墙上挂着一幅字：“耐得寂寞真好汉，不遭人嫉是庸才。”

2000年10月，父亲的“大书”之一终于出版了，它就是《大漠祭》。这本书一时轰动了，除了书本身很优秀的原因外，大家津津乐道的是作者“十二年磨一剑”的精神。很多人非常吃惊，在这个浮躁功利的时代，竟然有人用十二年时间去一遍又一遍地写一本书。可是我明白，父亲不仅仅在写一本书，他是在完成自己，一次次打碎，再一次次重建。他用一支笔重塑灵魂，完成了蜕变。

《大漠祭》出版后不久，父亲低价把书店盘了出去，还剩下上万册书。几位当官的朋友想帮他处理，父亲没答应，他全部捐给了农村的孩子。他又开始了闭关，他一边修行，一边开始《猎原》《白虎关》《西夏咒》的写作。

2

父亲用他半生的经历教会我一件事：选择。关于“选择”他曾告诉过我三点：一、每个人的命运都是由自己选择的；二、每个人在任何时候都可以选择；三、你选择成为什么样的人，只要努力，就一定会成为什么样的人。

对于这些，我坚信不疑。于是在高二那年，我选择写小说，选择退学。关于我退学这件事，当时几乎所有的人都反对。他们或惋惜，或嘲讽，或不解，或责备。每个人都给我讲一大堆的道理，试图说服我。我微笑着摇头。见我无动于衷，他们把矛头转向父亲：你怎么能由着一个毛头小子做决定？他将来会怨你的！父亲并没有阻止我。他说，你选择好没有？选择好了，就去做。

其实，别人并不了解当时的情况。那一段日子，我每天三点起床写小说，然后六点去上学。因为马上要升入高三，学习压力很大。可是，我再也没有办法把精力放在学习上，我满心都是小说，每天沉浸在小说的氛围当中，并为没有足够的时间写小说而懊恼。一年时间在挣扎与茫然中匆匆流过，小说已写到高潮部分，可每天并不能淋漓尽致地发挥。区区三个小时，一晃而过。我彷徨无措，身心疲惫，若干个夜晚无法入睡，眼睁睁等到凌晨三点的铃声响起。

要么写小说，要么上大学。

如果上大学，那么整个高三我就无法写作，我的小说将夭折。我很清楚，在特定的时间内，那种特定的感觉只会出现一次，它就像青春，一旦消逝，无法再次拥有。

我实在受不了这份煎熬和折磨，我选择退学。这个选择很艰难，它意味着我将失去很多机会。如果成为不了作家，以后连生存都成问题。但我想，不成功便成仁。可我宁愿贫困潦倒，也不愿追悔一生。我说，我要截断身后所有的退路，不回头，不转身，不倒退。

2006年6月29号的下午，我把退学申请递了上去。记得那天，阳光灿烂。

我的退学申请，是这样写的：

在父亲的影响和教育下，我爱上了读书和写作，并且明白时间在飞快地流逝，没有任何人知道自己会不会活到下一秒，我在跟死神赛跑。这并非钻牛角尖，我需要更多的时间潜心读书，来思考这些问题，但是在学校我始终静不下心来。从去年6月开始，我每天早晨三点起床练笔，到六点去上学，而这远远不够，仅仅三个小时满足不了我的需要。更可怕的是在学校我已不能全身心地投入学习，体力不允许。所以在学校的近十几个小时里，我几乎浪费了大半时间。一个人一生只要做好一件事就行，我奉行这个原则，我要对自己负责。这也是我选择退学的原因之一。

人生无非几十年，而精华的时间，能出成绩的时间也不过十几年，少一天是一天，我要集中精力做好我应该做的事，再不能苟且地活着，我相信自己的能力。我尊重每一个有梦想的人，包括我自己。

当然我深知上大学的重要性，但现在的我，已经不能放下读书和写作。我选择了另一条小路，也许我会为自己的选择付出代价，但我尊重自己，我会尽力实现自己的价值，我对自己充满信心。这绝不是一个荒唐的决定，我相信，时间会证明一切！

现在看来，只有在那个轻狂的年龄，才能写出这样轻狂的文字。

奇怪的是，退学后，我竟然无法写出一个字。那一段时间，我失魂落魄，如幽灵般游离于人群之外，感觉世界一下子离我好远。所有的声音消失了，所有的喧哗离我而去。我不再每日奔波于学校和家之间，不再琢磨抛物线和坐标的关系，不再幻想进入大学后会过怎样的生活。

我每天坐在电脑前，这就是生活的全部。

在日记中，我这样写道：

> 退学后，一种莫名的空虚猛然袭击了我。我仿佛被抽去了脊椎，茫然中找不到自己，就连梦都昏沉得如泥石流。我整天游离于半睡半醒之间，头重脚轻地熬着时间……

那是一段可怕的日子，我终于知道“寂寞猛于虎”，终于明白为什么父亲关房的墙上挂着“耐得寂寞真好汉，不遭人嫉是庸才”。

几个月后，我恢复正常，开始平心静气地写作，再次沉浸在小说中，并且每天疯癫地狂呼自己是天才。

其实，我很留恋曾经的校园生活，很向往自己不会再拥有的大学生活。我不止一次梦见自己又回到了学校，在操场上和同学打闹，在课堂上听老师讲课。那种渴望，在梦中都能清晰地感觉到，甚至刻骨铭心。这些我从来没有对别人讲过，包括我的父母，我倔强地走着自己选择的路，决不回头。

后来，很多人问我，放弃上大学你后悔吗?

我或许遗憾，但不后悔。因为，这是我的选择。

3

父亲无所好，唯爱书，且嗜书如命。

若有朋自远方来，进入我家必定会大声惊呼：这么多书！是的，触目所及，尽是书。我家有个习惯，为节省空间，总是以书为墙。除此之外，客厅、卧室、走廊、睡床，甚至厕所，都摞满了书。我家在武威有两层楼，每间房里，从地面到屋顶，都是书。现在，到东莞才两年，又是“满天满地”的书，按妈的话说，是“书满为患”了。

父亲爱书，真是爱到了骨子里。我刚学会翻书时，他便告诉我，每看一本新书，先要包好书皮，看前必先洗手，不得撕破，不得折叠，不得乱画。看完后，要放回原处。要敬畏每一本好书。

父亲每到一处地方，总先去找书店。所有他能打听到的书店都不放过，无论是规模庞大的书城，还是陋巷深处的书摊。我几次跟他到陌生的城市，他总能轻车熟路地找到书店，我很是纳闷，许多东西他视而不见，为啥找起书店来却如此轻车熟路?

我们全家去旅游，他宁愿放弃游览著名景点的机会，也要去书店淘宝。刚开始，我颇有微词，他见我不悦，哈哈一笑：景点，以后还可以看，好书错过就错过了。虽然我们每年都要外出旅行，但按妈的说法，我们的旅行，只是从这儿的书店，到那儿的书店。

父亲很大方，好多宝贝都随意送了朋友，唯有书，很少外借。我们一家还在住单身宿舍时，他便在书架上贴了张纸条：免开尊口，概不外借。早年，他也老给人借书，后来，那些人大多有借无还，更有不少人，只是借了书去装门面，其实并不读书，父亲便不给那些附庸风雅者借书了。后来，父亲买了很多专门用于送人的书，要是他觉得某本书和你有缘，他会毫不犹豫地送你。他送书不借书，有意思。

父亲看书很杂，什么领域的书都看。他看书，有自己的原则，其中有三条最主要：一、首先看今生里最值得看的书；二、书的内容，要充分吸收、消化，能够为我所用，切不可变成枷锁；三、看书时，不要一味去找书中的缺点和不足，要发现它的优点，学习它的长处，读书不是为了挑毛病，而是为了汲取营养。

父亲看书，只看一生里不读就会感到遗憾的那些书。他从不读死书，也没有变成书呆子。关于第三条，后来他也用到了与人交往上，他说眼睛是用来发现美的，发现优点的，不要刻意去搜寻别人的缺点和毛病，那样只会给自己和他人带来不快或痛苦。他说，要像大海那样，不要管哪条河流里的泥沙多，你所做的就是拼命吸收营养，让自己大起来。

在这样的耳濡目染下，我也爱上了读书。自小到大，我从不缺书读。上小学前，世界上几乎所有的童话名著我都读过了。当我的伙伴们还沉溺于游戏机时，我却遨游在美妙的童话世界里，如痴如醉：我曾在北欧的森林里与狼人战斗；或者为狐狸列那的狡猾赞叹；要么安静地听敏豪生吹牛；有时候也想拥有一只穿靴子的猫……我有很多个身份，每个童话里我都是主角。

提起童话书，还有一个不得不说的故事。

十几年前，我们一家人刚进城，住在父亲的单身宿舍里。那时候，穿皮鞋是一件很洋气的事，母亲从未穿过皮鞋，一直都穿手工做的布鞋，父亲很想为母亲买双皮鞋。终于有一天，父亲拿到了一笔稿费，五十五块整。于是，我们一家人开开心心地上了街，去给母亲买皮鞋。一路上，我们都在讨论买什么颜色什么款式的皮鞋。走到广场时，父亲停下了脚步，这里有一家他常去的书店。父亲说，看看就走，很快的。

我们一家人进了书店，父亲去看社科书，母亲去看生活保健书，我则跑到了儿童专柜。马上，一套书吸引了我的注意力，那是一套连环画，叫《世界童话名著》，有八本，几乎包含了世界上大部分经典童话，最主要的是里面的画美轮美奂，我爱不释手。很快，父亲母亲也发现了这套书。父亲说，这是套好书。他一看价格，正好五十五块。父亲和母亲相视而笑。母亲说，还是穿布鞋好，穿皮鞋脚疼。

那天，我兴高采烈地抱回了那套书，只是心里隐隐觉得对不起母亲，不过这份歉意很快就被这套书带来的喜悦冲淡了。这套书我看了无数遍，是我最重要的宝贝，现在仍端端正正地摆在我的书架上。若干年后，如果我有了孩子，我会把这套书送给他（她），并且给他（她）讲一个童话书与皮鞋的故事。

这是一件小事，并不撕心裂肺，也不惊天动地，可我就是忘不了。

后来，家里开了书店，那段时间我看了大量的书。书架前，我或坐、或爬、或躺、或卧，看得昏天黑地，好多时候忘了写作业。父亲没有怪过我，他反而给老师打电话，说不要给我布置家庭作业。好多人觉得不可思议，我笑笑，他就是这样一个怪人。后来上初中，我实在无法忍受无数次重复的学校作业，我父亲又给老师打电话，说不要给我布置学校作业。之后，他便开始有计划地安排我看书。我的同龄人，正在无数次地做同一道题目时，我却如饥似渴地读那些世界上最美妙的文字，关于这一点，我觉得很幸运。

父亲爱书导致的直接后果是：我很少买书。因为我所有需要的书，都能从父亲的书架上找到。我想，我还是老老实实看书吧，至于逛书店买书的快感，都留给父亲吧！

4

父亲当老师时，每到假期，都要求“看校”——在学校值班。因为回家应酬多，浪费时间。

某次过年，父亲曾在学校宿舍门上贴过一副对联，上联：“哎，谁家放炮？”下联：“噢，他们过年！”横批：“与我无关。”

好多人把这副对联当作笑谈，我却知道这笑谈背后的坚守与艰辛。

家乡凉州是典型的西部小城，凉州人很有意思，特别知足常乐。凉州城城区很小，开车从城这头到城那头，不过十多分钟。就是这样一个小城，稍具规模的茶屋便数千家。除此外，一到夏天，公园、植物园满是人，这里到处是简易餐厅，人们坐在树荫下，要个大盘鸡，要两个凉菜，然后搬来两箱啤酒，要么划拳，要么打牌，要么聊天……步行街、广场边、大厦楼顶，但凡有人经过的宽敞地方，都摆满了啤酒摊、烧烤摊。若是家中遇事，不管大小，必要摆场，划拳声震天响，喝不到认不出爹妈，决不散场。

某年，央视的一档节目出了这样一个问题：亚洲最大的露天赌场在哪里？答题者都往澳门选，谁知答案竟是甘肃凉州的东关植物园，因为这里可以容纳万人同时打麻将。凉州人知道后哈哈大笑：这算啥？不过冰山一角。

凉州人就是这样，爱知足，擅享乐。在这样的凉州人中间，父亲是个异类，甚至像个怪物。他从不酗酒打牌，也极少应酬。奶奶常说，你爹什么都好，就是不懂人情世故。奶奶嘴里的“人情世故”，是多走走亲戚，和很多人搞好关系，需要的时候也巴结一下领导。早些年，就搞关系而论，父亲并不成功。他性格耿直，不会察言观色，总惹领导生气。他也不善交际，朋友极少。在很多人眼里，他桀骜不驯，特立独行。

说到这里，有个小故事我记忆犹新。

很久之前，父亲在乡下教书，是个穷教师。后来，经过考试，被选拔到了城里的学校。那时候，他已蓄起胡须。办调动手续时，教委人事科的干部说，你要么剃掉胡子，要么还回乡下教书。让所有人目瞪口呆的是，他真的回乡下教书去了。有的人摇头，有的人嘲笑，有的人惋惜。那时候，乡下教师挤破头地往城里钻，唯他，为胡子放弃这么好的机会。很多年之后，他在教育局工作，领导再让他在胡子和教委工作之间做个选择，他仍然选择留下胡子。幸好，他遇到了赏识他的教委主任蒲龙，才被留在教委。后来，蒲龙和其继任者没有安排他具体工作，他才有了出离闭关的多年。

前些年，我们一直在老家陪爷爷奶奶过年。一到老家，他便爬上热炕，看起书来。院子里，亲戚们喝酒、划拳、打麻将，虽很热闹，却根本影响不了他，他仍旧看书，一看看到大年初三，我们起身回城。

奶奶看到他这样，对我讲：“这个娃子小时候就这样，只要有书，吃饭、挑水、烧火时，书本也从不离手。”

从老家回来，父亲说，这几天我读了几本书，你呢？同样的时间你做了什么？

我赧然。

一年四季，我们家很安静，很少来客人，从不摆酒场。

小时候，我也不解。别人家总是很热闹，我们家永远那么冷清。那时候，我认为父亲孤僻而自傲。直到后来，他跟我算了一笔账，我才明白这一切的缘由。

在一个阳光灿烂的下午，父亲跟我说，我跟你做道算术题吧：假设人生七十年，睡觉占去三分之一；上学占去十六年；吃饭、喝水、上厕所每天算两个小时，这将近五六年；谈恋爱再占去几年；生孩子、教育孩子，为孩子上学、工作、结婚操心再占去几年；还有孝顺父母；看电视、上网；锻炼身体……

那个下午，父亲像小学生做算术题一样，几小时、几天、几年，认认真真地加，仔仔细细地算。最后，我们得出的结论是：人生是负数！我们假设一个人按部就班地做好所有事，七十年时间根本不够！

父亲用犀利的目光盯着我说，人的一生时间有限，如果你想成就什么事，就必须学会珍惜时间，必须学会舍弃，这样你才有足够的时间做你想做的事。我的脊背上、手心里全是汗，这道数学题算得让我惶恐不安。我终于明白父亲为什么是个“怪人”，为什么不去吃喝享乐，为什么我们家一直都很“冷清”。

我在记忆里搜寻了很久，一直没有找到父亲浪费时间的一个画面。坐车时，他在看书；澡堂里泡澡时，他在看报；刷牙时，他上起下蹲锻炼身体；读书写作时，他都在持着宝瓶气修炼……他似乎从来没有单一地做啥事，这个发现让我惴惴不安，我似乎浪费了太多的时间。

后来，某电视台采访我：你父亲是怎么教育你的？说说你在父亲身上得到的收获是什么。

我说：最好的教育是以身作则，给孩子一个榜样。我父亲就是给我树立了一个榜样，他用他所有的行为告诉我，要想成为他那样的人，该怎么做！

后来，我开始享受家中的“冷清”。每天，玻璃窗中照进来明亮的阳光，铺在书架上，恬静而从容。

时间不曾走过，一切好像停止了。

5

人常说，奇人必有异貌。父亲算不算“奇人”，我不敢肯定，但绝对有“异貌”。无论走到哪里，都有人说父亲隆眉深目，像极了外国人。关于父亲的相貌，我很纳闷，我们祖辈皆相貌平平，现在有血缘关系的亲戚也都长得四平八稳。唯独他，“豹头环眼急性人，虎须钢髯黑煞神”。

见过父亲的人，几乎都感叹他的相貌，尤其那一脸胡子和眉间的朱砂痣。有人曾说：看胡子，雪漠像个魔王，再看眉间的痣，他又像个佛陀。父亲听完，哈哈大笑：雪漠非魔也非佛，不过是个疯老汉。

但是，我们一家信仰佛教，可不是因为父亲额头的朱砂痣。

按奶奶的说法，很小的时候，父亲就信佛，但他并不是个时时把“阿弥陀佛”挂在嘴边的人。后来，整理父亲的日记时，我才知道他十七岁时就已经拜了松涛寺的吴乃旦师父为师。我小的时候，他常给我讲佛教故事，告诉我不要踩蚂蚁和虫子，不要骗人，要多帮助人，将来做个好人。

老家有个金刚亥母洞。父亲说，这是个天下闻名、却不为凉州人所知的地方。小时候，我们一家常去那里。那时，那个神秘的洞穴还未封起来，里面黑糊糊的。洞里上下左右有很多大小不一且扭曲不平的通道。每次，我们一家和看洞的老乔爷一待就是很久。父亲摸着洞壁上如水晶般璀璨的矿物体说：这是个伟大的存在！伴随金刚亥母洞的，还有张屠夫和五个女孩的故事。这故事口耳相传，从西夏一直流传到今天。党项民族早已蒙上面纱，隐进了历史的迷雾。而亥母洞和这个故事，却仍然讲述着那段特殊的因缘。后来，它走进了父亲的小说《西夏咒》。

七岁那年，在父亲的教导下，我开始似模似样地修行，每天做大礼拜、诵《百字明》。凌晨五点，世界万籁俱寂，我默默持诵着传承了千年的梵音，安静地听着晦涩难懂的经文。我不知道这些行为是否增长了我的智慧，但它确实柔软了我的心。我开始痛恨自己之前揪了蜜蜂的翅膀，开始阻止拿弹弓打麻雀的伙伴，开始在乞讨者的碗里放上自己的零花钱……后来，我慢慢明白，就是在这段时间，我学会了敬畏和感恩。虽然那时我还没有背会一段经文，没有认清不同佛像的特征，但却足以影响我的一生。

不久之后，我们一家去五台山朝圣。这是一次真正意义上的朝圣。一个多月的时间里，我们早晨出发，黄昏归来，朝拜了五台山的每一座山峰。那段记忆里，除了庙宇和山路，就是我们在不停地走。有时候，为了去一个隐在青山皱折中的寺院，一天要走几十公里。

那段日子，我们朝拜了五台山所有的寺院，跪拜了所有的佛像，转动了所有的经轮，绕行了所有的佛塔，留下了所有向往的脚印，用所有的虔诚感受那里一草一木的气息。

父亲说，那段日子，他在五台山发的大愿，后来都实现了。

那些日子是宁静而幸福的，抛开身后所有俗世的繁杂，在一条条小道中，在一次次寻觅中，品味心灵的简单和干净，每一片天空为你湛蓝，每一缕山风为你清澈，每一棵大树为你苍劲，每一座寺庙等你赴约。

走啊走，从前世一直走到来生！

我跟着父亲朝拜了很多圣地，像拉卜楞寺、塔尔寺、夏琼寺、香匈寺……几乎每一个所在，都成为我心中的净土。

我们家的一次朝圣，是去西藏。

这是个让我魂牵梦萦，却不敢触碰的地方。

《牧羊少年奇幻之旅》中水晶店的老板这样说："因为麦加是支撑我活下去的希望，使我能够忍受平庸的岁月，忍受橱柜里那些不会说话的水晶，忍受那间糟糕透顶的餐厅里的午饭和晚饭，我害怕实现我的梦想，实现之后，我就没有活下去的动力了……所以我宁愿只保留一个梦想。"

对于西藏，我也有这种感觉。生怕自己会失望，会破坏我营造已久的梦境。我心中的西藏只属于我，只是我的圣地，与别人无关，与外界无关，甚至与真实的西藏无关。

但我还是决定去朝圣，这世界不缺梦想家，缺的是用行为去敬畏、实践真理的人。况且，很多风景需要你亲自去抚摸，才能感受到它的灵魂。

于是，雪山、佛殿、圣湖如赴约的故人，裹挟着浩然之气，走入我的生命。

朝圣归来，我忽然意识到朝圣的目的地也许不是最重要的，最重要的是要有朝圣的心，然后用朝圣的行为去净化自己的灵魂。后来，父亲说，了义地看来他的所有行为，其实都是在朝圣。

再后来，看《历代高僧大德传》，里面的许多高僧大德或为弘法、或为取经，都跋山涉水过。我想，这份跋涉，也许是修行的一部分吧。

流年似水，世事变迁。长大后的我，对于佛法也有了自己的理解。当初的懵懂，转化成清醒的向往。我特别喜欢父亲的一句话："真正的信仰是无条件的，它仅仅是对某种精神的敬畏和向往。信仰甚至不是谋求福报的手段，信仰本身就是目的。"

我曾用两年时间整理《光明大手印·实修顿入》等书中的文字。它们是父亲平时谈话的录音，曾向我讲授佛教传承了千年的智慧，并解决了我心中关于死亡和生命的所有问题。仿佛是一个回头的瞬间，眼前豁然开朗，我看到了从来没有见过的风景。

我接下来要走的路，更加清晰和坚定。我想起了朝圣时的情景，迢迢、崎岖的山路尽头，是迎风微笑的庙宇。

6

我和父亲一共经历过几次重要的死亡。经历这些死亡，每一次都让我觉得筋疲力尽。它们仿佛是黑夜背后的狞笑，是地缝深处的绳索，是灼人心肺的烈火，让我惶恐不安，让我经受撕裂般的绝望。

第一次在我生命中留下死亡印记的，是二叔——那个二十七岁便被黄土掩埋的年轻男人。他叫陈开禄。他留给我的，仅仅是几个片段，我甚至想不起他完整做过的一件事。他的存在，就像是一场被人中途惊醒的梦。

关于二叔，我最早最清晰的记忆，是他得病之后。那时，肝癌晚期的他手术失败，于是回到家中。他躺在炕上，一脸蜡黄，肚子高高鼓起。我站在刚进门的角落，远远地看着他，不敢亲近。他向我摆摆手，要我过去。我摇摇头，因为我被一种莫名的恐惧笼罩着。我看到所有人提及二叔的病时，眼神中都流露出灭顶之灾般的惶恐，到后来谁都不愿提起，这仿佛是一个无法愈合的伤口，哪怕用手指轻轻触碰，也会释放出让人战栗不止的痛。看到我不过去，二叔眼中的光一下黯淡了，我看得出他很失落。想起这个片段，我就很难受，直到今天，我都无法原谅自己的这个举动，我不明白，一个五岁的孩子，为何这般冷漠。

再看到他，已是阴阳相隔。

在一篇文章中，我这样写道：

> 我很清楚地记得那个早晨，幼儿园干净的窗玻璃上出现了妈妈悲伤的脸，她和老师说了几句话，然后老师转过身说：陈长风，收拾一下书包，跟你妈妈回家。
>
> 刚一进门，一院子的哭声。我被吓懵了，怔在原地，久久回不过神。那些原本在我看来很高大坚强的大人们，竟哭得如此悲伤，我被震惊了。后来，二叔入殓时，我看见了他铁青的脸。那张脸从此烙进了我的灵魂。

现在想起来，那时对我震撼最大的，并不是二叔死亡本身，而是人们在他死亡之后的表现，准确地说，是父亲和奶奶的表现。

父亲陪二叔走过了他生命最后的几个月，他眼睁睁看着一个强壮的男人如何被黄土掩埋。他脸上的悲怆，深深刺痛了我的心，因为我从来没有见过他这样。二叔发丧那天，他把自己关在小屋里，写了一篇很长的悼文。

二叔英年早逝，直接改变了父亲的人生。此后若干年里，他开始思考死亡，并且在他的卧室里摆上一个死人头骨，时时提醒他生命易逝。他曾指着那个头骨对我说：他（她）曾经或许很有才华，或许富甲一方，或许英俊潇洒，现在这一切都不重要了，重要的是在死神追上他（她）之前，他（她）有没有做完自己该做的事。

如果说父亲的表现让我惊慌，那么奶奶的表现则让我恐惧。

我曾这样写：

> 二叔入土的前一天夜里，风很大。道士拿着钉子，开始在院子里钉棺。这时本来早已瘫软的奶奶，突然像一阵风，刮到了棺材上，她拼命想打开棺材，要见二叔一面。众人费力地把她抬进了屋，她的指甲抠在棺材上，留下了深深的印。
>
> 之后的几个夜，绝望而漫长。奶奶凄厉的嚎叫一直没有断，这嚎哭幻化成生命所有的绝望和无奈，游荡在黑暗的荒原上。

那几天，我没敢进奶奶的屋子，更不敢看奶奶的脸。我站在熙熙攘攘的院子里，她沙哑的嘶叫从窗户里传出，混进了嘈杂的唢呐声中，变成一把锥子，一下又一下攮着我的心。

院子里虽满是人，却渗出一种从未有过的荒凉。我身体的某个地方总隐隐作痛，仿佛有个虽不流血却很深的伤口。我不记得那时的天气怎么样，可印象里是满天黄土，太阳昏黄暗淡，空中刮着冷冷的风，无论穿多厚的衣服，也总有一种彻骨的寒冷。

次日，我随父母去攒坟，在一锨锨黄土的飞扬中，我知道了这就是每个生命的终点，无论你怎样努力，都躲避不了。

如果二叔的离开，让我对死亡有了第一次印象。吴师父的逝世，则是我最近距离地感受死亡。

吴师父原名吴乃旦，是凉州松涛寺的住持。父亲依止他二十多年，并从他那里承接了许多珍贵的香巴噶举教法。我小时候常去寺里玩，他也会时不时教我一些东西。

以前的松涛寺，徒有寺的虚名，只有几间土坯房。听父亲说，大殿与佛像早在“文革”时就被摧毁了。于是，吴师父最大的心愿，便是把松涛寺重建起来。

吴师父的师父，人称“石和尚”，是凉州有名的武术家，功夫高强，很是厉害。他是父亲小说《西夏咒》中“久爷爷”的生活原型，也是《西夏的苍狼》中“石和尚”的生活原型。直到今日，关于他武艺的神奇传说，仍被凉州街头的老人们津津乐道。十八岁那年，崇尚武术的我，拜了凉州一位有名的拳师，于是听到了很多关于石和尚的故事。按理来说，吴师父应该也是位功夫高手，因为他是石和尚唯一的徒弟。可事实与此相反，对于功夫，吴师父一窍不通，倒不是因为石和尚小气，而是因为吴师父认为学武没有意义，不究竟，空耗生命。为此，我惋惜了很长一段时间。

为了修寺，吴师父常年只就着开水吃晾干的馒头。这些馒头是每逢初一十五，信众供给寺里的。

在吴师父快七十岁的时候，松涛寺终于初具规模。

吴师父示寂前，我们一家去看望他。

松涛寺里依然宁静，大殿空荡而寂寥，灌满了参禅的风。佛像前的地上，仍放着那个被坐破的蒲团。院子里的百年松树，遒劲有力，浩然沧桑。它们看透了人世的悲欢离合，早淡然成了面壁的达摩。

吴师父把所有的钱用来修寺了，根本没有注意到自己已经是古稀老人，更没有注意到自己营养不良的身体。他真正做到了无我。

回家的路上，父亲告诉我，人的价值就是他行为的总和，吴师父是位了不起的高僧。

一周后，在松涛寺里，吴师父永远睡着了。他修起来的每一座殿、每一堵墙、每一级台阶都静静地陪着他，并述说着他的伟大。

吴师父荼毗那日，我和父亲早早来到现场。天还未完全放亮，下着蒙蒙小雨。以前我以为荼毗场所应该很阴森，没想到却异常寂静，竟有种身在庙宇的感觉。

天亮时分，其他寺院里的师父们来做法事，法器声、诵经声、哭泣声混成一片，一一融入了我心中的空灵。

法事完毕，开始荼毗。

荼毗炉上有个小口，可以看见炉内的情景。父亲让我站在那个小口前，看一个生命的归宿。

这让我明白生命是个玩笑，被神祇肆意戏弄的玩笑。

我感到天旋地转，仿佛在坠落，无休止地坠落……

之后的一个月，我失魂落魄，如鬼魅般游荡，眼前常常出现燃烧的白骨。那时，阳光被乌云遮蔽，情感被冷风凋零。世界是个被遗弃的孤堡，黑暗、死寂，茫茫千年。

我忽然明白了佛说的“无常”，感到了无常背后天塌地陷的绝望。是啊，万物终有一灭，乾坤终有一劫。

那时节，我找不到活着的理由，觉得世界没有意义，生命没有意义，一切没有意义。那段日子，我不再写作，不再看书，不再修行，不再有喜怒哀乐。我看见了尽头，天的尽头，生命的尽头，世界的尽头。

这一切，父亲都看在眼里。他为我讲了《雪漠大手印实修偈颂》，并让我整理他的书稿。父亲的大手印智慧，让我实现了真正的升华。

几个月后，我慢慢走出了绝望的泥潭，不再纠缠空无一物的虚无。经过这次历练，我再看这熟悉的世界，竟分外真切而清明。

是啊，吴师父圆寂了，遗体荼毗了。可他修的寺院还在，修寺院的精神还在，他传给我父亲的教法智慧还在。这精神会传承，这智慧会传递，会影响更多的人。也许，这也会成为我活着的意义和理由。

那火，也烧去了我的许多执著，让我认真地考虑自己的生命。我老想，若干年后，当自己的身体进入火化炉时，我是否能留下那烈火烧不去的东西。

在后来的岁月中，当我浪费生命或自欺欺人时，就会想起那个荼毗炉。当我纠缠于执著时，也会想起那个荼毗炉；当我遇到岔路无法抉择时，更会想起那个荼毗炉。它虽然不发一声，却总是在我的生命中喧嚣不息。

至此，父亲才教会了他想教我学会的事——用他的智慧和行为。

我将沿着父亲的足迹，走出我自己的路。

●雪漠

生命的求索《无死的金刚心》番外篇

我在黎明的曙光中打坐，
我在深夜的宁静里禅思，
眼前老晃着师尊的音容，
心头老响着灵魂的咒子，
是的，我很苦，
但我愿坐破一千个蒲团，
因为，耳旁老响着一个念叨：
“还有众生父母……”

1

2015年，我的长篇自传体散文《一个人的西部》出版之后，就有读者问，为啥在此书中，我对明白前的事记录得多，明白之后的事，却记录得很少？为啥我不写写明白后的人生呢？同样的，《无死的金刚心》出版后，有人也曾问过我类似的问题。为什么成就之后的琼波浪觉写得少，而成就之前的事写得多？

在《无死的金刚心》引言中，我这样写到：“我很想知道他的证悟之路。对于那些寻求自由的人来说，更有意义的，其实不是结果，而是战胜自己、抵达自由彼岸的过程。我很想知道，作为凡夫的琼波浪觉，究竟经过了怎样的生命历练，才成长为一代圣者？”

我认为，对于读者来说，重要的是，他是如何明白的，又是如何完成自己的。这一些，对于还没有明白、还处在热恼中的人来说，是最为重要的。从我的经历中，或从琼波浪觉的历练中，你可以看到生命的另一种可能，感受灵魂所散发出来的那种热度。

如果你有一颗想改变且坚决想走出的心，那么，这一切对你的人生，对你的选择，或许都会有所启发，继而会陪你踏上灵魂的寻觅之旅。

从“大漠三部曲”（《大漠祭》《猎原》《白虎关》）到“灵魂三部曲”（《西夏咒》《西夏的苍狼》《无死的金刚心》），再到“故乡三部曲”（《野狐岭》《一个人的西部》《深夜的蚕豆声》），读者可以看出，我总在不断地挑战自己，不断地战胜自己，不断地探索新的领域，所以，每出版一部作品，大家就能看到一个全新的雪漠。不管大家喜不喜欢，我总在实现生命的一次又一次超越。这也许就是人们说到的“不安分”吧。所以，很多人总会感到，雪漠总在变，变得令人跟不上节奏。是的，总在变，如果我没有变化，也就没有今天的雪漠。

只是，很多人也许不知道，我的变是“随风舞动”，这“风”，便是时代的需要。不过，在与时俱进的变之外，我还有个不变的东西，那就是真心，也就是《无死的金刚心》中，琼波浪觉苦苦寻觅的金刚心。表面看来，琼波浪觉一直在寻找奶格妈，实质上，他在寻找自己的真心。我们每个人都有这样一颗金刚心，只是很多人把它给丢了，需要找回来。找不回来的话，你这一辈子，就白活了。老祖宗于是说：“朝闻道，夕死可矣。”

《无死的金刚心》为我赢得了广泛的读者。它的影响让我超越了文学界。直到今天，包括在西方国家，一些并不热爱文学的读者，都对《无死的金刚心》情有独钟，显示出极大的热情和认可。这让我既感到意外，又很欣慰。

很多人在游览的时候，在与世隔绝的时候，在非常孤独的时候，在痛苦绝望的时候，都会带着《无死的金刚心》，有人甚至认为这是唯一一本可带的书。它陪着他们度过了一段非常困难的日子，让他们的生命实现了一种升华。甚至，有人说，随身带着它，即使不翻开来看，心里也会踏实很多，感到心安。

按一些人的说法，这书有一种“加持力”，会给人带来很多意外的东西。何谓加持？我在《西夏的苍狼》里解释过，你可以这样理解：它是你跟另一种伟大存在的心灵频率达到共振后，得到的一种外力磁化。据说，琼波浪觉之所以能取得那么大的成就，他得到了奶格妈无与伦比的加持力。关于这一点，量子纠缠提供了理论依据。

在我的读者中，阅读《无死的金刚心》得到神秘体验的人很多，甚至包括一些信仰基督教和伊斯兰教的朋友。他们在阅读《无死的金刚心》时，会进入一种被老祖宗称为空性的境界，慢慢地，这部作品就改变了他们的人生。这样的例子很多。你当然可以理解，他们其实是跟作者的真心达成了共振。

一些出家人、在家人、爱文学的人，或不爱文学的人，都从这部作品中得到了属于自己的营养。严格来说，它远远超越了文学作品所能涵盖的意义。甚至，有人称它为“中国真正意义上的宗教小说”。当然，这里的宗教，指的是真正的宗教精神，而非那些宗教名相。

2

我在《无死的金刚心》后记中说：我的一般小说，可以感动或改变你；而《无死的金刚心》，却可以“成就”你。这书是一块肥沃的土地，你只要用力拽那个露出地面的“智慧指头”，就能拽出一个有着喷薄生命力的“成就汉子”。也就是说，你要是能像书中的主人公那样历练，你定然也会得到证悟，成长为一代圣者。

任何一个人，只要照着书中琼波浪觉所做的很多事去实践的话，肯定能破除执著，战胜自己，实现超越，这是毫无疑问的。因为在书中，我甚至把他如何做、如何明白自性、如何认知自性、如何保任自性、如何在生活中实现妙用等，都完全地公布于众了。你只要照着去做，持之以恒地坚持下去，肯定能成就。我说的成就含义，可以用我的三个书名来表达：第一，《让心属于你自己》；第二，发现《世界是心的倒影》；第三，《参透生死》。

《无死的金刚心》中琼波浪觉所有的经历，其实也发生在我的寻觅中，他的所有体验，我都体验过。换一句话说，外现上，这部作品写的是琼波浪觉，实则是雪漠关于生命求索的密传。读懂了它，你也就读懂了另一个雪漠。有人这样认为，如果说《一个人的西部》是雪漠世间法意义上的自传，那么，《无死的金刚心》便是雪漠出世间法意义上的密传。这种说法，也许有它的道理。因为，从究竟意义上看，它其实也是每一个真理求索者的心灵密传。

即便在今天看来，《无死的金刚心》仍然是让我觉得没有白活的一部作品。虽然对它的评价，在文学界有不同的声音，有人称之为“走火入魔”，也有人把它比喻为“天路历程”，但这部作品，它远远超越了小说或某种文体的界限，它更多的是一种生命的展示。换一句话说，它是一种境界的呈现。许多时候，我已经混淆了自己跟琼波浪觉的界限，甚至混淆了书中很多人物的界限，我就是他，他就是我，我们相融在无限的智慧和广大的境界中。——当然，了义地看来，雪漠跟琼波浪觉其实也源自一个本体。你和我，他和它，同样如此。

在《一个人的西部》中，所有不该写的内容，或者没有办法写的内容，我都写在了《无死的金刚心》中了。本来，还有五六万字的内容，是关于密法修持的，详细讲了琼波浪觉——何尝不是雪漠——实践奶格六法的过程，后来，因为它不符合小说的审美标准，就删了。我用了二十多年的时间，进行了系统的生命实践，所以说，它更像一个人超越了自己的某种范本或标本。沿着书中人物的足迹，每个人都可以实现一种超越，走出属于自己的人生。

其中，我写了一种最真实的存在。它不仅仅是文学的真实，更是生命和精神的真实。这是我第一次酣畅淋漓地去描写这种真实。真实到啥地步呢？真实到若有人照着主人公的路走下去，他也会成为另一种意义上的琼波浪觉。

所以，我称它为一部“大说”，而非小说。在我所有的小说中，这是最应该读的一部书。在书中，你可以看到人类历史上最壮丽的人文景观。它是最不应该被忽视的一种存在。

我在《无死的金刚心》后记中说：它粗糙得十分有力，简朴得像块陨石，粗粝得像猿人用石斧劈出的岩画，神秘得像充满了迷雾的幽谷。要不是其中的爱情还算得上缠绵的话，读者会以为作者是个修了千年枯禅的干瘪罗汉。但只要你耐了性子读完，肯定会发现雪漠笔下的风景，真的是“无限风光在险峰”的。只要你认真读完它——要是读不懂，你为啥不多读几遍呢？——你定然会长舒一口气，说，我没有白读它。它确实有着一般小说绝不能给你的东西，这就够了。

3

过去，在一次网络访谈中，有读者问我，乔布斯的成功和琼波浪觉的成功有何不同?

我说，乔布斯无疑是成功的，只是这种成功很容易成为过去。不久，他的成功和努力就会被别人替代。他的财富也会换了主人。他用一生的努力，留给了世界几款好手机和电脑，但不久之后，人们又会用上更好的手机和电脑。甚至，也许会有另一种产品取代苹果。这时，人们记下的，只是关于他的故事。但再过几年，几十年，那故事也会被人忘记。世界就是这样。所有的一切，都会被岁月无情地冲刷掉，留不下任何的痕迹。

乔布斯的梦想是世间法层面的梦想，虽然也取得了令人瞩目的成功，但是不会长久，很快就会消失。我们需要世间法的梦想，但更需要出世间法的超越。乔布斯在患病之后，虽然也走进了佛教，但是佛教仅仅让他减轻了一点痛苦，可惜他还没有觉悟。

但是，琼波浪觉是证悟者，是文化大师，他是无法被替代的。他的成就会光照千秋。他创建的香巴学派承载的智慧和精神会永远流传下去，照亮着世人的心，它不会随着岁月的流逝而流逝。任何物质的东西，都会被无常卷走，但文化、思想、智慧能够流传下去，只要有人类存在，就能薪火相传。

这便是世间法成功和出世间法成功不一样的地方。当然，世间法的成功也很了不起，像比尔·盖茨、巴菲特等人，他们成功之后，都将财富回报给了社会，他们也很伟大。这是每个人的选择。不同的选择，会有不同的成功。

就如在《无死的金刚心》里，琼波浪觉舍去本教法主的荣耀，舍去成山的财富，放下莎尔娃蒂的真爱，历经千辛万苦，遭遇诸多磨难，他寻找奶格妈，他追求真理。这是一种选择。即使他生活在今天，也不会像乔布斯那样去研究很快就会被替代的产品——当然这也很好，它同样为世界做出了贡献——因为他追求永恒，他实现的是人类终极的梦想。

在“灵魂三部曲”里，琼、雪羽儿、紫晓、黑歌手、琼波浪觉们，也都在寻找永恒，虽然各自寻找的方式不同，历经的人事不同，但最终的梦想是一样的。他们的寻找，其实也是整个人类的寻找。人类历史上，很多的思想家、哲学家、文学家、政治家，都在寻找永恒，实现永恒，这是人类共同的梦想。

我也是这样。对永恒的追问，对永恒的寻找，一直伴随着我的生命成长过程，但我发现，世上没有永恒，一切都在不停地变化着。曾有段时间，我常想人生的意义、写作的意义、修行的意义，以及人活着的意义，这诸多的“意义”，也是我的小说主人公们时常思考的意义。后来，我明白了，人的存在，虽也是虚幻的假象，但却能承载一种精神层面的相对永恒。

在《西夏的苍狼》中，有一个寻找永恒的外星人，她也叫奶格妈。她从奶格星球一次又一次地光顾地球，就为了寻找传说中的光明大手印，也即永恒。她问过书生，问过工力，问过将军，问过老夫子，同时也问过梵天，也去过埃及，但是，她找遍了整个法界，也无人知道什么是光明大手印。她找不到永恒。她发现，一切都是因缘的和合，都在不停地变化和发展着，她找不到一个独立存在的个体。

于是，她去了印度，在尸林的上空见到了金刚持，金刚持告诉她：“真正的光明大手印，就是认识到世上的一切都是幻化，都不会永恒的。当你明白了这一点，并放下一切执著时，你便找到了光明大手印。”

在《无死的金刚心》里，琼波浪觉也去了印度，他历尽艰辛，找遍了整个的印度，也没有找到奶格妈，最后，他放弃空间上的寻找，而回到自心，从自性中寻找，不经意间，他见到了奶格妈。奶格妈告诉他什么是光明大手印，什么是永恒。小说中，琼波浪觉所经历的生命秘境，以及在净相中与奶格妈的相遇，千年后也同样发生在我的生命中。

于是，我明白了什么是金刚心，什么是永恒。金刚心，菩提心也，也即清净无垢的真心，它如金刚般坚固，不可动摇，无法摧坏。故，这部小说的名字就叫《无死的金刚心》。

其实，每个人都有一颗“无死的金刚心”。

当雪漠有了这颗心时，就有了一系列的文化著作，这便是中国大百科全书出版社出版的“雪漠心学大系”。

4

在《无死的金刚心》里，琼波浪觉走过一段弯路，进入了一段貌似信仰的魔桶生活。直到遭遇丧子之痛，他才从魔桶里走了出来，但这用去了他二十二年的时间。每个人，也许不一定都要经历这样的魔桶，但在世俗生活中，这样的魔桶随处可见，只是很多人不知道而已。有的人，一辈子都生活在魔桶中，被魇住了，出不来，而忘了自己最该做的事。

那么，什么叫“魔桶”？就是一种迷惑你、让你失去向往的幻觉。

多年前，我也有过一段魔桶生活，但困住我的不是爱情，而是一个迷信的信仰群体。琼波浪觉遭遇的许多事，我同样也遭遇了。在那里，我经历过一段貌似信仰，其实是远离真理的人生。

有好几年时间里，我的生活中，填满了那个群体因迷信的狂热而产生的种种干扰，时不时地，深夜里，就有人打来电话，进行骚扰。我的耳朵，曾因连续长时间接电话而多次聋了。那段时光，像梦魇一样，严重影响了我和家人的生活。

那么，如何判断自己是不是陷入了魔桶呢？我在《信仰的“魔桶”与破执》一文中说：答案很简单，就是看看自己有没有一天天破执，一天天放下，一天天明白，一天天走向解脱之门。如果有，你的方向就对了；如果没有，无论多么虔诚，你都是在迷信盲从、自我陶醉、自我欺骗。这样的人就生活在魔桶里，不可能解脱。

后来，我之所以能走出魔桶，凭的就是慈悲和智慧。我需要这段人生吗？需要。如果没有这段经历，我的生命体验就没有现在这么深刻，也不会有今天的雪漠。

需要强调的是，真正的信仰不是魔桶，能让人达成信仰的事物也不是魔桶，比如佛家的戒、定、慧等，比如能让自己成长的各种制度和规则等。我说的魔桶，是能让人失去向往的一种环境，它能让人更加贪婪、更加愚昧、更加仇恨，却无法远离执著。时下，一些不愿意改变自己却老是巧言令色者，总是将一些必须承担的责任和必须遵守的制度说成是魔桶，这是不对的。

我说过，我仅仅是个信仰者，我永远不会当教徒，永远不会把心灵局限于一个“小小的”教派，或是“大大的”佛教，或是“多多的”宗教。那么，什么是教徒？什么是信徒？我说过，所谓教徒，就是被某个群体所困者。所谓信徒，就是被某种思想所困者。所以，我信仰真理，追求真理，只想当一个有良知的作家，只想做一个文化志愿者，只想为世界多留下一点善美。

我有很多次赚钱的机会，但在最关键的时刻，我都坚决放弃了。因为，我知道，我这辈子是来做什么的，我不是为赚钱来的。我在《一个人的西部》里写到：“真正的信仰，是非常高贵的，不是任何一个人，只要对佛教或是某种文化有好感，就可以自称信仰者的，因为他或许觉得自己有信仰，但是他的行为和选择却会否定他自己。衡量一个人有没有真信仰的唯一标准，就是看他会不会被欲望裹挟。”

为了不陷入魔桶，不被欲望所裹挟，我除了读书、写作外，重点进行禅修。我像琼波浪觉那样，始终用禅修来坚定自己的心，不要让自己迷掉。同时，我以我观修的本尊为参照系，时时来审视自己，修正自己。

关于本尊，我在《无死的金刚心》中如是解释：“真正的本尊，其实就是人格修炼的参照和标杆，你观其貌，思其德，察其心，效其行，久而久之，你的人格就不知不觉地升华了。当你修到跟本尊无二无别时，你就成了本尊。”

所以，本书中的奶格妈、琼波浪觉、司卡史德、卢伊巴、巴普等圣者都是我的本尊，都是引领我向上的老师。

5

小时候，我的心就很宁静，随时随地就能入定，也总处在那种没有杂念的明空状态中。那时候，我认为谁都这样子，也不觉得奇怪。

每天早晨起床后，我随便一坐，就坐在那里，定住了。那时，我的母亲就非常害怕，她不明白我为什么总是发愣。这种状况经常出现。所以说，我读书也罢，做什么也罢，都能处于非常宁静的状态中，定力很好，心无杂念。很小的时候，我就过目不忘，很多东西，看一遍，就全记住了。

好多人说我有宿慧，我不知道有没有道理。但我一生中，信奉的是苦修，没有经过脱胎换骨般的历练，便没有成就。当然，我说的苦修，更多的是一种坚持，一种持之以恒，一种永不放弃。

在我十七岁的时候，进入武威师范读书，松涛寺的吴乃旦师父就教我正式开始禅修。每天，我都会花很长时间练武、站桩、坐禅。后来，在甘肃武威的乡下学校任教时，我就完成了专一瑜伽的训练，有了较好的专注力，同时也完成了资粮道的训练。虽然刚开始，我也很容易动摇，但是无论做什么，我都很容易钻进去，读书、写作、修行，都是这样，而且不是浅尝辄止，而是像坚持信仰那样，一直坚持下去，直到有一天窥其堂奥。

1992年，我二弟患病期间，我整个的人生陷入了低谷和困顿。从他查出癌症到离世，一个月的时间里，我一直陪着他，精神备受煎熬。这段经历，我都写在了《大漠祭》中，书中的憨头，其生活原型就是我二弟。

即便是这样，我仍然坚持每天的禅修和读书。人在濒临绝境的时候，很多人就会怀疑自己的信仰，怀疑自己所坚持、所向往的一切是否有意义。心中一旦生疑，信仰的殿堂就会倒塌，人就会陷入更为悲惨的境地。很多人就是这样放弃信仰的。

但我不是这样。在我生活和精神都陷入绝境时，我也没有怀疑过自己的信仰。我仍然坚信，自己一定能成功。不管是在文学上，还是在人格修炼上，我都是如此。我之所以不会怀疑自己的信仰，因为我不是为了求福报、求庇佑，或求别的什么东西而走入信仰的，我是真的向往佛教的那种慈悲和利众，我真的想升华自己，超越自己。我的信，是一种智信，而非迷信，非狂热，非一时的激情。

我常说，真正的信仰是无条件的。它仅仅是对某种精神的敬畏和向往。信仰甚至不是谋求福报的手段。信仰本身就是目的。信仰是个高贵的词汇，不容亵渎。

生活中，顺境也好，逆境也罢，任何时候我都没有放弃过自己的信仰，它始终屹立在我的心头，不动不摇。它是漫漫黑夜中的北斗星，让我迷失不了方向。后来，我常对我的学生说：没有失败，只有放弃。你想成为什么样的人，只要努力，只要坚持，你就能成为什么样的人。不要怀疑自己！这一切，后来都进了琼波浪觉的心。

二弟陈开禄的死亡，让我彻底打碎了对生命的幻想，从那之后，我放下了世间所有的执著，《新疆爷》《黄昏》《入窍》等作品，就是那时写出来的。那时候，我就明明白白地知道如何解脱了。也就是说，对于我个人来说，已经够了。但是，对于利益他人，利益世界，对于芸芸众生来说，这远远不够，我必须让自己成为“大狮子”。那时，我发了很多大愿。愿力成就了我。后来的多年间，我与世隔绝地进行了严格的人格修炼。期间，我的生命中发生了诸多神奇的经历。在《无死的金刚心》中，琼波浪觉几乎所有的体验，那时也出现在我的生命中。

我常说，愿力能改变一个人的命运。所以，我们要发大心，发大愿。我后来的成功，就源于自己当初发的那些利众大愿。

我在《无死的金刚心》中说：“没有寻觅，没有求索，没有长夜哭号的历练，便没有觉悟。你一定要明白，觉悟是涌动的大爱，绝非无波无纹的死寂。佛陀用五十年生命传递的，便是那份大爱。”

让我能写出那么多作品的，其实就是这份大爱。

6

那么，我为什么要写《无死的金刚心》？为什么要写琼波浪觉呢？

早在九十年代的时候，我就想写这部书，想写写琼波浪觉，但一直没有写，我觉得我还没有资格写。为什么？因为我没有走过他的这段路。后来，大概2003年前后，我就有把握写了，因为他走过的路，我也走过了。他所实践过的所有东西，我也完整地实践了一遍。后来，我真正开始写的时候，已经和他“无二无别”了，分不清他和我的界限，我们是一体的。于是，我智慧的杯子就满了，这部书就喷涌了出来……

虽然，有人称琼波浪觉为“雪域玄奘”，而事实上，他个体性的修证和超越境界，已经远远超过了玄奘。琼波浪觉到印度去的时候，不仅仅学习教理，而是侧重于生命科学，侧重于修炼和证悟。他传承了一百五十多位大师的精要，几乎涵盖了当时流行于印度、尼泊尔、斯里兰卡等地的所有文化，百川入海，让他实现了一种包容和博大，因此他是诸多文化的集大成者。后来，他回到藏地后，创立了香巴学派。

这个学派，也有它的局限，就是它不注重世间法，而侧重于内在修行，追求出世间的解脱和成就。而且，它特别注重口耳相传，历代大师都很少著书立说，几乎没有什么经典流传下来。在教内流传下来的，多是一些密法，但外界不知道。很多学者也听不到，在写到香巴学派的时候，就说已经泯没无闻了。实质上，它仍然存在着，如潜流般传到了今天。

我的《无死的金刚心》等书出版之后，世界才真正系统地知道了香巴学派。在这个时代，如果没有我的挖掘、研究和传播，香巴学派就会被历史所淹没。它就如一支蜡烛，风一吹，就会被吹灭，我们不能让它熄灭，要将它传承下去。所以，我写了《无死的金刚心》。

我老是说，只要踏上寻觅之路的每个人，都是琼波浪觉。有这种寻找，有这种向往的人，都有一颗“无死的金刚心”，都在寻找“奶格玛”。一天，有人问我，什么是“奶格玛”？我说，永恒、真理。但人世间不一定有永恒，因为都是无常的，但是，我们必须寻找、向往，并追求这个永恒，因为这是人类活着的真正意义。

所以，《无死的金刚心》就提供了一个超越的标本、一个成功的案例。这种超越的范本，你可以作为自己的参照系，去寻觅，去朝圣，去历练，去成就自己的人生，为世界贡献另一个“琼波浪觉”。

那时，黑夜散去，一片光明，世界就真的亮了……

——2017年3月22日写于沂山雪漠书院